LUCE DEI MIEI OCCHI

LUCE DEI MIEI OCCHI

GIULIA BEYMAN

IEFFE

Luce dei miei occhi © 2012 by Isabella Franconetti

Copertina: The Cover Collection

Tutti i diritti riservati

Questo libro è un'opera di fantasia. Nomi, personaggi, luoghi e avvenimenti sono il prodotto dell'immaginazione dell'autrice o usati in chiave fittizia. Ogni rassomiglianza con eventi, località o persone, realmente esistenti o esistite, è puramente casuale.

Nessun parte di questa pubblicazione può essere usata, riprodotta o trasmessa in alcun modo, elettronicamente, a mezzo stampa o altro, senza il consenso scritto dell'autrice, eccetto brevi citazioni incluse in recensioni, articoli di critica e commenti.

ISBN: 9781477561416

*A mia madre,
che sognava una cucina gialla
e un pic-nic di festa.*

CAPITOLO UNO

Roma, 13 dicembre

Proteggendosi con un fazzoletto dall'odore nauseabondo dei rifiuti, rimase a osservare il corpo che come un fagotto di stracci scivolava giù nella discarica.

Non si curò del vento gelido che tagliava la pelle del viso e delle mani. E neppure si accorse di non avere indossato il cappotto, che aveva lasciato in macchina.

Possibile che fosse così facile uccidere?, non poté fare a meno di chiedersi, con una sensazione di onnipotenza che avrebbe dovuto stridere con i suoi sensi di colpa.

Neanche nel peggiore degli incubi avrebbe pensato di poter arrivare a tanto. Eppure...

Alexandra era bella e sapeva di esserlo. Avrebbe dovuto immaginarlo che da una donna così non sarebbero arrivati altro che guai.

Solo un'ombra di stupore le aveva attraversato lo sguardo quando si era accorta che la stava aspettando nei sotterranei del condominio, davanti al suo garage. Ma poi non aveva avuto che parole di disprezzo per quell'ingenuo tentativo di fare chiarezza nelle loro vite.

Davanti a tanta arroganza, la rabbia era montata come un'onda che aveva travolto tutto e non aveva pensato che a farla tacere. L'aveva colpita, e colpita ancora, fino a che il suo corpo non era scivolato a terra senza più vita.

Inspirò ed espirò a fondo, cercando di regolarizzare il respiro che si era fatto affannoso. Trascinare il corpo di Alexandra fuori dalla macchina, fino alla discarica, era stato più faticoso di quanto pensasse. Ma ce l'aveva fatta.

Si guardò intorno per assicurarsi che non ci fosse nessuno. Anche al buio lo squallido paesaggio della periferia appariva desolante. Ma era uno sfondo su cui non riusciva a concentrarsi.

Lanciò un ultimo sguardo al corpo sprofondato tra i rifiuti e pensò che non sarebbe stato facile, ma forse con il tempo avrebbe dimenticato.

In fondo si era trattato solo di uno "spiacevole incidente".

Sarebbe bastato che Alexandra non si fosse mostrata tanto sprezzante e l'irreparabile non sarebbe accaduto.

La cosa più importante – ora – era proteggere quel segreto. A tutti i costi.

Forse fu quel pensiero. O la rabbia che si stemperava per lasciare posto alla preoccupazione per il suo futuro. Sentì copiose gocce di sudore che scivolano giù dalle tempie. Si rese conto di avere il viso accaldato e pensò che sarebbe apparso un particolare strano con il freddo di quei giorni.

Tornando in macchina avrebbe usato l'aria del climatizzatore per asciugare la camicia, che si stava inzuppando di sudore. Avrebbe fatto altri pensieri, e forse anche acceso la radio per ascoltare un po' di buona musica.

Doveva rilassarsi e cancellare dalla mente il ricordo di quello che era accaduto nell'ultima ora. Perché non si potesse leggere nei suoi occhi che aveva appena ucciso qualcuno.

CAPITOLO DUE

MARTHA'S VINEYARD

Candidi fiocchi di neve si libravano nell'aria come gonfi batuffoli di cotone. Nora li osservò infittirsi oltre i vetri e, come spesso le capitava durante una nevicata, ne ricavò una piacevole sensazione di allegria.

Non c'è niente di meglio di un bianco Natale, pensò soffermandosi alla finestra. Le luci nei giardini, le decorazioni colorate sugli alberi, il fuoco del camino e tanta neve a coprire le strade, i boschi e le barche nel porto.

Ma lei non avrebbe passato le ormai imminenti festività a Martha's Vineyard, rammentò Nora a se stessa. E a quanto ne sapeva, non è che a Roma nevicasse spesso.

Roma... L'Italia...

Erano anni che non rivedeva quei paesaggi che aveva tanto amato, che non mangiava una pizza in una trattoria di Trastevere o che non si sedeva sulla scalinata di piazza di Spagna.

Il suo unico cruccio era che per una volta non avrebbe passato il Natale con i suoi nipotini. Ma Mike Repetti, il nuovo compagno di sua figlia, aveva dei parenti in Vermont e

Meg si era decisa ad accompagnarlo solo dopo essersi assicurata che lei non avrebbe passato le festività da sola.

Era contenta di tornare a Roma e di passare un po' di tempo con Susan. L'ultima volta che era andata a trovarla, un giro turistico per la città era stato l'ultimo dei suoi pensieri. Perché Susan era ricoverata in un letto d'ospedale, dopo il terribile incidente d'auto in cui aveva perso la vista. E non erano stati giorni facili.

Se Joe avesse saputo quanto era stata dura la vita di sua nipote in quell'ultimo anno.

Ma forse lo sapeva, si ritrovò a pensare un attimo dopo.

Da mesi i confini tra ciò che era reale e ciò che non lo era si erano molto dilatati nei suoi pensieri. E il possibile e l'impossibile sfumavano l'uno nell'altro.

La neve oltre la finestra scendeva sempre più fitta e il suo sguardo ne fu catturato. I fiocchi fluttuavano leggeri e nella trama di quel velo di neve all'improvviso si materializzò il volto di Susan che piangeva.

L'immagine era così reale che Nora fece un passo indietro per la sorpresa.

Un attimo dopo il pavimento prese a ondeggiarle sotto i piedi e dovette poggiarsi alla credenza della cucina per non cadere.

Susan...

Decise di fare un profondo respiro, chiuse gli occhi per qualche secondo e quando li riaprì si sentiva un po' più stabile sulle gambe.

Aveva mangiato poco quella mattina e forse si era trattato di un abbassamento di pressione, provò a spiegarsi. Aveva avuto un capogiro, stava pensando a Susan e si era convinta di averla vista nella trama di quel merletto di neve.

Eppure...

Un attimo dopo si costrinse a tornare alla finestra per

cancellare la sensazione di disagio che le era rimasta addosso. I fiocchi cadevano ancora più fitti e ormai avvolgevano il paesaggio come una candida coperta.

Rimase immobile a guardarli, ma questa volta non vide altro che la neve.

«Pensa che il prezzo sia trattabile, signora Cooper?»

La voce di Earnie Jackson la fece sussultare. Nora si voltò verso il cliente che aveva portato a visitare il cottage di Vineyard Haven e stette ben attenta a nascondere il suo disorientamento.

Il signor Jackson aveva la faccia ossuta e lo sguardo distante di chi ha un peso nel cuore. Era un tipo taciturno e Nora si rese conto di non aver ancora capito se fosse interessato al cottage che un paio di settimane prima la sua agenzia aveva avuto l'incarico di vendere. Ma quell'ultima domanda sul prezzo apriva una nuova prospettiva.

«Dopo tanti anni che faccio questo lavoro, mi lasci dire, signor Jackson, che non esistono prezzi intrattabili. Ci sono solo venditori che non vogliono vendere o compratori che non sono abbastanza interessati a comprare.»

Come non l'avesse sentita, Earnie Jackson rimase in silenzio a fissare il mare oltre il vetro della finestra.

«A mia moglie questa casa sarebbe piaciuta molto.»

In un attimo Nora riconobbe i silenzi dell'uomo, il sorriso appena accennato, il muro invisibile che lo separava dal resto del mondo. Era anche lui un "sopravvissuto". Come lei, e tanti altri come lei, viveva con il peso di avere perso per sempre la persona che più amava al mondo. Perché era chiaro, dal modo in cui il signor Jackson aveva pronunciato quelle parole, che la signora Jackson non faceva più parte del mondo dei vivi.

Ce la può fare, signor Jackson, avrebbe voluto dirgli. *Sono in tanti a farcela. Ce l'ho fatta, anch'io. Anche se la mia vita non è più la stessa di prima.*

«Mi dispiace tanto per sua moglie. Per quanto ora sembri assurdo e ingiusto, andrà sempre meglio, vedrà.» Quindi gli allungò il suo bigliettino da visita. «Questi sono i miei recapiti. E per qualsiasi cosa, non esiti a chiamarmi.»

L'uomo annuì e inaspettatamente, prima di salutarla, le lasciò una proposta di acquisto che Nora considerò più che equa.

Come mai allora all'improvviso l'incanto e l'allegria dell'imminente Natale sembravano svaniti?

Nora si affrettò a chiudere le finestre e guardando il fitto velo di neve che scendeva dal cielo comprese che era arrivato il momento di tornare a casa. Presto le strade di Martha's Vineyard sarebbero diventate impraticabili e non aveva intenzione di rimanere bloccata in città.

Forse fu quel pensiero, o l'ansia che all'improvviso l'assalì. Un sudore freddo le imperlò la fronte e sentì i battiti del cuore amplificarsi nel petto.

Erano mesi che non le capitava di sentirsi così.

Da quando...

Le erano rimaste da chiudere solo le finestre del salone. Si sarebbe sbrigata a uscire in strada e forse l'aria fredda l'avrebbe aiutata a stare meglio.

Aveva già sperimentato un attacco di panico. Ma Joe era appena morto e qualcuno stava cercando di portarle via la sua casa sul lago Tashmoo.

Nora socchiuse gli occhi e respirò a fondo, come aveva imparato a fare dalla sua insegnante di yoga. Una volta, due, e un'altra ancora. Piano piano i battiti del cuore si regolarizzarono e il respiro si fece meno affannoso.

Poteva essere la tristezza che aveva percepito in quell'uomo, si disse. Il dolore così vivo per la perdita della moglie, che le aveva ricordato il suo.

O l'immagine di Susan in lacrime che aveva visto nella trama dei fiocchi di neve...

Prese le chiavi dell'appartamento dal tavolo della cucina, dove le aveva lasciate, e cercò di liberarsi da quella suggestione.

Aveva fatto tanto in quegli ultimi mesi per ritrovare il controllo della sua vita. E se adesso ricominciava ad avere delle visioni...

No. Non sapeva cosa fosse successo solo pochi minuti prima, ma non sarebbe ricapitato. Non avrebbe immaginato di vedere qualcun altro in lacrime nella trama dei fiocchi di neve o in qualsiasi altro posto. Non avrebbe aspettato che suo marito, morto, riprendesse a scriverle messaggi con le lettere dello Scarabeo, come era capitato solo un anno prima.

Aveva accettato che Joe fosse riuscito a comunicare con lei, e che poi non lo avesse più fatto. Non aveva spiegazioni razionali per questo e di sicuro non ne avrebbe parlato con chiunque ma... Ma si sentiva pronta a riaprire quella porta verso l'aldilà, con il rischio che qualche anima irrequieta si mettesse di nuovo in contatto con lei per risolvere problemi lasciati in sospeso sulla terra?

Forse no. Perché in fondo quel 'dono', come lo chiamava la sua amica Debbie, ogni tanto ancora le faceva temere di essere diventata pazza.

Avrebbe telefonato a Judith per dirle di chiudere in anticipo l'agenzia e di tornarsene a casa, si disse. Cosa che avrebbe fatto subito anche lei, per evitare di rimanere bloccata dalla neve.

Indugiò solo un attimo sulla porta del cottage di Vineyard Haven prima di uscire nel freddo gelido che la aspettava in strada. Perché, per quanto stesse facendo il possibile per ignorarli, conosceva troppo bene il potere dei segni e dei sogni per non sapere che presto qualcos'altro sarebbe accaduto.

CAPITOLO TRE

Roma

Erano ormai quasi le nove di sera quando Susan Bley si apprestò a tirare fuori dal forno la crostata ormai pronta.

Incurante della vampata di calore che la colpì in pieno viso non appena aprì lo sportello, si ripropose di fare tutto con calma, prendendosi il suo tempo. Aveva guanti di pesante cotone a proteggerle le mani. Sarebbe bastato afferrare saldamente la presa e…

Ma che cosa..?!

L'improvviso e intenso bruciore al polso destro la colse di sorpresa e la costrinse a serrare le labbra per non urlare.

Comprese di aver urtato la superficie rovente del forno e si diede della sciocca.

Non lasciò che tutto cadesse a terra, come sarebbe successo se si fosse abbandonata al dolore o alla frustrazione, ma raggiunse l'acquaio per lasciare scorrere acqua fredda sulla mano solo dopo aver poggiato la teglia sulla credenza.

Aveva le lacrime agli occhi, ma non pianse.

Possibile che non avesse ancora imparato?, si rimproverò. Che ancora sbattesse contro gli spigoli dei tavoli, inciampasse in oggetti dei quali avrebbe dovuto ricordare la presenza o si bruciasse solo per tirare fuori una teglia dal forno?

Essere una donna cieca avrebbe significato questo per il resto della sua vita?

«Se Alexandra avesse saputo le cose buone che avevi preparato per cena, non ci avrebbe dato buca.»

La voce gioiosa di sua figlia la colse di sorpresa, ma Susan fece il possibile perché Margot non si accorgesse del suo turbamento. Avrebbe ignorato il dolore al polso e fatto finta che niente fosse accaduto.

«Forse si è solo dimenticata del nostro appuntamento» le disse sistemando la crostata su un piatto.

Poi allargò le braccia, in attesa che sua figlia ci si rifugiasse dentro.

«Insieme ai tuoi baci posso avere anche un pezzo di crostata?», le chiese Margot, abbandonandosi felice al suo abbraccio.

Susan le carezzò i capelli, che sapevano di morbido e di pulito. «Ne taglio subito una fetta. Così si raffredda prima.»

«Due fette. Anche Luna la vuole.»

Nel sentire pronunciare il suo nome, il golden retriever acciambellato ai piedi di Susan guaì, come rispondendo all'appello.

«Mi dispiace. Niente dolci per te, Luna. Ai cani fanno male.»

Approfittando della buona combinazione con i sabati e le domeniche, avevano deciso di anticipare le vacanze di Natale e Margot era arrivata a Roma quello stesso pomeriggio. Avrebbe perso qualche giorno di scuola, ma sarebbero rimaste insieme fino al giorno della Befana.

Ben ventisei giorni.

Ma sempre troppo poco, non poté fare a meno di rammaricarsi Susan un attimo dopo.

Perché quelle poche settimane sarebbero volate via e Margot se ne sarebbe andata di nuovo.

Era un'ingrata?, si chiese. E la risposta fu: no. Perché c'era qualcosa di profondamente ingiusto e innaturale nel fatto che una madre non potesse vivere con sua figlia. Ma Rodolfo e Lavinia avevano minacciato di rivolgersi al Tribunale dei Minori, pur di avere l'affidamento di Margot. Erano i suoi nonni e, se avessero voluto, non avrebbero faticato a dimostrare che ormai lei non era che una donna cieca, incapace di occuparsi in modo adeguato di sua figlia.

Avrebbe mai acconsentito a lasciare andar via Margot se non si fosse resa conto di essere un pericolo per la sua incolumità?

Dopo otto mesi, in ogni momento del giorno e della notte ancora continuava a chiedersi se non ci fosse alternativa a quel tormento.

Eppure ricordava giorni di luce e di colore in cui la sua sembrava una vita serena. Lei, Margot e il suo lavoro. Per tanto tempo non aveva avuto bisogno di altro.

Ma forse aveva avuto troppo, se Dio aveva deciso di toglierle tutto e di farla precipitare in quell'incubo.

«Ahiii!»

L'improvviso grido di dolore di sua figlia le arrivò al cuore come una spina.

«Cos'è successo?»

Non sapeva dove si trovasse, né cosa le fosse accaduto. E quell'impotenza la paralizzò.

E se si fosse fatta di nuovo male? E se anche questa volta non fosse riuscita ad aiutarla?

«Margot, ti prego... Cos'è successo?»

Poi sentì le calde mani di sua figlia stringere le sue. «Sto bene, mamma. È tutto a posto. Scusami se ti ho spaventata.»

Susan la abbracciò forte e sfiorò ogni parte del suo corpo per essere sicura che non si fosse fatta male.

«Davvero stai bene?»

«Stavo solo prendendo i colori dall'astuccio per fare un disegno per zia Nora e mi sono punta con le forbici. Mi dispiace.»

Susan si sentì sciocca e ingiusta per essersi agitata tanto da costringere sua figlia a scusarsi con lei.

«Prendo il disinfettante.»

«Non ce n'è bisogno, mamma. È già passato tutto e non esce sangue.»

«Va bene. Allora continua a fare il tuo disegno. Sono sicura che sarà bellissimo.»

L'onda nera continuava a essere in agguato, ma non le avrebbe permesso di avvicinarsi troppo. Doveva pensare solo alle tante cose che finalmente avrebbe potuto fare con sua figlia: addobbare l'albero, comprare i regali di Natale, fare insieme i compiti di scuola, darle finalmente il bacio della buonanotte la sera, prima di andare a dormire…

E il ventiquattro dicembre sarebbe arrivata Nora per passare qualche giorno con loro, conclusse sollevata.

«Prima però vado a buttare la spazzatura. Il secchio è pieno» si offrì Margot.

In un attimo Susan visualizzò, senza averli mai visti, le strette scale, il corridoio dei garage e i locali adibiti alla raccolta differenziata dei rifiuti. Alexandra ce l'aveva accompagnata, qualche volta, appena si era trasferita in quel condominio, e le era rimasta l'impressione di luoghi umidi e per niente accoglienti.

«Non mi va che scendi da sola.»

«Dai nonni esco sempre a buttare la spazzatura.»

Già. Ormai era quello che i nonni le permettevano o non

le permettevano a fare testo nell'educazione di Margot, rifletté Susan con una punta di amarezza.

«Da loro i cassonetti sono appena fuori il cancello.»

«Ho quasi dieci anni. Non ti fidi di me?»

Come poteva spiegare a sua figlia che era di se stessa che non si fidava? E che viveva nel costante terrore di non poterla aiutare se ne avesse avuto bisogno?

In fondo era già accaduto.

No. Non poteva trascinare Margot nella sua prigione…

«D'accordo. Solo, mettiti la giacca. Sotto fa freddo» acconsentì, rassegnata, allungandole il secchio.

«Faccio in un attimo!»

Susan rimase in ascolto e un paio di minuti dopo sentì i passi di Margot che si dirigevano verso il pianerottolo e la porta che si richiudeva alle sue spalle.

Non era passato nemmeno un giorno dall'arrivo di sua figlia e già era in difficoltà.

Aveva cresciuto Margot da sola e aveva sempre fatto il possibile per non dover dipendere da niente e da nessuno. E ora si sentiva così spaventata da tutto.

Avrebbe imparato di nuovo ad avere fiducia, e a darne, si ripropose mentre tagliava un paio di fette di crostata. Lo avrebbe fatto soprattutto per Margot.

In fondo sua figlia doveva solo scendere una rampa di scale e buttare una busta della spazzatura nel deposito dell'immondizia.

Che cosa le sarebbe mai potuto accadere nei sotterranei del loro stesso palazzo?

CAPITOLO QUATTRO

Roma

Solo dopo aver parcheggiato la macchina in garage e aver portato a termine il suo piano improvvisato, comprese fino in fondo l'immensità del rischio appena corso.

Sarebbe bastato che qualcuno fosse capitato nei sotterranei del palazzo mentre colpiva Alexandra e la sua vita si sarebbe fermata lì, a quello strappo. In un attimo il suo futuro avrebbe smesso di esistere.

Ma non era accaduto, e forse c'era un segno divino in quell'assenza di punizione.

In fondo non era per farle del male che l'aveva aspettata davanti al suo garage. E se Alexandra si fosse mostrata più ragionevole, l'irreparabile non sarebbe mai accaduto, si ribadì affrettandosi verso l'ascensore.

«Ciao.»

Al suono gioioso di quel saluto trasalì. E voltandosi si ritrovò davanti la bambina. Se non ricordava male era la figlia di Susan Bley...

Per l'agitazione dovette schiarirsi un paio di volte la voce prima di riuscire a parlare.

«*Margot... Sei così cresciuta dall'estate scorsa. Come stai?*»
«*Bene. Grazie.*»
Si sforzò di sorriderle, nascondendo l'improvviso tremore delle mani.

Non doveva perdere la testa! In fondo non c'era niente di strano nell'incontrarsi in quei corridoi. E se non avesse fatto passi falsi, la bambina non si sarebbe insospettita.

«*Un giorno di questi passo a trovarvi a casa*» *la salutò con tutta l'affabilità di cui era capace.*

Ma stava già dirigendosi verso l'ascensore, quando la figlia di Susan Bley richiamò di nuovo la sua attenzione.

«*Ti è caduto questo*» *disse mostrando nel palmo della sua piccola mano l'orecchino d'oro con il pendente di ambra.*

Impiegò solo un secondo per rendersi conto che l'orecchino era di Alexandra e che doveva essersi impigliato nella sua giacca mentre trascinava il corpo nella discarica.

«*Grazie*» *sussurrò a mezza bocca, cercando di riflettere, e di riflettere in fretta.*

Avrebbe dovuto inventarsi su due piedi una bugia convincente per giustificare la presenza dell'orecchino? O soffermarsi sull'argomento non sarebbe servito che ad attirare ancora di più l'attenzione della bambina?

Ma Margot non sembrava interessata alle sue spiegazioni e si stava già allontanando.

E se ne avesse parlato con qualcuno e fosse saltato fuori che l'orecchino era di Alexandra?, non poté fare a meno di chiedersi senza riuscire a staccarle gli occhi di dosso.

Con una morsa nello stomaco si rese conto che la figlia di Susan Bley rappresentava un rischio troppo grande per lasciarla andare.

Se non voleva passare il resto dei suoi giorni in prigione, doveva impedirle di tornare a casa e di parlare con chicchessia di quel maledetto orecchino.

Ma come poteva fermarla?, *si chiese mentre già il suo sguardo si muoveva frenetico in cerca di una soluzione.*

Poi scorse il badile che uno dei giardinieri del condominio doveva avere dimenticato in un angolo. Poteva essere un segno. Era sicuramente un segno che quella fosse la cosa giusta da fare.

Stava già per afferrarlo, ma il suo gesto rimase a mezz'aria.

In fondo Margot era solo una bambina...

Ricacciò però subito indietro quel pensiero. Non era il momento di farsi tanti scrupoli, visto che gli scrupoli non avevano mai salvato nessuno dalla prigione.

Impugnò più saldamente il badile e l'avrebbe di sicuro usato per fare quello che doveva, se delle voci provenienti dall'ascensore non avessero bloccato i suoi progetti.

Qualcuno stava scendendo. E non era davvero il caso di sfidare ancora la sorte per quella sera, si disse indietreggiando verso il corridoio delle cantine.

Ora non poteva far altro che sperare che Margot non parlasse con nessuno di quel maledetto orecchino e del loro incontro.

Ma non ci voleva un genio per capire che finché fosse stata viva, la bambina avrebbe rappresentato una seria minaccia per il suo futuro.

Il problema era solo rimandato e alla prima occasione avrebbe fatto in modo di toglierla di mezzo, si ripropose, tenendosi stretta la determinazione di cui, sapeva, avrebbe avuto bisogno.

CAPITOLO CINQUE

Martha's Vineyard

Ancora intirizzita per il freddo, che sembrava esserle entrato nelle ossa, appena rientrata in casa Nora riattizzò il fuoco del camino e si disse che leggere un buon libro al calduccio sarebbe stato un buon modo di trascorrere la serata. Dalle finestre poteva vedere il lago Tashmoo con gli alberi imbiancati dalla neve e dopo aver svolto un po' del lavoro che si era portata a casa, avrebbe cenato in salone per godere di quel paesaggio.

Rudra, su suo consiglio, era già tornato a casa per evitare di restare bloccato dalle strade ghiacciate, ma in forno le aveva lasciato il pollo alla cacciatora e le melanzane ripiene che lei stessa gli aveva insegnato a preparare.

Un sorriso le salì alle labbra. Tra la cucina italiana che lei aveva imparato tanti anni prima durante una lunga vacanza in Toscana e le origini indiane del suo collaboratore domestico, i menu in casa Cooper erano piuttosto imprevedibili. Ma gustosi, stando a quanto sostenevano i suoi amici.

Mentre annotava sull'agenda i nuovi appuntamenti che

Judith le aveva comunicato per telefono, il suo pensiero tornò alla strana visione di qualche ora prima.

Perché l'immagine di Susan in lacrime le era apparsa all'improvviso tra i fiocchi di neve?

Poteva bastare il fatto che in quei giorni le capitava spesso di pensare alla nipote di Joe e che presto l'avrebbe raggiunta a Roma per un paio di settimane di vacanza?

No che non bastava. Perché stava cercando una spiegazione razionale a qualcosa che razionale non lo era affatto, si disse sforzandosi di allontanare quei pensieri per concentrarsi sul suo lavoro.

Ma lo squillo del telefono la interruppe di nuovo e quando rispose Nora riconobbe con piacere la voce di Steve.

«Disturbo?»

«Niente affatto. Sono rientrata da poco e sto per passare una tranquilla serata davanti al camino in compagnia di un bel libro. Nevica anche a Boston?»

«Per ora no. Ma credo che sia questione di poco» le rispose Steve. «Vorrei tanto essere lì con te» aggiunse poi, con qualche esitazione.

«Ho pollo alla cacciatora e melanzane ripiene in abbondanza» cercò di scherzare Nora.

Per quanto si frequentassero ormai da qualche mese, si rese conto che in alcuni momenti la loro intimità continuava a metterli a disagio.

Era forse il pensiero di Joe? Il timore in qualche modo di fargli un torto?

Ma Joe non c'era più. E quando lui era ancora vivo l'idea che tra lei e Steve potesse nascere qualcosa di diverso dall'amicizia non li aveva neppure sfiorati.

No. Sapeva di essere stata onesta con suo marito.

«Ti penserò quando riscalderò il mio 'nonsocosa' surgelato, appena torno a casa. Tardissimo, temo.» Steve rimase qualche secondo in silenzio, poi le chiese: «Hai pensato a quello che ti ho detto... di noi?»

Nora guardò l'anello con la grossa ametista che lui le aveva regalato la settimana prima e si rese conto di aver cercato in tutti i modi di evitare quella domanda, negli ultimi giorni.

Semplicemente perché non aveva ancora una risposta da dargli.

Quell'anello, le aveva detto Steve regalandoglielo, era il simbolo di un impegno. E Nora aveva capito che era anche il preludio a una domanda di matrimonio che, se tutto fosse andato per il verso giusto, le avrebbe fatto nel giro di qualche mese.

Insomma, se fossero stati più giovani, quello sarebbe stato il loro anello di fidanzamento.

Solo all'improvviso Nora si rese conto che il suo silenzio stava mettendo Steve in difficoltà e che doveva assolutamente dire qualcosa.

«Io...»

Ma perché non le veniva in mente niente di carino e di non troppo impegnativo? Qualcosa di gentile che le permettesse di prendersi dell'altro tempo.

«Questo non sembra il preludio per un sì.»

«Ma non è nemmeno un 'no'» si affrettò a dirgli Nora. «Ho solo bisogno di tempo, Steve. Sto benissimo con te. È solo che non so se sono pronta per qualcosa di più... 'ufficiale'.»

Come parlarne a Meg e ai suoi nipotini. Come prendersi un impegno per il futuro e decidere di andare a vivere insieme.

«Credi che stiamo facendo un torto a Joe?»

E così la domanda che aveva aleggiato per mesi tra loro aveva finalmente preso forma.

«A essere sinceri per un po' l'ho pensato ma... No, non è questo. Sappiamo tutti e due che se Joe fosse stato qui, non avremmo mai intavolato una conversazione come questa.»

Era stata chiara e onesta. Ma dal silenzio che si aprì sotto le sue parole, comprese di averlo ferito.

«Io ero sua moglie e tu il suo migliore amico. E sai che questo non sarebbe mai cambiato... Neanche per te.»

«Hai ragione» ammise Steve con un sospiro.

«Vorrei solo riparlarne quando tornerò da Roma. È successo tutto così in fretta. Sono felicissima di quello che c'è tra noi ma... Mi serve ancora un po' di tempo.»

«Aspetterò.»

E Nora si sentì meglio al pensiero che per qualche giorno non avrebbe dovuto dipanare le contrastanti emozioni che la assalivano al pensiero di impegnarsi con un altro uomo, dopo aver amato, per tutta la vita, solo suo marito.

«Ma spero che non mi darai buca al concerto di dopodomani sera» aggiunse Steve.

«Stai scherzando? Adoro Barbra Streisand. E sono contenta che possiamo passare una serata insieme prima che parto» conclude, chinandosi a carezzare Dante, il gattone dal pelo fulvo che si strusciava contro le sue gambe.

Poi, dopo aver salutato Steve e riattaccato il telefono, tornò davanti al camino e una parte del suo sorriso si spense.

Joe era stato tutto per lei, l'aveva amata e protetta, ed era stato lui a tenere il timone della loro vita insieme. Ma ora aveva imparato a vivere da sola e a contare sulle proprie forze. Le era costato fatica, ma le piacevano la libertà e l'autonomia che si era conquistata.

Si sentiva pronta a cambiare di nuovo tutto per impegnarsi con un altro uomo? Si sentiva pronta a tornare ai compromessi e ai complicati equilibrismi della vita a due?

Per il momento non aveva una risposta a quelle domande e allora tanto valeva lasciare che il tempo diradasse la nebbia, cercò di convincersi tornando al suo lavoro.

Appuntò sull'agenda l'elenco dei documenti che le servivano per concludere la vendita del cottage di Vineyard Haven e poi andò in cucina ad accendere il forno.

Per quanto non ne avesse alcuna voglia, decise di impiegare i pochi minuti che le sarebbero serviti per scaldare la cena per prendere dell'altra legna, sapendo che quello sforzo sarebbe stato ricompensato da qualche ora di piacevole tepore davanti al camino.

Senza lasciarsi intimorire dall'aria gelida che le sferzò il viso non appena uscì dalla porta-finestra della cucina, con pochi passi Nora raggiunse la legnaia e prese in braccio alcuni dei ciocchi più grandi.

La neve continuava a scendere fitta e se non avesse avuto del lavoro da chiudere prima delle sospirate vacanze, sarebbe stata felice di passare tutta la serata davanti al fuoco senza fare altro.

Poi a un tratto cominciò. Non avrebbe saputo dire come e perché, ma all'improvviso un'impetuosa folata di vento agitò quel paesaggio immobile e la neve prese ad avvolgersi su se stessa, come una candida coreografia.

Il vento sibilava e le scompigliava i capelli, e piano piano quel sibilo si trasformò in una voce che non aveva nulla di umano.

Suusaaaannn...

Nora si immobilizzò e dovette stringere forte i ceppi di legna perché non le cadessero per terra.

Ma cosa?!

L'aveva davvero sentito?, si chiese, mentre un brivido le percorreva la schiena. Perché era qualcosa di diverso da una vera voce. Come un sussurro lontano, che aveva ben poco di reale, ma che aveva pronunciato il nome di Susan.

Perché ancora Susan? Cosa stava succedendo alla nipote di Joe, a migliaia di chilometri da lì?

Poi i fiocchi di neve ripresero a scendere quieti nel

paesaggio di nuovo immobile e il vento smise di agitarle i capelli.

In un attimo Nora decise che poteva essersi sbagliata, che doveva essersi sbagliata, e che era solo il fischiare del vento quello che aveva udito.

Con ancora in braccio la legna, che cominciava a pesarle, decise di rientrare.

Avrebbe spento il forno, per evitare che il pollo e le melanzane si bruciassero. Forse non sarebbe riuscita a lavorare, ma avrebbe cenato in salone e letto un buon libro davanti al camino, lasciando che Dante si accoccolasse accanto a lei. E quando sarebbe stata abbastanza stanca da riuscire a non pensare, sarebbe salita in camera da letto e avrebbe cercato di prendere sonno.

CAPITOLO SEI

Roma, 14 dicembre

Seduta al tavolo della cucina, la domenica mattina Susan sorseggiò il primo caffè della giornata mentre dallo stereo, regolato a basso volume, arrivavano le note di una vecchia canzone di Cat Stevens.

Aveva ascoltato tante volte quell'album, quando era solo una bambina, e poi lo aveva ritrovato per caso durante l'ultimo trasloco insieme ai vecchi vinili di sua madre.

Canticchiò malinconicamente le parole di Moonshadow, accompagnando con la sua voce quella di Cat Stevens.

Era quello l'immenso potere della musica, rifletté. Le suggestioni di qualcun altro che ti calzano così a pennello da sembrare le tue.

Un attimo dopo allungò la mano verso la credenza e sfiorò con delicatezza le lancette della sveglia a cui aveva fatto togliere il vetro. Sapeva che sarebbe stato più facile servirsi di un orologio vocale, ma ricordava quella grossa sveglia già in casa di sua madre e, prima ancora, in quella dei suoi nonni. Ed era come se riuscisse ancora a vederla.

Ma piano piano i ricordi sarebbero svaniti. Avrebbe

dimenticato volti, forme, luci e colori. E non le sarebbe rimasto altro che il buio...

«Buongiorno, mamma.»

Susan percepì l'odore di bagnoschiuma alla fragola un attimo prima che le braccia di sua figlia le circondassero la vita.

Era così che Margot cercava le sue coccole anche quando era più piccola e lei, per non lasciarla sola, la portava con sé, nel ristorante in cui lavorava.

A quei tempi l'Onesto Furfante era uno dei locali più alla moda di Roma e lei uno chef con una brillante carriera in ascesa.

Ma ora quella vita non c'era più e non ci sarebbe più stata, si ribadì Susan, impegnandosi un attimo dopo ad abbandonare quel pensiero e a sorridere a sua figlia.

«Visto che sei in vacanza, potevi dormire un po' di più stamattina.»

«Dobbiamo andare a comprare le decorazioni per l'albero di Natale. Non ti ricordi?»

Già. Glielo aveva promesso. E per quanto fosse terrorizzata all'idea di trovarsi in un posto pieno di incognite come un grande centro commerciale, dove in ogni momento avrebbe corso il rischio di perdersi o di inciampare in un ostacolo imprevisto, avrebbe cercato di dare a Margot quello che desiderava.

Se solo Delia non fosse stata costretta a tornare a Torino proprio in quei giorni...

«D'accordo. Preparo qualcosa da mangiare e poi vado a vestirmi» rispose a sua figlia facendo il possibile per non far trapelare il suo disagio.

«Intanto io finisco il disegno per zia Nora. Ho fatto il ritratto di tutti i tuoi amici del palazzo. Così quando glieli presenti li riconoscerà più facilmente.»

«Ottima idea» commentò Susan, aprendo il rubinetto dell'acqua.

«Ho disegnato anche...» cominciò a dire Margot, ma si interruppe accorgendosi che sua madre non poteva sentirla.

Un attimo dopo decise che in fondo non era importante parlarle del suo incontro della sera prima, anche se le era stato utile per rendere più realistico il suo disegno.

Le ci era voluto un po' di tempo per riprodurre i piccoli quadretti della giacca e i particolari dell'orecchino, ma era soddisfatta del risultato.

Peccato che la sua mamma non avrebbe potuto vederlo.

Ignara dei pensieri di sua figlia, Susan finì di preparare la colazione e poi, sfiorando con la mano il bordo del tavolo, la raggiunse e le mise davanti il ciambellone e la tazza di latte caldo che aveva preparato per lei.

«Ora metti via il tuo capolavoro, signorina. La colazione è pronta.»

Il caldo bacio di Margot la colse di sorpresa e le riscaldò il cuore.

«Però dopo andiamo a fare shopping. L'hai promesso.»

«Certo che andiamo.»

Se solo Delia fosse stata con loro, pensò ancora senza dirlo.

Quando pochi mesi prima l'aveva assunta perché l'aiutasse in casa, si era subito resa conto che quell'energica signora di mezz'età sarebbe stata per lei una benedizione mandata dal cielo.

Quando aveva saputo che doveva accudire una vecchia zia malata e non sarebbe stata con loro nelle settimane in cui Margot sarebbe rimasta a Roma, per diverse notti Susan non aveva chiuso occhio, tormentata dalla paura di non farcela.

Ma come avrebbe potuto rinunciare ai pochi giorni che aveva per stare con sua figlia?

Spesso gli ostacoli che la vita ci mette davanti finiscono per rivelarsi delle occasioni, si sforzò di rammentare. Forse non sarebbe successo subito, ma prima o poi avrebbe compreso il senso delle prove terribili che il destino la stava costringendo ad affrontare.

Avrebbe fatto shopping al centro commerciale insieme a sua figlia e tutto sarebbe andato bene. Aveva prenotato un taxi che le avrebbe accompagnate, aspettate per la durata dei loro acquisti e riportate a casa.

E poi ci sarebbe stata anche Luna con loro.

A dispetto di tutto e di tutti, lei e Margot avrebbero trascorso una giornata spensierata come non ne passavano da tempo, si ribadì. E un po' se la prese con l'ansia che non voleva saperne di lasciarla.

CAPITOLO SETTE

Martha's Vineyard

Scintille di luce illuminavano i lunghi capelli biondi e il profilo diafano dell'esile figura che le stava davanti con la levità e l'incanto di una visione. Pur rapita dalla bellezza della donna, Nora non poté non notare l'ombra di tristezza che le velava gli occhi.

Per una strana consapevolezza, sapeva che non era che un sogno. Ugualmente si chiese chi fosse quella persona che non riconosceva, e perché si trovasse lì con lei.

Poi la figura diafana sollevò il braccio con un movimento lieve, e con il dito prese a scrivere qualcosa su un vetro appannato della cui presenza Nora non si era accorta fino a quel momento.

Allora si trovavano in una casa…

Ma guardandosi intorno si rese conto che non c'erano pareti, né altro che facesse pensare a uno spazio chiuso.

Confusa, Nora tornò a seguire il movimento lento del dito finché una parola non apparve sulla superficie umida del vetro. Più che una parola un nome: S U S A N

Perché ancora Susan?

Pochi attimi e già le lettere si stavano dissolvendo nella condensa di vapore. E come la nebbia in un cielo improvvisamente sereno, anche la figura diafana scomparve, lasciandola sola.

Un attimo dopo Nora si svegliò, aprì gli occhi e nella penombra riconobbe la sua stanza e la luce dei lampioni che filtrava dalle persiane accostate. Come pensava era stato solo un sogno. Ma quella constatazione non le procurò il sollievo che sperava.

Perché Susan continuava a tornare così insistentemente tra i suoi pensieri?

E chi era la donna che aveva scritto il suo nome?

Le era già successo che qualche anima si appropriasse dei suoi sogni per questioni lasciate in sospeso nel mondo che era stata improvvisamente costretta ad abbandonare.

Poteva essere quello che le era appena accaduto?

Il turbamento che quel pensiero portava con sé la costrinse a sedersi sul letto.

Decise di versarsi un bicchiere d'acqua dalla bottiglia che aveva lasciato sul comodino la sera prima, sperando che questo l'avrebbe fatta sentire un po' meglio.

Per quanto non le facesse piacere essere un ponte che le anime si sentivano in diritto di attraversare per risolvere i loro problemi con chi era ancora in vita, era ormai consapevole di non poter fare niente per favorire o impedire che ciò si verificasse.

Ora lo sapeva. Qualcosa di grave stava accadendo o sarebbe accaduto.

Avrebbe avuto senso continuare a resistere a quella chiamata? O non sarebbe stato più facile assecondarla, seguendo il flusso, come l'acqua che cambia forma rimanendo sempre se stessa?

Aveva imparato a fidarsi dei segni e dei sogni. E sapeva che nel complesso disegno della vita nulla avveniva per caso.

D'istinto afferrò il cordless che teneva sul comodino e, preoccupata, iniziò a comporre il numero di telefono di Susan. Doveva capire perché il suo nome e la sua immagine tornassero così prepotentemente tra i suoi pensieri. E forse parlando con lei sarebbe riuscita a farlo.

Ma digitò solo pochi numeri, poi si bloccò.

Calcolando il fuso orario, la nipote di Joe ci avrebbe messo solo un attimo a rendersi conto che a The Vineyard era notte fonda.

E poi? Cosa avrebbe potuto dirle? Che aveva sognato una donna, probabilmente morta, che non sapeva chi fosse, mentre scriveva il suo nome?

Sapeva di non poterlo fare. Non così.

Dante, acciambellato ai piedi del letto, la osservò attento, cercando di capire se il tempo del loro sonno fosse o meno concluso.

Nora guardò l'orologio. Erano appena le tre, troppo presto per alzarsi e scendere in cucina a prepararsi un caffè. Per quanto si fosse sforzata, quella notte non avrebbe trovato risposta alle sue domande e avrebbe solo fatto preoccupare Susan chiamandola a quell'ora.

Poteva però provare a riprendere sonno, si ripropose un attimo dopo spegnendo di nuovo la luce. E appena possibile avrebbe telefonato a Susan per cercare di capire con una scusa qualsiasi se fosse tutto a posto da lei, a Roma, o se qualcosa non stesse andando per il verso giusto.

CAPITOLO OTTO

Roma

Possibile che la sua amica non fosse ancora tornata a casa?, si chiese Susan, con una punta di apprensione, mentre ascoltava dietro la porta chiusa il querulo guaire di Orso, il cane lupo di Alexandra.

Aveva deciso di passare a salutarla prima di andare al centro commerciale con Margot, sperando in cuor suo che per scusarsi del mancato appuntamento della sera prima la sua amica si offrisse di accompagnarle. E invece aveva già suonato un paio di volte senza ottenere risposta.

«Sei passata a salutare Alexandra?»

La voce di Gabriele Lenzi era bassa, un po' roca, misurata.

Impegnata ad ascoltare Orso, Susan non si era accorta della porta che si apriva alle sue spalle, ma riconobbe la voce dell'inquilino dell'interno tre e fece un mezzo giro su se stessa per salutarlo. Lo immaginava alto e piuttosto aitante. Sapeva che faceva il commercialista e Alexandra aveva sottolineato più volte che il loro vicino di casa aveva fascino da vendere.

«Sì, sono passata a salutarla. Ma deve essere uscita presto stamattina.»

«Allora è una giornata speciale. Alexandra non si sveglia mai prima di mezzogiorno.»

Dal suono della voce, Susan comprese che Gabriele si era avvicinato. Guardandola si sarebbe accorto del suo imbarazzo?

Insieme ad Alexandra avevano trascorso piacevoli serate che sembravano quelle di tre vecchi amici. Il fuoco del camino, qualche bicchiere di vino rosso e confidenze sempre più intime.

Poi, una sera, riaccompagnandola a casa, Gabriele l'aveva invitata a cena fuori. Loro due, da soli, per quello che sembrava un vero appuntamento.

Che altro avrebbe potuto fare se non inventare una bugia e declinare un po' goffamente l'invito?

Aveva solo trentasette anni, ma era una donna vedova e cieca, nemmeno in grado di badare a sua figlia. Non era abbastanza per tenerla fuori dai giochi del corteggiamento?

«Hai fatto, mamma?»

Per fortuna l'invito di sua figlia, dalla tromba delle scale, la salvò dall'imbarazzo.

«Scusami, ora devo andare.»

«La piccola Margot...»

Susan rimase in attesa di una conclusione della frase che non ci fu.

Cosa stava facendo in quel momento Gabriele?

«Scendi con me in ascensore? Così la saluti» gli propose, per interrompere quel silenzio.

«Scusami, non so dove ho la testa. Mi sono appena reso conto di avere dimenticato a casa dei documenti importanti. Non voglio farti perdere altro tempo. Magari passo a salutarla uno di questi giorni.»

Era una sua impressione o stava cercando di defilarsi?

Forse, nonostante le formalità, non aveva apprezzato che

lei facesse tanto la preziosa rifiutando maldestramente il suo invito a cena.

Sentì la porta di Gabriele che si richiudeva e si decise finalmente a muoversi.

Ho appena messo in fuga un uomo. Davvero esaltante come inizio di giornata...

Ma ora aveva cose più importanti di cui preoccuparsi, si disse mentre agitava il bastone per cercare l'ingresso dell'ascensore. Perché stava per andare a fare acquisti con sua figlia in un centro commerciale, come se fosse un genitore come tante altri e non una donna cieca e impaurita. E per quanto l'agitazione la stesse divorando, cercò di convincersi che ce l'avrebbe fatta e che sarebbe riuscita a superare la prima delle infinite prove che il poter essere madre per qualche giorno le avrebbe richiesto.

CAPITOLO NOVE

Roma

Solo alle sei di quello stesso pomeriggio, sciogliendo la tensione sotto il getto d'acqua calda della doccia, Susan si rese conto di quanto avesse agognato quel momento di tregua.

Margot era in salone con Luna, impegnata a preparare l'albero di Natale con gli addobbi che avevano comprato al centro commerciale e lei poté finalmente tirare un sospiro di sollievo e ammettere quanto le fosse pesata quella giornata di shopping, preoccupata a fingere con sua figlia che tutto andasse bene.

Invece era stata all'erta come su un fronte di guerra, aveva dissimulato la sua ansia e pregato il cielo che non succedesse niente che non fosse in grado di gestire.

E ci si è messa anche Luna, che a un certo punto ha cominciato ad abbaiare e a tirare il guinzaglio!

Proprio quello che un cane per ciechi non dovrebbe mai fare...

Qualcosa doveva averla infastidita, rifletté Susan, perplessa, sapendo che prima di allora il suo cane non era mai venuto meno al compito di guidarla e di proteggerla. Ma se fosse accaduto di nuovo, si rammaricò, avrebbe dovuto parlarne con il suo addestratore.

Aveva conosciuto Giacomo Nesti quando l'associazione dei Lions l'aveva chiamata per comunicarle che c'era un cane-guida disponibile e che avrebbe dovuto passare qualche giorno nel loro centro per prendere confidenza con il golden retriever che le era stato assegnato. In quell'occasione aveva scoperto che Giacomo era un uomo generoso e affabile, grande amante della natura e degli animali.

Susan sapeva che se quelle intemperanze si fossero ripetute, non avrebbe potuto evitare di chiamarlo. Anche se non voleva nemmeno pensare all'eventualità che Luna le venisse tolta. Era stata la sua unica compagnia quando svegliandosi da sonni brevi e agitati ancora si sorprendeva che non le bastasse più aprire gli occhi per ritrovare la luce. Era stata il suo solo conforto mentre si aggirava inquieta per casa, di notte, perché non riusciva a dormire. Era stata il suo impagabile sostegno quando aveva ricominciato a uscire, anche se il non sapere cosa o chi avesse intorno la faceva sentire terrorizzata e smarrita.

È stato solo un momento di nervosismo e non accadrà più, cercò di convincersi, lasciando che l'acqua calda le scorresse sul viso.

Doveva essere così. Perché ne aveva abbastanza di strappi e di separazioni, e non ce l'avrebbe fatta ad affrontare un'altra perdita.

Uscì dalla doccia e stringendosi nell'accappatoio decise che avrebbe dedicato un po' di tempo al suo sito web. Margot sarebbe stata impegnata ancora con l'albero di Natale e lei ne avrebbe approfittato per controllare la posta e per inserire la ricetta degli gnocchi con crema di gorgonzola, zafferano e salvia, e quella dei maltagliati con broccoli e pancetta croccante.

Quel sito era stata la sua àncora di salvezza quando aveva

cominciato a progettarlo, un paio di mesi prima. Finalmente il contatto con qualcosa che sembrasse un lavoro dopo giorni in cui si era convinta che avrebbe passato il resto della sua vita come un vegetale. Aveva cominciato a progettarlo nel buio delle sue giornate, dopo aver capito che il suo futuro come astro nascente della cucina internazionale era morto e defunto, come una parte di lei. Aveva preso appunti su come lo avrebbe voluto, aveva pensato alle ricette che ci avrebbe inserito e aveva cercato un web designer che desse una forma alle sue idee. Il passo successivo era stato comprare un programma di lettura vocale per il suo computer. Tutto il resto era venuto da sé.

All'inizio le era sembrato poco più di un gioco, un passatempo per evitare di impazzire nel buio che la circondava, ma era rimasta sorpresa da quanto il suo nome fosse conosciuto tra gli appassionati di cucina. In tanti avevano cominciato a scriverle e a frequentare il sito in cerca delle sue ricette o di consigli per organizzare pranzi e cene. E rispondendo a tutte quelle mail, aveva trovato nuovi amici.

Le dava forza quel lavoro. La sensazione, nonostante tutto, di essere ancora nel mondo.

Dopo essersi liberata dall'accappatoio, Susan indossò un paio di pantaloni di velluto e un maglioncino color prugna che aveva scelto sul secondo ripiano dell'armadio, sfiorando con il palmo della mano la pila dei pullover.

Per essere in grado di scegliere da sola cosa indossare, senza fare disastri, per la stagione invernale si era affidata a diverse tonalità di grigio, di blu e di prugna. E a ognuno di quei colori aveva dedicato un ripiano dell'armadio.

Semplificare. Era diventata questa la parola chiave della sua nuova esistenza. E aveva imparato che semplificare era anche scegliere. Distinguere l'essenziale da ciò che non lo era.

Era stato straordinario scoprire come la gran parte delle cose che possedeva non fosse assolutamente indispensabile, come aveva pensato nella sua vita precedente. Ne aveva eliminate tantissime senza alcun rimpianto, sapendo che tanti oggetti intorno non sarebbero stati che una complicazione in più da gestire.

A proposito di complicazioni da gestire, si ritrovò a chiedersi mentre finiva di asciugarsi i capelli. Gabriele era stato davvero così sfuggente come le era sembrato? O il fatto di non vedere la stava facendo diventare paranoica?

Qualunque fosse la risposta – che si trattasse o meno del suo vicino – non avrebbe più concesso ad alcun uomo il potere di renderla felice o infelice. Quindi non era il caso di perdere tempo in inutili elucubrazioni.

Fece un profondo sospiro, rimise a posto il phon e si decise a tornare in salone da Margot. La cosa più importante era che sua figlia fosse con lei e che avessero ancora diversi giorni da passare insieme.

Appena erano rientrate dal centro commerciale, la signora Blasi, del secondo piano, aveva telefonato per invitare Margot a fare merenda su da lei. Con un tale tempismo che Susan aveva avuto il dubbio che le avesse viste rientrare dalla finestra.

Era stata così felice di conoscere una bambina tanto deliziosa, l'estate precedente. E le avrebbe fatto un immenso piacere poterla rivedere, aveva insistito.

Per rifiutare con ferma cortesia, Susan si era ritrovata a inventare su due piedi una scusa plausibile.

Forse era stata meschina e poco gentile. Ma era già così poco il tempo che avevano da passare insieme, che non aveva voglia di separarsi da sua figlia nemmeno per un'ora.

Aveva deciso di non dire a Margot di quell'invito e della strana sensazione che le aveva lasciato addosso. Al momento giusto, sarebbero andate insieme a fare gli auguri di Natale alla signora Blasi, magari portandole un Panpepato preparato con le sue mani, si ripropose Susan. E questo, ne era sicura, l'avrebbe fatta sentire meno in colpa.

«A che punto sei con l'albero?» chiese a Margot entrando in salone.

«Quasi finito. Sapessi come luccicano i cuori che abbiamo comprato…»

Dopo aver fatto qualche passo verso il centro della stanza, riconoscendo con il bastone l'angolo del divano e, più in là, i basamenti circolari delle sedie Tulip di Saarinen, tra i pochi mobili che aveva salvato dalla sua casa precedente, Susan si avvicinò all'albero, sfiorò le decorazioni che Margot ci aveva appeso e cercò di riconoscerle dalle descrizioni attente che sua figlia ne aveva fatto comprandole.

«Sarà un albero di Natale meraviglioso.»

«E dobbiamo ancora metterci le stelle, gli angeli e le luci.»

Colma di tenerezza, Susan si chinò su sua figlia per abbracciarla.

«Vedrai quanto piacerà anche alla zia Nora. Passeremo un bel Natale noi tre, insieme.»

Un attimo dopo si soffermò a riflettere su quanto fosse riduttivo pensare a Nora solo come alla moglie di suo zio Joe. Perché Nora era una donna sensibile, intelligente, piena di vitalità e di interessi. E lei la adorava.

Erano grandi amiche, non solo parenti indirette, si confermò con convinzione.

Margot si sciolse dall'abbraccio e Susan la sentì muoversi nella stanza.

«Ho finito il disegno per zia Nora. Glielo puoi mandare con il computer, così lo fa vedere anche a Jason, Alex e Charlene?»

Susan sentì un foglio sfiorarle la mano e lo prese.

«D'accordo. Lo scannerizzo e glielo spedisco con una mail.»

«Grazie, mamma.»

Rimanendo a guardare sua madre mentre raggiungeva il computer, Margot pensò che era soddisfatta dei risultati del suo lavoro, anche se non sapeva se avesse fatto bene a disegnare solo un orecchino con il pendente di ambra.

Ma nel ritrarre gli abitanti del palazzo era stata molto attenta ai particolari e in fondo ne aveva visto solo uno, la sera prima, quando era scesa a buttare la spazzatura, si convinse, tornando ad addobbare l'albero di Natale e dimenticando presto quel pensiero.

CAPITOLO DIECI

Roma

Sbattendo con rabbia lo sportello della macchina imprecò contro l'inutile rischio appena corso al centro commerciale. Per non farsi riconoscere aveva indossato una parrucca comprata qualche anno prima per una festa di carnevale e un paio di occhiali scuri. Ma a un certo punto Luna si era messa ad abbaiare...

Possibile che avesse intuito le sue intenzioni? O semplicemente non aveva apprezzato il suo travestimento?

La sua idea di approfittare della prima occasione possibile per attirare la piccola Margot in una trappola era andata in fumo.

Avrebbe riprovato, non aveva altra scelta. Ma il tempo non giocava a sua favore.

Durante la notte, che aveva passato insonne, non aveva smesso di chiedersi se togliere di mezzo la figlia di Susan Bley fosse davvero inevitabile. E la risposta era sempre stata la stessa: non sarebbe stato facile, ma se non voleva rischiare di passare il resto dei suoi giorni in prigione, non aveva alternative.

Per il momento aveva fallito, ma avrebbe cercato un altro modo per risolvere quella spiacevole faccenda.

Magari senza bisogno di un travestimento.

La piccola si fidava degli amici della mamma e con un pizzico di fortuna avrebbe accettato un invito ben formulato, senza sospettare le sue cattive intenzioni, si disse, rabbrividendo al pensiero della crudeltà di quell'inganno.

CAPITOLO UNDICI

Roma, 15 dicembre

Alle otto di quel lunedì mattina, oltrepassando l'imponente portone della Questura, il commissario Andrea Danzi annoverò la giornata appena iniziata tra quelle per le quali non avrebbe desiderato che una veloce conclusione.

Le indagini sul pedofilo che si firmava come il *Re di cuori* continuavano a tenerlo sulle spine e da un buon quarto d'ora la sua ex-moglie si stava lamentando al cellulare per l'assegno di mantenimento non ancora arrivato. E a poco era servita la sua promessa di provvedere, appena in ufficio, con un bonifico. Niente avrebbe arginato la solita tiritera sulla sua inaffidabilità.

Ne avrebbe almeno approfittato per dare il buongiorno a sua figlia, considerò Andrea Danzi, pazientando in silenzio mentre saliva le scale.

«Mi passi Sara, così la saluto?» riuscì infine a chiedere quando Elisabetta si interruppe per riprendere fiato.

«È appena scesa. Ti sei dimenticato che il pullman della scuola passa alle otto? Ma già... Che ne sai tu di quello che fa tua figlia?!»

La sua ex-moglie sarebbe riuscita ancora una volta a fare leva sui suoi sensi di colpa se la voce di Sara in lontananza non l'avesse contraddetta.

«Io vado. Ciao, mamma!»

Subito dopo Andrea Danzi sentì attraverso il telefono il rumore della porta che si richiudeva.

«Avevi detto che era già scesa...»

«Devo essermi sbagliata. Mi spiace, non ho fatto in tempo a dirle che eri al telefono.»

Nessuna incertezza. Nessun tentativo di mascherare la sua perfidia. Andrea Danzi avrebbe voluto dirle che era una stronza, e che lo era sempre stata, ma tacque. Mesi di inferno e di discussioni gli avevano insegnato la paziente arte del silenzio. Sapeva che le sue recriminazioni non sarebbero servite che a dare alla sua ex-moglie la soddisfazione di essere riuscita ancora a ferirlo.

«Adesso devo andare» tagliò corto entrando in ufficio. «Domani troverai i soldi sul tuo conto.»

Lasciò il cellulare sulla scrivania e decise che persino il caffè del distributore automatico sarebbe riuscito a dargli un minimo di conforto dopo quello spiacevole inizio di giornata.

«Ho qualcosa per te, Danzi.»

Aveva appena tirato fuori il bicchierino di plastica dalla macchinetta che il vice-questore Luca Argenti interruppe il suo rito mattutino.

Comprese dal sopracciglio leggermente sollevato e dallo sguardo divertito del suo superiore che il caso che gli stava affidando non sarebbe stata una passeggiata, così si prese il suo tempo.

«Di che si tratta?» gli chiese dopo aver sciolto lo zucchero e bevuto un paio di sorsi di caffè.

«Un autista dell'Ama ha chiamato stamattina presto. Stava ripulendo una discarica abusiva e ha intravisto una mano tra la spazzatura. Una nostra volante è andata sul posto e... oltre alla mano c'era tutto il resto. Dalle condizioni del cadavere non doveva essere lì da molto.»

«Uomo o donna?»

«Donna. Bianca. Apparentemente sulla trentina, abiti di marca. Non aveva con sé documenti, cellulare o altri oggetti personali. Sul corpo ci sono diverse ferite da arma da taglio.»

«Probabilmente speravano che in quella discarica non l'avremmo mai ritrovata.»

Il vice-questore confermò con un cenno. «Abbiamo le foto del cadavere e le stiamo confrontando con le denunce di scomparsa. A prima vista non sembra una prostituta. Il medico legale e il magistrato stanno andando sul posto.»

Andrea Danzi bevve in un sorso il caffè rimasto. «Allora è meglio che mi sbrighi. Non mi piace il lavoro di seconda mano.»

Sapeva troppo bene che una scena del crimine non inquinata era uno dei pochi presupposti per una veloce conclusione delle indagini. Così dopo aver salutato con un cenno il suo capo, buttò nel cestino il bicchierino del caffè ormai vuoto e si avviò di nuovo verso l'uscita.

Tutto sembrava confermare che non sarebbe stata una giornata facile.

Chi aveva ucciso quella donna doveva averle sottratto qualsiasi cosa potesse permetterne l'identificazione, sperando di farla franca.

Per come la vedeva lui, questo trasformava il suo lavoro in una sfida. E chiunque fosse stavolta il suo avversario, la partita stava per cominciare.

CAPITOLO DODICI

Roma

Verso l'ora di pranzo, davanti alla porta di Alexandra, Susan si fermò ad ascoltare preoccupata il querulo guaire di Orso. Lo aveva sentito lamentarsi per tutta la notte e cominciava a convincersi che ci fosse qualcosa che non andava.

Non aveva notizie di Alexandra da un paio di giorni. Da quando aveva disertato la cena che aveva organizzato per lei, per essere precisi. E l'inquietudine del suo cane, che nessuno sembrava consolare, faceva crescere in lei la preoccupazione.

Infilò la mano in tasca e sotto i polpastrelli percepì il freddo metallico del mazzo di chiavi che Alexandra le aveva lasciato per le emergenze.

Aveva suonato il campanello diverse volte e provato inutilmente a chiamarla sul cellulare.

Sarebbe dovuta entrare, magari solo per prendere Orso e portarlo giù da lei? Di sicuro il cane lupo di Alexandra sarebbe stato contento di poter scorrazzare un po' nel suo giardino insieme a Luna.

Aveva lasciato Margot a casa a sistemare il presepe, dicendole che doveva portare dello zucchero alla sua amica e che sarebbe tornata subito.

E ora? Se fosse tornata a casa con Orso, che altra bugia avrebbe inventato?

Un rumore di passi che salivano le scale la fece voltare.

«Ciao, Susan. Stai andando da Alexandra?»

Riconobbe quella voce prima che il suo vicino la raggiungesse e la salutasse con un'energica stretta di mano.

«Orso si è agitato tutta la notte e anche ora continua a lamentarsi. Ho provato a suonare ma... Non c'è nessuno a casa.»

Edoardo Ricci era il proprietario di una famosa enoteca a Campo de' Fiori e abitava al secondo piano con la moglie Matilde Alò, architetto in un'importante impresa di costruzioni. Erano stati i primi a invitarla a cena quando era arrivata in quella palazzina dell'Olgiata, in un momento della sua vita in cui non avrebbe nemmeno voluto alzarsi dal letto la mattina. Erano stati gentili e disponibili, senza offendersi per i suoi rifiuti. Avevano rispettato i suoi tempi, pronti ad accoglierla, ma senza farle pressioni.

Forse era un bene che Edoardo avesse deciso di fare le scale a piedi e si fossero incrociati, pensò Susan. Perché in fondo si sentiva sollevata dal poter condividere con qualcuno la sua preoccupazione per Alexandra.

«Anch'io non la vedo da qualche giorno. Forse è andata a Budapest dai genitori.»

«Perché mai avrebbe dovuto lasciare Orso da solo?»

Come sentendosi chiamato in causa, il cane lupo guaì ancora più insistentemente dietro la porta chiusa.

«Quelle che hai in mano... sono le chiavi di Alexandra?»

«Sì. Me le ha lasciate per le emergenze.»

«E lo zucchero?»

«Una scusa per mia figlia.»

Rimasero in silenzio per qualche istante, poi Edoardo propose: «Forse dovremmo entrare. Alexandra non se la prenderà sapendo che ci siamo preoccupati per il suo cane».

Già. Non sembravano esserci molte altre soluzioni. E il fatto di non essere sola – pensò di nuovo Susan – era un gran sollievo. Fece scivolare le dita sul legno della porta fino a che non sentì sotto i polpastrelli il freddo metallico della serratura. Con l'altra mano avvicinò la chiave e toccandone i contorni riuscì a infilarla nella toppa.

Apprezzò che durante quell'operazione per niente veloce Edoardo avesse aspettato pazientemente, senza ferirla con un sbrigativo "Non ti preoccupare, ci penso io".

Dopo due giri di serratura la porta si aprì e subito furono aggrediti da un odore acre di urina.

Lo scatto dell'interruttore le fece capire che Edoardo aveva acceso la luce. E visto che era giorno, significava che le tapparelle dell'appartamento di Alexandra erano abbassate.

Orso li raggiunse e le leccò le mani, felice.

«Ciao, cagnone. Sei contento che siamo venuti a trovarti, eh?» lo apostrofò Susan, chinandosi per carezzarlo. «C'è cattivo odore...» disse poi, preoccupata, rialzandosi.

E il silenzio di Edoardo le confermò che qualcosa non andava.

«Cosa c'è?» gli chiese.

«Orso ha fatto un gran casino e... ci sono i suoi bisogni sul pavimento.»

«È sempre stato un cane ben educato. Deve essere parecchio che qualcuno non lo porta fuori.»

Allungando il bastone davanti a sé, Susan fece qualche passo. Era stata diverse volte a casa di Alexandra e sapeva che la porta della cucina si affacciava sulla parete destra del salone.

«Aspetta.» Edoardo l'aveva bloccata e doveva essersi

chinato per raccogliere qualcosa da terra. «Un cuscino... Orso l'ha fatto a pezzi.»

Ancora pochi passi e dopo aver incontrato con il bastone l'infisso di legno della porta, Susan entrò in cucina. «Le ciotole di Orso. Cosa vedi?»

«Sono vuote.»

«Anche quella dell'acqua?»

«Sì.»

L'ansia e la preoccupazione le si addensarono alla bocca dello stomaco.

«Alexandra non lascerebbe Orso senza mangiare, e soprattutto senza bere. Dev'essere un po' che non torna a casa.»

Nel silenzio che si aprì sotto le sue parole, il pensiero che non poteva che esserle successo qualcosa di grave la colpì come uno schiaffo.

«Portiamo Orso giù da me e poi... forse sarà il caso di chiamare i suoi genitori. Magari loro hanno una spiegazione e noi ci stiamo preoccupando inutilmente» concluse senza troppa convinzione.

Edoardo la guidò con una pressione leggera della mano sul braccio e insieme uscirono dall'appartamento di Alexandra, seguiti da Orso.

Stavano già per entrare in ascensore, quando Edoardo si bloccò. «Le mie chiavi di casa. Le avevo in mano e... devo averle lasciate dentro.»

Un attimo dopo Susan lo sentì tornare indietro. E mentre lo aspettava sul pianerottolo, si chinò su Orso, per tranquillizzarlo con una carezza.

CAPITOLO TREDICI

Martha's Vineyard

Nora si alzò dal letto che era appena l'alba, quel lunedì mattina. La sera prima aveva ricevuto il disegno che Margot aveva fatto per lei e da quello che Susan le aveva scritto nella mail tutto a Roma procedeva per il meglio.

E allora il suo sogno? E l'immagine di Susan in lacrime tra i fiocchi di neve?

Se non fosse bastato, aveva anche sentito il vento sussurrare il suo nome.

Non aveva dormito granché quella notte, si rammaricò mentre decideva di rinunciare all'accogliente tepore del suo letto. E quando era riuscita finalmente a chiudere gli occhi per un po', una specie di cantilena aveva preso a ronzarle sommessamente nella testa.

Sono io... Sono qui... Sono io... Sono qui...

Sembrava una voce di donna. Una donna che voleva essere riconosciuta e trovata, ipotizzò entrando in cucina e apprestandosi a bere il primo caffè della giornata che, sapeva, non sarebbe rimasto a lungo il solo. Perché avrebbe avuto bisogno di qualcosa che la sostenesse anche nelle ore successive, visto come si sentiva.

Le girava la testa e aveva lo stomaco aggrovigliato.

Per quanto non si illudesse che sarebbe servito a molto, mandando giù il primo sorso di caffè decise che, quando sarebbe stata finalmente un'ora più decente di quella, avrebbe chiamato il dottor Caine e avrebbe preso appuntamento per una visita di controllo.

Forse il fatto che il suo medico di fiducia la rassicurasse sulle sue condizioni di salute sarebbe riuscito almeno a farla sentire un po' meglio.

O forse ci sarebbe voluto molto di più perché quel malessere l'abbandonasse, considerò, mentre tra i suoi pensieri si insinuava di nuovo la litania che le aveva fatto compagnia tutta la notte.

Sono io... Sono qui... Sono io... Sono qui...

CAPITOLO QUATTORDICI

Roma

Il commissario Andrea Danzi si poggiò con le spalle alla finestra del suo ufficio e con le mani giunte davanti alla bocca si mise a osservare le foto che aveva appena attaccato sulla lavagna magnetica. Anche così, in mezzo a tutti quei rifiuti, con quella smorfia di dolore sul viso e i primi segni del *rigor mortis*, si capiva che la vittima era stata una bella donna.

Aveva numerose ferite sul corpo e sulle mani. Forse una trentina. Causate da una lama sottile, aveva detto il medico legale. Probabilmente un bisturi, un taglierino, o un rasoio.

Doveva aver cercato di difendersi dalla furia del suo aggressore con tutte le sue forze. Inutilmente.

Chi poteva averla odiata fino a quel punto?

Anche lui aveva detestato profondamente sua moglie per la facilità con cui riusciva a ferirlo, trasformando in colpi bassi le debolezze che la loro intimità le aveva permesso di conoscere. Ma sarebbe mai potuto arrivare a ucciderla?

Non era facile ammettere che qualche volta l'idea che lei non esistesse più gli era parsa un sollievo. E allora? Cosa l'aveva fermato dal mettere in pratica i suoi impulsi? E perché altri non riuscivano a farlo?

Il cellulare prese a squillare e Andrea Danzi riconobbe la suoneria che aveva scelto per sua figlia. Prima di rispondere guardò l'orologio e si rese conto che erano già le due. Il pensiero del nuovo caso gli aveva fatto persino dimenticare l'ora di pranzo.

«Come stai, piccola?» le rispose, imbarazzato per essere stato colto in flagrante mentre rivolgeva pensieri omicidi alla sua ex-moglie.

«Stamattina non mi hai telefonato per il buongiorno.»

La voce di Sara era bassa, già adulta, e a lui non dispiaceva che non fosse smielata e squillante come quella di tante sue coetanee.

«Mi dispiace, era tardi e... tua madre ha detto che eri già uscita. Ti avrei chiamato tra un po', quando scendevo al bar per un panino.»

Avrebbe potuto aggiungere che come sempre la sua ex-moglie aveva mentito, e che anche se si erano separati ormai da tre anni continuava a fare il possibile per complicare le cose tra loro. Ma sarebbe solo riuscito a rendere ancora più infelice sua figlia.

«Non sei ancora andato a pranzo? Allora hai un nuovo caso.»

«E sono in alto mare.»

«Uomo o donna?»

«Donna» le rispose malvolentieri.

«Come l'hanno uccisa?»

«Okay, basta così. Queste cose non dovrebbero interessare una signorina di undici anni. Possiamo trovare un altro argomento di conversazione?»

«E il pedofilo che dovete arrestare? Quello che lascia la carta da gioco.»

«E questo chi te l'ha detto?»

«Leggo anch'io i giornali, papà. Mica sono più una bambina. Magari ti posso aiutare.»

«Non ho dubbi, ma devo guadagnarmi lo stipendio che mi danno. Com'è andata a scuola?» le chiese, per costringerla a cambiare argomento.

«Uhhmm...»

Comprese dalla lunga pausa di sua figlia che c'erano problemi in vista e che non doveva fare altro che aspettare per scoprire di cosa si trattasse.

Infatti bastò una manciata di secondi perché Sara infine gli chiedesse: «Ti ho già parlato di Gianluca?»

«Certo. Il Brad Pitt che sta in terza media.»

Be', se si trattava di un problema di cotte o di gelosia, poteva tirare un sospiro di sollievo. Anche se in fatto di tattiche sentimentali non era certo in grado di dare consigli a una bambina di undici anni.

«Oggi in bagno mi ha baciata.»

Andrea Danzi deglutì a fatica. Era difficile digerire che un ragazzo di quasi quattordici anni avesse osato baciare la sua bambina. Ma inspirò profondamente un paio di volte e continuò a parlare come se niente fosse.

«Mi sembra... una buona notizia. Hai detto che tutte le tue amiche sono innamorate di lui.»

«Mi ha baciata per farsi riprendere con il telefonino e mostrare il video ai suoi amici.»

Sara era ferita. E, se fosse stato per lui avrebbe mandato a scuola un paio di agenti per fare una bella predica a quel cretino che la stava facendo soffrire. Ma il suo compito era di aiutarla, non di complicarle la vita.

«Si tratta sempre di un bacio con il più fico della scuola.»

«Papà, aveva fatto una scommessa con i suoi amici! *Vuoi*

vedere che anche un maschiaccio come la Danzi cade ai miei piedi? E io glie l'ho fatta vincere quella scommessa.»

Per come stavano le cose, c'era ben poco che potesse fare per togliere quel macigno dal cuore di sua figlia.

«Noi uomini facciamo gli sbruffoni, ma la verità è che abbiamo una fifa matta di voi donne. Magari cercava solo il coraggio di baciarti.»

«Con tante belle ragazze che gli vanno dietro? Papà, forse non ti sei accorto che sono grassa.»

«Sei curiosa, sensibile, anticonformista, intelligente… Sei una ragazza speciale.»

«E grassa.»

Un profondo respiro e Andrea Danzi riuscì a continuare quella difficile conversazione. «Ok. Se qualche chilo in più ti rende infelice, cercheremo una soluzione.»

«Vado in palestra tre volte la settimana e le diete che mamma mi propina non funzionano. Non riesco a stare senza mangiare.»

«Allora non puoi fare altro che piacerti come sei.»

Il silenzio di sua figlia gli fece comprendere che stava valutando attentamente quell'ipotesi.

«Ci proverò» concluse poi. «Non sono bellissima, ma neanche Gianluca è il fico che crede di essere. E soprattutto ha dimostrato di essere un cretino.»

Finalmente Andrea Danzi riconobbe lo spirito di sua figlia e le sue labbra si distesero in un sorriso.

Almeno per il momento la crisi era arginata. Ma sapeva già che nell'arco della giornata la sua gastrite si sarebbe fatta sentire. Perché se Sara avesse avuto una famiglia unita e felice forse non avrebbe cercato una compensazione affettiva nel cibo.

«Ti chiamo stasera per la buonanotte.»

«Okay. A più tardi. Ciao, papo.»

Dopo aver riattaccato, Andrea Danzi poggiò il cellulare sulla scrivania e si massaggiò il viso con i palmi delle mani. Sara era una bambina sensibile e originale. Era orgoglioso di lei, ma sapeva che crescere le sarebbe costato qualche dispiacere in più. E che lui, come padre separato, si sarebbe sentito colpevole di gran parte di quelle sofferenze.

Con la consapevolezza di non poter fare molto perché le cose andassero diversamente, tornò alla lavagna magnetica.

Si soffermò ancora sulle foto della ragazza uccisa e ne ebbe una curiosa sensazione di familiarità. Chissà che figlia era stata e quanto le era costato diventare donna. E poi qualcuno aveva deciso che quello che aveva avuto dalla vita era abbastanza.

Per quanto poco fosse, l'unica cosa che poteva fare per lei e per chi aveva avuto il difficile compito di crescerla, era assicurare il suo assassino alla giustizia. Anche se tutto sembrava suggerire che non sarebbe stato facile.

Abiti curati, biancheria intima di marca, mani di chi non ha mai fatto lavori pesanti. Per come la vedeva lui, la donna che avevano trovato nella discarica apparteneva a un ambiente borghese. Da qualche parte doveva avere una famiglia, un compagno, degli amici.

Che però non avevano sentito ancora il bisogno di denunciare la sua scomparsa.

Allora? A cos'altro si sarebbe potuto appigliare per andare avanti nelle indagini?

Le impronte digitali della donna non erano schedate e vicino al cadavere non avevano trovato niente che potesse aiutarli nell'identificazione. A parte quell'unico orecchino con un pendente di ambra che la vittima ancora indossava...

Sembrava un gioiello prezioso e anche se poteva essere stato acquistato in qualsiasi parte del mondo, forse prima o poi si sarebbe rivelato un indizio importante.

E l'altro? Dov'era finito?

Accettando di avere per il momento più domande che risposte, il commissario Andrea Danzi prese il portafoglio dalla scrivania e se lo mise in tasca.

Sarebbe andato a mangiare un panino al bar con l'amaro presagio che, visti i pochi elementi a sua disposizione, non sarebbe stato facile scoprire chi aveva ucciso la donna della discarica.

CAPITOLO QUINDICI

Roma

Da almeno un quarto d'ora Margot non apriva bocca e questo la diceva lunga su quanto sua figlia fosse turbata, pensò Susan.

Orso aveva già divorato un paio di scatolette e si stava dando da fare a svuotare anche la ciotola dell'acqua.

«Tutto a posto?»

Susan allungò la mano per carezzare la testa di Margot, che le rispose solo dopo qualche secondo, come cercando le parole giuste per formulare il suo malessere.

«Perché se vuole bene a Orso, Alexandra l'ha lasciato senza niente da mangiare?»

E ora cosa poteva rispondere a sua figlia?

La verità era che non aveva la minima idea di cosa fosse successo alla sua amica e che con il passare delle ore si faceva sempre più consistente in lei il sospetto che potesse esserle accaduto qualcosa di grave.

«Avrà avuto dei problemi. Quando la sentirò, mi farò spiegare tutto. Perché intanto non porti Orso in giardino e non lo fai giocare con Luna? Quei due se la intendono alla grande.»

«Va bene. Orso! Luna! Andiamo. Su, belli.»

«Mettiti il giaccone, prima di uscire. Fa freddo.»

Susan rimase ad ascoltare il rumore della porta-finestra che si apriva e i passi di Margot, che si allontanava in giardino seguita dai due cani.

Se almeno Edoardo non avesse avuto un impegno urgente e fosse rimasto con lei, si rammaricò.

Avrebbe preferito essere in compagnia, ma avrebbe fatto lo stesso quello che doveva. Il numero dei genitori di Alexandra era memorizzato sul suo cellulare.

Tasto nove, riepilogò mentalmente cercandolo sulla tastiera.

Poi rimase in ascolto, con il telefono all'orecchio. Uno squillo, due, tre…

Cosa avrebbe detto alla madre di Alexandra? Come le avrebbe descritto il caos che c'era nell'appartamento di sua figlia, e il fatto che Orso fosse stato abbandonato a se stesso?

Una voce di donna rispose al quarto squillo. Il suono delle parole in ungherese le risultò incomprensibile, ma Susan sapeva che la mamma di Alexandra conosceva bene anche l'italiano e su questo confidò.

«Buongiorno, sono Susan, la vicina di Alexandra.»

«Sì, certo. Come stai, Susan?»

«Mi dispiace disturbarla, signora Becskei, ma Orso si è lamentato tutta la notte e… Non so se avrei dovuto farlo, ma stamattina sono entrata nell'appartamento di sua figlia con le chiavi che mi aveva lasciato. C'era anche Edoardo Ricci con me, lui abita al secondo piano e noi pensiamo che Alexandra non torni a casa da un po'. Orso non aveva da mangiare, né da bere. Mi chiedevo se lei sapesse qualcosa» concluse con un nodo in gola.

Rimase qualche istante in silenzio ad ascoltare la sua interlocutrice e poi annuì.

«Penso anch'io che sia la cosa giusta da fare. Sì. Aspetto che mi faccia sapere qualcosa.»

E così anche i suoi genitori non sentivano Alexandra da venerdì mattina, si disse Susan, ancora più in affanno, dopo aver chiuso la conversazione. Né avevano notizie o informazioni che giustificassero quello che lei aveva trovato in casa della sua amica.

Era profondamente addolorata per aver dovuto portare tanta preoccupazione nella vita di quella donna. Ma chiamare subito la polizia, come aveva deciso la mamma di Alexandra, le sembrava davvero la cosa migliore da fare.

CAPITOLO SEDICI

Roma

In quello stesso momento, percorrendo gli ultimi passi che lo separavano dalla sua Mercedes nuova fiammante, Edoardo Ricci ripensò con una morsa allo stomaco al disordine trovato in casa di Alexandra e al senso di abbandono che sembrava avvolgere l'appartamento.

Possibile che il calore e l'allegria che aveva assaporato in quelle stanze solo pochi giorni prima fossero già scomparsi?

Era stato un sollievo che Susan non potesse vedere quanto fosse scosso. Ed era stato un colpo di fortuna avere la possibilità di entrare con lei a casa di Alexandra, considerò aprendo l'auto.

Prima di andarsene era riuscito anche a riprendere le chiavi dell'enoteca. Credeva di averle perse qualche giorno prima e le aveva sostituite con il mazzo di scorta. Invece dovevano essergli cadute quando era andato da Alexandra.

Erano lì, in bella vista sul mobile del corridoio. Era bastato inventare una bugia per rientrare e Susan non si era accorta di niente.

Gli dispiaceva averla lasciata sola a chiamare i genitori di

Alexandra. Ma aveva deciso di defilarsi con una scusa banale per non correre il rischio di tradirsi.

Sarebbe andato al lavoro con un po' d'anticipo e avrebbe aspettato che Susan lo chiamasse per aggiornarlo, come erano rimasti d'accordo.

Ma che novità pensi che possano esserci?

Seduto in macchina, le mani strette intorno al volante, Edoardo serrò le mascelle e chiuse gli occhi. Per quanto fosse difficile ammetterlo, aveva ancora bisogno di Alexandra come dell'aria che respirava. E forse la desiderava ancora di più ora che non poteva averla.

Alexandra era bella, spigliata e disinibita. Per mesi si era sentito lusingato dall'essere stato scelto da una donna così. Ma poi i sensi di colpa avevano cominciato a logorare la sua leggerezza.

Sapeva che prima o poi avrebbe dovuto troncare quella relazione, che stava tradendo la fiducia di sua moglie, che – se solo avesse intuito – Matilde ne sarebbe uscita distrutta.

Ma questo non era bastato a fermarlo in tempo.

È incredibile come ci si spinga verso il baratro con l'illusione di padroneggiare il nostro destino, si rimproverò, allentando il nodo della cravatta per riuscire a respirare meglio.

Era già stato fagocitato dal traffico della via Cassia, quando il suo cellulare prese a squillare e riconobbe sul display il numero dell'impresa di costruzioni dove sua moglie lavorava come architetto. Fece per prendere gli auricolari ma poi decise di lasciarli al loro posto. Non se la sentiva di parlare della sua visita a casa di Alexandra. Era ancora troppo scosso per essere sicuro di non tradire i suoi sentimenti.

«Matilde... Tutto bene?» la salutò, dopo aver risposto.

«Sto mangiando un boccone al bar sotto l'ufficio. Tu dove sei? Perché non mi raggiungi?»

«Devo aspettare una consegna all'enoteca e non faccio in

tempo. Ti dispiace se ti chiamo più tardi? Sono in macchina e non trovo gli auricolari.»

«Non ti preoccupare, ci sentiamo con calma.»

Dopo aver chiuso la conversazione, Edoardo Ricci cercò di convincersi che un po' di tempo in più l'avrebbe aiutato a recuperare il controllo di cui aveva bisogno. E forse, quando l'avrebbe richiamata, sarebbe stato in grado di raccontare a sua moglie, con il giusto distacco, la visita nell'appartamento di Alexandra e il timore di Susan che alla loro coinquilina potesse essere accaduto qualcosa di grave.

CAPITOLO DICIASSETTE

Martha's Vineyard

«Cara Nora, che ti faccia piacere o no, sei in ottima forma» proruppe soddisfatto il dottor Jonathan Caine, sfilandosi lo stetoscopio con cui l'aveva auscultata e infilandolo nelle tasche.

«Eppure, la debolezza... Pensavo la pressione.»

«Credimi, stai bene e non hai bisogno di medicine.»

Ma se fosse esistita una pillola per tornare a essere una donna normale, senza sogni, visioni o contatti con l'aldilà, si sarebbe affrettata a farne uso?, si ritrovò a chiedersi Nora.

E si sorprese di non essere poi così sicura della risposta.

Come se avesse intuito i suoi pensieri, il dottor Caine la guardò di sottecchi. Anche se doveva aver passato da un po' la sessantina, era quel tipo di uomo che, si capiva, avrebbe sprizzato fascino fino alla fine dei suoi giorni. Aveva un fisico snello, occhi di un azzurro intenso e candidi capelli sempre un po' arruffati. Non bastasse, si interessava di letteratura, di arte, di scienza e di musica con la stessa passione e la stessa competenza.

«C'è qualcos'altro che vuoi dirmi?» le chiese.

Avrebbe capito se gli avesse parlato delle sue visioni e degli insoliti messaggi che riceveva dall'aldilà?

«Le è mai capitato di 'sentire' che qualcosa stava accadendo? Parlo di qualcosa che non avrebbe potuto sapere...»

«Percezioni?»

Jonathan Caine inforcò gli occhiali, improvvisamente interessato. Alle spalle della sua scrivania aveva appeso il manifesto della Regola d'oro di Norman Rockwell.

"Do unto others as you would have them do unto you" recitava la scritta sul disegno.

Fai agli altri quello che vorresti gli altri facessero a te. Un buon motto da affiggere sulla parete di uno studio medico, rifletté Nora.

«Sì, dottor Caine, percezioni. O forse non è che distrazione. Non ci si ricorda di avere già ricevuto quell'informazione e si pensa che sia nata per caso nella nostra testa» minimizzò poi, prendendo la sua giacca dalla sedia e indossandola.

Ma un attimo dopo comprese che se il suo intento era quello di nascondere la mano dopo avere tirato il sasso, non c'era riuscita.

«Credo che la vita sia qualcosa di più di quello che vediamo. E per quanto mi riguarda, cara Nora, sei la persona meno distratta che abbia mai conosciuto» sottolineò infatti con intenzione Jonathan Caine. «Ma ormai dovresti saperlo anche tu che sono un dottore un po' originale.»

Soffermandosi sull'azzurro brillante dei suoi occhi, Nora comprese che il dottor Caine aveva tutta l'intenzione di rassicurarla non solo sulla sua salute fisica, ma anche sulla sua sanità mentale.

Non aveva trovato Susan a casa, il giorno prima, quando l'aveva chiamata. Aveva ricevuto la sua mail, certo. Ma sentiva che questo non poteva bastarle.

Avrebbe provato a telefonarle di nuovo, si ripropose. E non avrebbe più cercato di fare finta che niente fosse accaduto.

«Penso che oggi mi concederò un'ora di Yoga. C'è un'ottima scuola a West Tisbury. La conosce?»

«Ci ho già mandato diversi pazienti» le sorrise il dottor Caine. «È incredibile come un po' di sana meditazione possa più di qualche aspirina.»

Per quanto non fosse una donna ipocondriaca e non avesse mai abusato di visite mediche o medicine, Nora decise di assolversi se per una volta aveva cercato la soluzione più facile. Non era un problema fisico la causa del suo disagio.

Avrebbe fatto la sua lezione di Yoga, decise. Si sarebbe dedicata alla respirazione profonda e avrebbe eseguito le *asana* che la sua insegnante le avrebbe proposto. Ma il momento migliore sarebbe stato quello della meditazione.

Avrebbe lasciato fluire le sue emozioni e, dimenticando la paura, si sarebbe preparata ad accogliere nuovi segni e nuovi sogni, se ce ne fosse stato bisogno.

CAPITOLO DICIOTTO

Roma

Alle sei di quello stesso pomeriggio, fermo davanti alla porta dell'interno uno, il commissario Andrea Danzi osservò, piacevolmente colpito, la donna con i lunghi capelli castani raccolti con apparente casualità dietro la nuca. Era piuttosto alta, magra, con il collo sottile ed efelidi leggere sugli zigomi.

Una donna attraente, non poté fare a meno di concludere, soffermandosi sulle labbra ben disegnate, di un rosa intenso.

E se non avesse indossato quegli occhiali scuri avrebbe capito se anche gli occhi fossero all'altezza delle aspettative, pensò prima di mostrarle il distintivo e dire: «Polizia, signora Bley. Mi dispiace disturbarla, ma avrei bisogno di farle qualche domanda.»

«È... per Alexandra?»

Andrea Danzi fu sorpreso dal modo in cui la donna ignorò il distintivo e socchiuse la porta alle sue spalle, come non volendo che qualcuno in casa ascoltasse i loro discorsi.

Annuì alla sua domanda. «Scusi se non mi sono ancora presentato. Commissario Andrea Danzi.»

«Sa già che sono Susan Bley.»

«Sì, io...»

Andrea Danzi impiegò qualche secondo prima di riuscire ad aggiungere altro, colpito dal modo in cui la donna aveva allungato tutte e due le mani nel vuoto per stringere la sua.

Non vedeva! Per questo indossava gli occhiali da sole anche in casa...

Cercò di camuffare la sua sorpresa.

«Bley. Sembra un cognome straniero» disse, pentendosi un attimo dopo di quell'osservazione davvero banale. Tanto più per un poliziotto.

«Sono nata a New York» tagliò corto Susan. «L'hanno chiamata i genitori di Alexandra?»

Andrea Danzi annuì ancora, ma questa volta si rese conto dell'inutilità di quel gesto.

«I signori Becskei si sono messi in contatto con noi attraverso la polizia ungherese.» Prese dalla tasca il piccolo taccuino che si portava sempre dietro. «C'è un posto dove possiamo parlare con tranquillità?»

«In casa c'è mia figlia e... Se per lei non fosse un problema preferirei che non ascoltasse i nostri discorsi.»

Susan Bley rimase immobile davanti alla porta e Andrea Danzi non poté fare a meno di apprezzare la determinazione con cui quella donna proteggeva la sua vita famigliare.

«Niente in contrario, ma quello che devo dirle...»

Susan rimase qualche secondo in silenzio, come a cercare il coraggio di formulare la domanda che poi riuscì a fare: «Cos'è successo ad Alexandra?»

«Mi dispiace. I genitori ci hanno subito fatto avere la sua foto via fax e... pensiamo che si tratti del corpo che abbiamo trovato stamattina in una discarica.»

La vide vacillare, ma comprese che non sarebbe stata contenta della sua compassione. Così, per quanto gli costasse, non fece niente.

«Se vuole possiamo entrare in casa. Sono in borghese e se ce ne fosse bisogno, per sua figlia, tenga presente che sono piuttosto bravo a dire bugie. Le farebbe bene sedersi un attimo e bere qualcosa. Posso anche aspettare qui fuori che sia pronta per parlare, se preferisce.»

Susan fu sorpresa dal tono gentile ma non pietoso di quelle parole. Probabilmente il commissario Danzi aveva dei figli, ed era un padre e un marito attento. Lo immaginò come un uomo solido, che non temeva le sue debolezze, né quelle degli altri. Una rarità.

«Grazie. Non ce n'è bisogno. Mi dia solo qualche secondo per riprendermi.»

Andrea Danzi rimase in silenzio per tutto il tempo che fu necessario. E solo quando Susan sollevò di nuovo il viso verso di lui, le chiese: «La sua vicina le aveva lasciato le chiavi di casa e il numero di telefono dei suoi genitori. Eravate amiche, suppongo.»

«Ho conosciuto Alexandra quando mi sono trasferita qui, poco meno di un anno fa. E ci siamo frequentate spesso. Sì, direi che siamo... che eravamo amiche.»

«Quando abbiamo trovato il corpo... aveva addosso un solo orecchino. Non siamo riusciti a trovare l'altro. Era d'oro, con un pendente di ambra.»

«Capirà che non li ho visti.»

Determinazione e ironia, osservò tra sé Andrea Danzi. Nonostante il viso stanco e i lineamenti tirati, le difficoltà non avevano fiaccato il temperamento di quella donna. Abbozzò un sorriso, e fu sollevato che lei non potesse accorgersene.

«Però una decina di giorni fa Alexandra mi aveva detto di aver ricevuto in regalo un paio di orecchini» continuò Susan Bley. «Forse erano quelli, o forse no. Non me li ha descritti. Aveva scherzato sul fatto che quando gli uomini vanno dall'orefice, hanno qualcosa da farsi perdonare.»

«E non le ha detto da chi aveva ricevuto quel regalo?»

«No e... a dire il vero, mi è sembrata insolitamente laconica sull'argomento.» Susan accennò un sorriso mesto. «Alexandra era una ragazza molto estroversa. Se le capitava qualcosa, non vedeva l'ora di poterne parlare con qualcuno.»

«Signora Bley, sa se la sua vicina avesse una relazione sentimentale?»

«Non lo so. Non credo. O perlomeno non me ne ha parlato.»

«Aveva litigato con qualcuno o qualcuno ce l'aveva con lei?»

«Non che io sappia. Alexandra era una ragazza gentile, e solare.»

La sua voce si incrinò e Andrea Danzi comprese che se fosse stata da sola probabilmente Susan Bley sarebbe scoppiata a piangere. O forse no. Sembrava una donna abituata a tenere a bada le sue emozioni. La vita doveva averla ferita molto per allenarla così bene.

«Se me lo permette, nei prossimi giorni la disturberò ancora con qualche domanda.»

Susan annuì con un impercettibile movimento della testa.

«Quando vuole, sono qui» gli rispose. E un po' si sorprese del piacere che provava all'idea di rincontrare quell'uomo che conosceva appena.

CAPITOLO DICIANNOVE

Roma

E così quel poliziotto era andato da Susan!, mugugnò tra sé, stringendo nervosamente i pugni.

Era stata una fortuna sentire le voci dalla tromba delle scale e potersi acquattare nella cabina dell'ascensore per ascoltare la loro conversazione.

Susan non sembrava sapere molto dell'orecchino di Alexandra e questo significava che per il momento sua figlia non le aveva detto niente.

La fortuna sembrava essere ancora dalla sua parte.

Negli ultimi due giorni aveva fatto il possibile per evitare di imbattersi nella piccola Margot. Non voleva fornirle pretesti per ricordare o commentare il loro incontro fortuito nei sotterranei. Ma ora che il corpo di Alexandra era stato ritrovato e la polizia avrebbe continuato per un po' ad andarsene in giro a fare domande, doveva fare il possibile e l'impossibile per proteggere il suo segreto.

Per fortuna aveva trovato un'ottima soluzione per togliere di mezzo la figlia di Susan Bley. E questa volta avrebbe evitato di sporcarsi le mani per fare quello che doveva.

CAPITOLO VENTI

Roma

«Sei triste, mamma?»

La voce di Margot, alle sue spalle, la fece sussultare.

Erano le nove di sera, Susan era seduta su una sedia della cucina con le braccia abbandonate sul grembo e per quanti sforzi avesse fatto fino a quel momento, non era riuscita a togliersi dalla mente il pensiero del corpo di Alexandra buttato in una discarica come una cosa vecchia.

Alexandra piena di vita. Alexandra che prima di uscire passava sempre a salutarla. Alexandra che era felice perché aveva appena ottenuto una parte in una fiction televisiva. Alexandra che amava Orso.

Ma quell'Alexandra non c'era più e non ci sarebbe più stata, si rammaricò Susan, seppellendo la sua tristezza dietro il tono di voce più accogliente di cui fosse capace.

«Scusami, Margot, sono un po' stanca e... mi sono presa una piccola pausa.»

«Hai cucinato biscotti per tutto il pomeriggio e il nonno dice che quando cucini troppo significa che sei preoccupata.»

Susan accennò un sorriso. Per quanto continuasse a

sorprenderla, dopo suo marito nessuno sembrava conoscerla meglio di Rodolfo. Ma in fondo erano padre e figlio, rammentò a se stessa, consapevole della simpatia e della stima che continuava a provare per suo suocero.

Sapeva che se i rapporti con la famiglia di suo marito si erano deteriorati negli ultimi mesi, non era colpa di Rodolfo.

Susan fece un profondo sospiro e si impose di abbandonare quei pensieri dolorosi. Allungò la mano per cercare quella di Margot.

«Allora? Come procede il nostro albero di Natale?»

«Sono salita sulla sedia per attaccare le decorazioni più alte. Ora mancano solo i fili dorati e il puntale.»

«Sarà un albero meraviglioso» le disse carezzandole i capelli.

Il Natale era vicino, il traffico di Roma sarebbe impazzito come sempre, le case si sarebbero riempite di luci e di addobbi, i regali si sarebbero moltiplicati sotto l'albero, i panettoni avrebbero intasato gli scaffali dei supermercati. Ci sarebbero stati giorni di festa per tutti, ma non per Alexandra, non poté fare a meno di pensare Susan.

Com'era possibile che qualcuno l'avesse uccisa così brutalmente?

Il commissario Danzi aveva usato tutto il tatto possibile, ma niente poteva attenuare l'orrore del corpo della sua amica colpito a morte e gettato in una discarica.

«Cos'è successo ad Alexandra?»

La domanda di Margot risuonò nel silenzio. Un attimo dopo sua figlia si strinse a lei e Susan comprese di non poter evitare a lungo quella domanda.

«Alexandra. Si è sentita molto male e...»

«È morta?»

Solo una bambina della sua età avrebbe potuto formulare quella domanda in modo così diretto e naturale.

«Sì. Purtroppo sì.»

Non era tutta la verità, ma non erano i dettagli che avrebbero fatto la differenza.

«Allora Orso è rimasto solo. Possiamo tenerlo con noi, mamma?»

«Non lo so, Margot. Non è facile occuparsi di due cani.»

«Alexandra non c'è più e Orso ha bisogno che qualcuno si prenda cura di lui.»

«Ma io sono sola. E ho già Luna. Come posso occuparmi anche di Orso?»

Margot si slacciò d'impeto dal suo abbraccio.

«Dì alla nonna che torno a vivere con te! Ora sono grande. Potrei aiutarti anch'io con i cani.»

No. Non una bambina che si preoccupa di accudire una donna adulta, sola e cieca.

Susan sentì che l'onda nera stava per precipitarle addosso con la potenza di un tornado, ma doveva pensare a sua figlia e non poteva lasciarsi trascinare via dal mare in tempesta.

«Mi dispiace, Margot. Non è così semplice.»

«Ti prometto che non farò pasticci, e che non mi butterò più addosso l'acqua bollente.»

Per un attimo quelle parole la fecero vacillare. Susan allungò le mani davanti a sé fino a incontrare il corpicino sottile di Margot e si inginocchiò accanto a lei per stringerla forte.

«Non è colpa tua se ti sei fatta male. Se mi fossi accorta che ti eri avvicinata ai fornelli… Se non avessi deciso di cucinare mentre eravamo sole a casa… Sono stata una stupida ed è solo colpa mia se sei finita in ospedale.»

Era stata quella la goccia che aveva sciolto la sua strenua resistenza e aveva aperto la strada alle pressioni di Lavinia. Quale prova più lampante di non essere in grado di accudire Margot dell'averla fatta finire al Pronto Soccorso con ustioni di terzo grado su una spalla, di cui avrebbe per sempre portato i segni?

Per tutti gli anni che le erano stati ancora riservati per vivere, Susan sapeva che non avrebbe mai dimenticato la soffocante sensazione di impotenza nel sentire sua figlia gridare di dolore mentre lei non sapeva cosa fosse successo né tantomeno come aiutarla. Aveva continuato a sentire quel pianto disperato per mesi, di giorno, e di notte. Senza capacitarsi di non averle saputo risparmiare tutto quel dolore.

Forse avevano davvero ragione i suoi suoceri, si era detta mentre nella sala d'attesa dell'ospedale aspettava di sapere come stesse Margot. Almeno loro l'avrebbero protetta, come lei non era più in grado di fare.

E quello era stato l'inizio del suo incubo peggiore...

«Se non è stata colpa mia, allora fammi tornare a casa con te. Ci penso io a Orso e a Luna» insistette ancora Margot.

Proprio quello che non voleva. Fare di sua figlia una bambina adulta che si assumeva responsabilità che sua madre non era in grado di prendersi.

Ma Margot aveva solo dieci anni e non poteva parlare con lei di questo.

«Anche i nonni hanno bisogno di te. Per questo stai un po' con loro e un po' con me.»

«Tanto con loro e poco con te.»

Susan ringraziò lo squillo del telefono che per fortuna la salvò da quella conversazione che si stava facendo parecchio complicata.

«Puoi rispondere tu, Margot?»

E alla risposta positiva di sua figlia, con il cuore pesante si girò per sfornare gli ultimi biscotti.

Avrebbe cucinato, e cucinato ancora. Finché parte di quel dolore non si fosse assopito. Non sarebbe stata ferma ad aspettare che l'onda nera la travolgesse. E forse, chissà, avrebbe funzionato.

«È per te, è la zia Nora.»

«Le hai chiesto se ha preparato le valige per venire da noi?» Poi, quando ne percepì la superficie fredda che le sfiorava la mano, Susan prese la cornetta del telefono che Margot le stava porgendo. «Nora... Come stai?»

«Siamo pieni di neve a The Vineyard. Ho detto a Margot che se fosse qui si divertirebbe un mondo.»

«Allora il prossimo Natale veniamo noi a trovarti.»

«Non è una cattiva idea. E io torno ancora da voi quello dopo.»

«Mamma, io vado in giardino a far giocare i cani» le gridò Margot dal corridoio. «Magari incontro anche...»

Ma Susan, presa dalla sua conversazione telefonica, si accorse solo in quel momento che sua figlia stava parlando con lei e si interruppe per chiederle: «Scusami. Cosa mi stavi dicendo?»

«Che vado in giardino a far giocare i cani» riassunse Margot, impegnata con Orso e Luna che, alla vista della palla che usava per farli giocare, avevano preso a saltellarle intorno felici.

«D'accordo, ma copriti bene» le raccomandò Susan prima di tornare alla conversazione telefonica. «Scusami, Nora.»

«Non ti preoccupare, ma... Margot ha detto "i cani". Non avevi solo Luna?»

Susan ringraziò che sua figlia fosse uscita perché quella domanda le dava l'opportunità di spiegare a Nora la cosa terribile che era successa e di prepararla prima del suo arrivo al fatto che nel suo palazzo fosse avvenuto un omicidio.

«Ho qui con me il cane di Alexandra. Ti ricordi la mia amica attrice che abitava al piano di sopra?»

«Certo. Ma perché: "abitava"?»

Nora era una donna attenta. E quel verbo al passato l'aveva subito messa sull'avviso.

«È stata uccisa. Venerdì doveva venire a cena da me e non si è presentata. Oggi hanno trovato il corpo in una discarica.»

Il pensiero di Nora andò subito al volto piangente di Susan apparso tra i fiocchi di neve solo due giorni prima ed ebbe le sue risposte senza dover inventare strane scuse per tastare il terreno, come si era ripromessa.

Eccolo il motivo delle lacrime e del suo nome che aveva sentito sussurrare nel vento.

Il dolore di Susan aveva attraversato l'oceano ed era arrivato fino a lei.

Sono io... Sono qui...

Il corpo di Alexandra era nella discarica e forse con quell'invocazione l'amica di Susan voleva essere ritrovata, provò a spiegarsi Nora, turbata. Per quanto le fosse già successo, quel contatto con il mondo degli spiriti non smetteva di sconvolgerla.

«Mio Dio, che cosa terribile, Susan. La polizia ha idea di chi possa essere stato?»

«Stasera è venuto da me il commissario che si occupa delle indagini e non sembra che sappiano ancora molto. Ma anche se fosse, probabilmente non ne avrebbe parlato con me.»

O forse sì?

Perché per quanto profondamente turbata, Susan aveva percepito una strana elettricità mentre stava davanti a quell'uomo. Una sensazione che aveva provato una sola volta, tanti anni prima, quando aveva conosciuto suo marito.

Attrazione? Alchimia?

Davvero non sapeva dire di cosa si trattasse. In fondo lo aveva incontrato solo per pochi minuti. Ed era una donna cieca, vedova e con una bambina che non era stata nemmeno in grado di tenere con sé. Ormai era fuori dai giochi del corteggiamento. E provare attrazione per un uomo non era tra i propositi di quello che le rimaneva di questa vita.

O forse stava solo cercando di non pensare ad Alexandra. Perché la morte della sua amica era stata così improvvisa che in molti momenti ancora le sembrava irreale.

«Mi dispiace davvero tanto per quello che è successo. Immagino come puoi sentirti» le disse Nora.

«La parte più difficile è cercare di mascherare tutto con Margot. Sono le sue vacanze di Natale. E poi...» Un attimo di pausa e Susan riuscì finalmente a formulare il pensiero che più le premeva. «Se i miei suoceri sapessero che qualcuno del palazzo è stato assassinato, verrebbero subito a riprendersi Margot e mi accuserebbero di essere una mamma egoista perché non l'ho ancora rimandata da loro.»

«Non sei una mamma egoista. E meriti di passare questi giorni insieme a tua figlia. Li hai aspettati tanto.»

«Non sopporterei di vederla andare via così presto.»

La sua voce, ora, era incrinata dal pianto.

«Margot non andrà via. E tra poco sarò anch'io lì con voi. Vedrai che quando saremo insieme sarà tutto più facile.»

Con il dorso della mano, Susan si asciugò una lacrima sfuggita al suo controllo. Aveva deciso di non piangere e non lo avrebbe fatto. Non avrebbe permesso che sua figlia si accorgesse dei suoi occhi arrossati e della sua tristezza.

«Non vedo l'ora che arrivi. Hai ricevuto il disegno di Margot che ti ho mandato via mail?»

«Sono davanti al computer e lo sto stampando proprio ora, ma...» Nora rimase qualche secondo senza parole prima di chiedere a Susan: «Margot aveva disegnato anche Alexandra?»

«Penso di sì. Mi ha detto di aver ritratto tutti i miei vicini per facilitarti quando li avresti conosciuti. Alexandra dovrebbe essere alla finestra...»

«... del primo piano» concluse per lei Nora, attenta a

camuffare l'improvviso tremore della voce. «Proprio sopra al tuo appartamento.»

Lunghi capelli biondi, occhi del colore dell'acquamarina, il viso sottile... La giovane donna disegnata da Margot era la stessa che lei aveva sognato solo una notte prima e che aveva scritto sul vetro il nome di Susan!

«Ti avevo già detto dove abitava?»

«Forse sì. Non so come altro avrei potuto saperlo» mentì Nora.

Non era stata sincera e non ne era contenta. Ma per il momento non avrebbe potuto fare altrimenti.

Sai a me capita di sognare persone che non sono più su questa terra, avrebbe dovuto dirle. *E qualche volta anche tuo zio mi ha scritto dei messaggi, servendosi delle lettere dello Scarabeo.*

Ma un discorso del genere, in quel momento, e al telefono, avrebbe complicato estremamente le cose. E non sarebbe servito a nessuna delle due.

Realtà e immaginazione. Vita e morte. Sonno e veglia. Ancora una volta tutto si confondeva.

Le era già accaduto. Ne era stata travolta. E non voleva che accadesse ancora.

Tutto quello che poteva fare – comprese – era imparare a convivere con il suo 'dono'.

Signore, dammi la serenità di accettare le cose che non posso cambiare, il coraggio di cambiare quelle che posso e la saggezza di comprenderne la differenza, si recitò in silenzio.

Poi, dopo aver fatto a Susan i complimenti per il disegno di Margot, la salutò, promettendole di richiamarla al più presto.

Avrebbe dovuto dirle qualcosa di più?, non poté non chiedersi dopo aver chiuso la conversazione, con il telefono ancora in mano. Forse sì. Perché per quanto avesse trovato qualche risposta, i suoi dubbi e le sue preoccupazioni non si erano placate.

Era dispiaciuta per Susan. E tanto. Da mesi la sua vita sembrava non trovare pace e il destino non smetteva di proporle nuove prove da superare.

Ma c'era qualcos'altro che la turbava ancora di più. Perché sapeva per esperienza che se l'anima di Alexandra si era presa la briga di apparirle in sogno, poteva essere solo perché aveva ancora qualche conto in sospeso da risolvere nel mondo dei vivi prima di allontanarsi per sempre nella quiete eterna dell'aldilà. E sarebbe toccato a lei capire di cosa si trattava.

CAPITOLO VENTUNO

Roma, 16 dicembre

Seduta davanti alla finestra per catturare la luce migliore, il martedì mattina Rosa Blasi finì di ricamare la foglia d'edera che scivolava giù dalla spallina dell'abito di chiffon verde acqua. I cristalli swarovski creavano degli splendidi riflessi di luce, ma erano così minuscoli che l'avevano fatta impazzire per ore.

Stiracchiando i muscoli indolenziti, accettò rassegnata l'evidenza che a cinquant'anni la sua schiena cominciava a risentire delle ore di immobilità richieste dai complessi ricami che le venivano affidati. Ma sapeva che non avrebbe rinunciato a quel lavoro per niente al mondo. Era stato una parte importante della sua rinascita e non voleva tornare a giornate inoperose, piene solo di brutti pensieri.

Massaggiandosi il collo, Rosa si affacciò alla finestra e rimase a guardare il terrazzo di Alexandra Becskei, al piano di sotto. Le serrande erano chiuse e sul tavolino di vimini era rimasto un posacenere sporco di cicche.

Erano bastati pochi giorni per dargli l'aspetto di una casa disabitata. La polvere sul pavimento, le piante che cominciavano a seccarsi, la scopa che nessuno avrebbe rimesso a posto... Presto sarebbe arrivato un nuovo inquilino che avrebbe piantato nuovi fiori nei vasi, buttato via le cose vecchie, imbiancato la casa. E tutto sarebbe ricominciato da capo, come se il passato non fosse mai esistito.

Ma si può davvero cancellare il passato?, non poté fare a meno di chiedersi, turbata, allontanandosi dalla finestra.

Il pensiero di quanto potessero essere sconvolti e disperati i genitori di Alexandra fece calare un velo scuro sui suoi pensieri.

Decise di andare in cucina per versarsi da bere. Non poteva permettersi di lasciare spazio a ricordi che l'avrebbero di nuovo fatta precipitare nel baratro.

Il prezzo della sua sopravvivenza era l'oblio Dimenticare tutto e pregare il cielo che tutti si dimenticassero lei. Per questo aveva cambiato casa e città. Per non essere che una persona tra tante.

Prese dal frigo del succo d'arancia, ma già prima di averlo versato nel bicchiere si rese conto che non sarebbe bastato. Salì sulla sedia e allungando la mano sul ripiano più alto trovò la bottiglia di Sambuca che ci aveva nascosto qualche settimana prima.

Ecco. Era quello il suo elisir dell'oblio...

Con un solo gesto avrebbe annullato i faticosi progressi degli ultimi mesi. Ma sopravvivere era un complesso equilibrio che richiedeva continui aggiustamenti. E qualche volta anche scegliere ciò che le faceva male era meglio del dover affrontare i suoi demoni.

Aveva tanto sperato che Susan mandasse la piccola Margot a fare merenda su da lei, ma forse era stata troppo pressante con il suo invito.

L'aveva insospettita?

La sua vicina aveva trovato una scusa per non far salire la

bambina, non era stato difficile capirlo. Probabilmente non si fidava. E nessuno più di lei poteva sapere quanto Susan avesse ragione.

Si versò due dita di Sambuca, che bevve in un sorso, e poi riempì di nuovo il bicchiere. Suo marito non sarebbe tornato che all'ora di cena e forse sarebbe riuscita a fare in modo che non si accorgesse di niente. Sarebbero bastati un buon dentifricio e una conversazione banale.

Un attimo dopo riprese in mano il vestito da sera che stava ricamando, lasciando a portata di mano la bottiglia. Sapeva che ancora per un po' si sarebbe sentita bene e che solo più tardi l'alcol le avrebbe annebbiato i pensieri e reso insicure le mani.

Avrebbe approfittato del tempo che la separava da quel momento per lavorare ancora. Il giorno dopo doveva consegnare l'abito all'atelier che gliel'aveva commissionato e non poteva permettersi di non rispettare gli accordi.

Era entrata in un buon giro. Importanti firme dell'Alta Moda si rivolgevano a lei per la sua abilità nei ricami. E non voleva perdere quello che era faticosamente riuscita a crearsi in quasi dieci anni di duro lavoro.

Se non avesse avuto un impegno che la obbligava a svegliarsi la mattina e che la sera la faceva sentire così stanca da costringerla a non pensare a niente, non riusciva davvero a immaginare cosa sarebbe stato della sua vita.

CAPITOLO VENTIDUE

Martha's Vineyard

Nora controllò la sua immagine riflessa nello specchio e decise che quel completo pantaloni di seta blu notte sarebbe stato perfetto per il concerto di quella sera. Elegante ma sobrio, come piaceva a lei.

Dopo aver agganciato al filo di perle un prezioso cammeo che anni prima aveva comprato a Napoli, decise di riporre il tailleur pantaloni e gli accessori nella borsa da viaggio che aveva già aperto sul letto. Avebbe dedicato il tempo che le rimaneva a una doccia calda che, sperava, sarebbe riuscita a sciogliere l'irrequietezza che in quegli ultimi giorni non voleva saperne di abbandonarla.

Appena pronta, sarebbe andata con la macchina al traghetto e poi avrebbe raggiunto Meg a Boston. Si sarebbe cambiata da lei, prima di andare al concerto, e avrebbe lasciato i regali che i suoi nipotini avrebbero trovato sotto l'albero il giorno di Natale.

Poi avrebbe passato una piacevole serata insieme a Steve alla Boston Opera House.

Un programma perfetto. Ma allora perché continuava a

sentirsi come si sentiva? Soltanto perché dopo tanti anni aveva ricevuto una nuova domanda di fidanzamento?

Non poteva negare che la prospettiva di impegnarsi ancora sentimentalmente la emozionava e la confondeva. E che forse non si sentiva pronta per un nuovo rapporto, anche se Steve era un uomo speciale. Ma dentro di sé sapeva che non era solo quel pensiero a farla sentire così, riuscì ad ammettere avvolgendosi nell'accappatoio e aprendo il getto d'acqua calda della doccia.

Perché qualcosa di grave stava accadendo, era accaduto o doveva ancora accadere. E non si trattava solo del volto in lacrime di Susan che aveva intravisto nella trama dei fiocchi di neve o del suo nome sussurrato dal vento.

Il fatto che l'amica di Susan le fosse apparsa in sogno quando era già morta poteva significare molto di più.

Cosa voleva da lei? E perché aveva scritto proprio il nome di Susan su quel vetro appannato?

Era già successo. E sapeva che non si sarebbe fermato tutto lì.

Aveva passato mesi a cercare di fare i conti con il suo 'dono'. In alcuni momenti aveva anche provato a dimenticarsene, illudendosi di poter tornare a essere una donna come tutte le altre. Ma ora sapeva che continuare a ignorarlo non sarebbe servito a niente.

Se Alexandra si era affacciata nei suoi sogni, era perché aveva bisogno del suo aiuto.

Per vendicare il suo omicidio?, si chiese Nora un attimo dopo, entrando nella doccia e lasciando che l'acqua calda le scorresse sul viso.

Forse però Joe sapeva perché Alexandra si era rivolta proprio a lei. Ma Joe aveva smesso da mesi di scriverle messaggi.

Per lasciarla libera di iniziare una nuova vita senza di lui, come sosteneva la sua amica Debbie?

Ma se poteva vederla, da dove si trovava, ora sapeva di Steve, dell'anello e del resto...

Era contento per lei? O geloso?

Esisteva la gelosia nel posto in cui ora si trovava?

No, si impose, insaponandosi con foga. Adesso il problema era un altro. E la domanda era: se la posta in gioco era alta, e di sicuro riguardava Susan, Joe si sarebbe preoccupato di intercedere con lei per l'anima di Alexandra?

Per come stavano le cose in quel momento non poteva saperlo. Perciò, uscendo dalla doccia, cercò di scrollarsi di dosso quei pensieri.

Doveva prepararsi in fretta per arrivare in tempo al traghetto. Avrebbe passato un po' di tempo con sua figlia e con i suoi nipotini, e per quella sera aveva in programma un concerto di Barbra Streisand che, sapeva, sarebbe stato meraviglioso.

Una minaccia indefinita aleggiava sulla vita di Susan, ma per quanto questo le riempisse il cuore d'angoscia non c'era niente di più che al momento potesse fare.

Avrebbe aspettato il giorno dopo, e poi avrebbe di nuovo telefonato a Susan con una scusa qualsiasi per tenersi aggiornata su quello che stava succedendo a Roma e per sapere se ci fossero novità sull'omicidio di Alexandra.

CAPITOLO VENTITRÉ

Roma

«Mamma, posso andare a giocare nel parco?»

Susan aveva appena finito di rispondere a un paio di mail quando udì alle sue spalle la voce di Margot. Sfiorò con le dita le lancette della sveglia e si accorse che erano già le quattro.

«Hai riposato abbastanza?»

«Non sono riuscita a dormire. Ho guardato un po' di televisione.»

Nella voce di sua figlia Susan non ritrovò la solita spensieratezza di bambina e comprese che il pensiero di Alexandra doveva continuare a ronzarle nella testa.

«Perché non vieni a darmi un bel bacio?» la invitò a braccia aperte. E solo un attimo dopo avvertì il corpicino caldo e sottile di Margot che si rifugiava nel suo. «Ne approfitto ora perché quando sarai più grande ti vergognerai troppo per permettermi ancora di farlo.»

«Non sarò mai troppo grande per questo.»

A Luna non sembrò vero di poter cogliere quell'occasione per unirsi al loro abbraccio. Susan sentì il lungo pelo del golden retriever sfiorarle la gamba e la lingua ruvida che le leccava le mani.

«Allora mamma? Posso andare a giocare al parco?» le chiese ancora Margot.

Perché continuava a sentire quello strappo ogni volta che sua figlia si allontanava da lei? Non poteva aspettarsi che passasse tutte le vacanze sotto le sue ali di chioccia e non poteva farne una prigioniera solo perché aveva paura di non essere in grado di provvedere a lei.

«Sono già le quattro. Farà buio presto... Ma vai. Anche sen non credo che troverai molta compagnia, con questo freddo» concesse, con un peso sul cuore.

«Porto una palla per giocare con Orso e Luna. Così si sgranchiscono le zampe.»

«Sì. Ma lascia qui Orso. Ho telefonato a Giacomo Nesti, mentre eri in camera. Verrà a prenderlo tra poco. Si occuperà lui del suo addestramento.»

«Questo significa che terremo Orso con noi?! Grazie, mamma! Grazie!»

Sua figlia l'abbracciò con tanto entusiasmo che temette di cadere dalla sedia.

«Però prima di uscire... aspetta.»

Susan allungò la mano sulla scrivania. Riconobbe al tatto la pila dei fogli per la stampante, il portapenne, il quarzo rosa che teneva accanto al computer, e finalmente quello che cercava. Porse a Margot uno dei due walkie-talkie che un paio di settimane prima si era fatta comprare da Delia.

«E questo cos'è? Un cellulare dei dinosauri?» esplose divertita Margot.

«Ho pensato che può essere un buon modo per comunicare, quando sei nel parco.»

Sua figlia avrebbe capito che si trattava solo di uno stratagemma per arginare la paura che l'assaliva ogni volta che si allontanava da lei?

«Una cosa tipo: Base uno chiama Base due?»

Susan sorrise. «Oppure tipo: ho buttato la pasta torna a casa, Margot.»

«Ma non era meglio se mi compravi il cellulare? Ormai ce l'hanno tutti in classe.»

«Abbiamo detto in prima media.»

Margot comprese che sull'argomento non c'era spazio per una trattativa e si rassegnò a cambiare discorso. «Va bene se torno alle cinque?»

«Vada per le cinque. Ma non più tardi.»

Un attimo dopo Susan sentì sua figlia che usciva nel parco con Luna e l'improvviso silenzio della casa la lasciò come stordita.

E ora?

Lavorerò, si impose, tornando al computer e sperando che quell'occupazione avrebbe tenuto a freno l'ansia che l'assaliva ogni volta che Margot si allontanava.

Il parco era davanti al suo giardino, circondato da altre case. Non c'erano strade né macchine.

Senza pensare che giocare con Luna avrebbe distratto Margot dal pensiero di Alexandra.

Più sollevata, Susan decise di inserire nel suo sito web la ricetta per i supplì di riso nero con mozzarella di bufala e quella per la torta di pere con cioccolato fondente.

Era sempre attenta a creare pasti equilibrati, con ingredienti di qualità e solo frutta e verdura di stagione. Perché in cucina, come nella vita, amava la semplicità.

Visto il tempo a disposizione, ne approfittò anche per rispondere alla mail di una donna che le chiedeva consigli per il suo pranzo di nozze. Lei e lo sposo erano piuttosto avanti con gli anni e volevano organizzare un ricevimento per pochi amici, nella loro casa di campagna.

Approfittando del fatto che la cerimonia si sarebbe tenuta nel mese di maggio, Susan suggerì alla promessa sposa un elegante pic-nic, dilungandosi sul menù e sull'apparecchiatura, sui fiori per gli addobbi e sulla presentazione delle pietanze.

Soddisfatta, quando finì di scrivere la sua mail di risposta, controllò l'orologio. Era riuscita a ingannare quasi una mezz'ora del suo tempo, ma il desiderio di sentire Margot per sapere se fosse tutto a posto stava diventando sempre più impellente.

Ma forse posso resistere ancora un po'.

Avevano fissato il coprifuoco per le cinque e lei avrebbe aspettato fiduciosa. Non l'avrebbe assillata con le sue preoccupazioni da mamma ansiosa e apprensiva. Non le avrebbe fatto pesare di essere la figlia di una donna cieca che si sentiva incapace di accudirla.

Giacomo Nesti sarebbe stato lì a minuti, e poi si sarebbe rilassata un po' sul divano.

Solo una mezz'ora e Margot sarà a casa, si disse rimettendo a posto il walkie-talkie che aveva già preso in mano per chiamarla. Evitò di ascoltare la voce che avrebbe voluto dire a sua figlia di tornare a casa. Subito.

CAPITOLO VENTIQUATTRO

Roma

E così il momento che aspettava da giorni era finalmente arrivato, si disse, con la bocca improvvisamente asciutta, infilando il cappotto e precipitandosi fuori di casa.

La piccola Margot era giù nel parco. E non c'era nessuno con lei.

Un'occasione talmente perfetta, che sembrava un dono mandato dal cielo per risolvere i suoi problemi.

Scese gli scalini a due a due, cercando di sbrigarsi e di non fare rumore. Non poteva permettersi di perdere nemmeno un secondo se non voleva veder sfumare quell'occasione d'oro.

Sentì le guance avvampare e si impose di ritrovare il controllo. Non sarebbe stato facile giustificare tanta eccitazione, se avesse incontrato qualcuno.

Quando aveva visto la bambina dalla finestra della camera da letto, mentre giocava al parco da sola con il suo cane, quasi non voleva crederci.

Nemmeno in sogno avrebbe potuto fantasticare un'opportunità migliore di quella.

Ma ci sono momenti magici in cui si realizzano incastri

perfetti per il nostro destino, si rallegrò stirando la bocca in qualcosa di mostruoso che non somigliava nemmeno lontanamente a un sorriso.

Ora doveva solo sperare di non incontrare nessuno e di non perdere la calma, si disse scendendo gli ultimi scalini.

Sarebbe bastato inventare una bugia per farsi seguire dalla bambina. E poi l'avrebbe portata dove sapeva. Dove nessuno avrebbe mai pensato di cercarla.

Pochi giorni e il destino avrebbe fatto il suo corso.

Quando fu finalmente nel parco, impiegò qualche secondo per abituarsi alla luce fioca del crepuscolo e individuare la sagoma della piccola Margot che giocava con il suo cane.

Prima di raggiungerla alzò lo sguardo per controllare le finestre degli altri appartamenti e si tranquillizzò nel vedere solo serrande abbassate e luci spente.

Ecco, ci siamo, si disse. Il momento è arrivato.

Un attimo dopo raggiunse la bambina e le rivolse il sorriso più rassicurante di cui fosse capace.

«Avevi promesso che venivi a trovarci a casa» disse Margot quando, voltandosi, si accorse della sua presenza.

«L'ho appena fatto e Susan mi ha detto di farmi accompagnare da te a comprare un po' di pizza da mangiare tutti insieme. Lei la vuole con le zucchine.»

La piccola Margot ricambiò ignara il suo sorriso. «La pizza alle zucchine è la sua preferita. Io la prenderò con le patate.»

Fece un paio di passi al suo fianco, poi si bloccò. «E Luna?»

«La mamma ha detto che puoi lasciarla qui. La riprendiamo quando torniamo dalla pizzeria.»

Fu mentre si avviava con Margot verso la strada che alzando di nuovo lo sguardo con disappunto si accorse della finestra illuminata. Con il cuore in gola cercò di capire se potesse esserci qualcuno dietro la tenda accostata. Ma da lì era difficile esserne sicuri...

Ormai comunque non poteva più tirarsi indietro. Per quanto sentisse il cuore battere all'impazzata, non era il momento di farsi prendere dal panico.

«Vieni, andiamo» disse affrettando il passo.

Poi strinse la mano della bambina tra le sue e quasi si sorprese per l'arrendevolezza con cui la piccola Margot seguì i suoi passi.

CAPITOLO VENTICINQUE

Roma

Soffermandosi incuriosito a sfogliare la rivista di *gossip* che qualcuno doveva avere dimenticato in una delle sale d'attesa della Questura, il commissario Andrea Danzi finalmente comprese il senso di familiarità che la foto di Alexandra Becskei aveva continuato a suscitargli fin dalla prima volta che l'aveva vista. Parlando con i genitori, aveva saputo che la vittima si era trasferita in Italia per il suo lavoro di attrice. Ma soltanto davanti alle foto di scena pubblicate da quel giornale, il commissario Danzi realizzò di averla vista in tv nella fiction *Medici di frontiera*. Aveva un ruolo secondario e un diverso colore di capelli, ma con la sua avvenenza non era un tipo di donna che non si facesse notare.

Poteva essere quello il movente di una morte tanto brutale?

«Per amore o per soldi» ripeteva sempre il suo tutor alla scuola di Polizia. «Tutti gli altri moventi non sono che piccole varianti dello stesso tema.»

Per amore o per soldi, continuò a ripetersi mentre tornava alla sua scrivania.

Poi si lasciò andare sulla poltrona e sospirò inquieto.

Il vice-questore Argenti si aspettava una nuova relazione sull'omicidio Becskei per quel pomeriggio e anche se non c'erano novità eclatanti, avrebbe cercato di dare enfasi ai nuovi particolari che si erano aggiunti alle indagini.

Avrebbe raccontato ad Argenti del contratto che la donna aveva firmato il giorno prima con la ElAi Production per una nuova fiction e di quello che era riuscito a ricostruire sull'ultimo pomeriggio della vittima.

Alle ore quindici del tredici dicembre, Alexandra Becskei era andata dal suo fotografo di fiducia per rinnovare il book che usava per lavoro, riepilogò mentalmente, dando una breve scorsa ai suoi appunti. Poi dalle ricevute della carta di credito sapevano che alle diciassette e venti aveva fatto il pieno benzina presso un distributore di via delle Medaglie D'Oro e alle diciotto aveva comprato un paio di stivali in una boutique di via Cola di Rienzo. Anche piuttosto costosi, stando alla ricevuta del pagamento.

E poi?

Susan Bley aspettava la sua amica per l'ora di cena, ma lei non si era presentata al loro appuntamento.

Però i suoi colleghi avevano trovato la macchina che la donna aveva usato per tutto il pomeriggio parcheggiata nel garage...

Tutto faceva pensare che Alexandra Becskei fosse tornata a casa e che le fosse successo qualcosa prima che potesse raggiungere la sua vicina.

Era abbastanza improbabile che il suo assassino avesse corso un rischio tanto grande solo per riportare indietro la macchina della donna.

L'aveva raggiunta nei sotterranei dei garage e lì l'aveva uccisa? O l'aveva convinta a salire su un'altra auto?

E poi: il suo assassino l'aveva vista per strada e seguita fin lì, e la morte di Alexandra Becskei era solo la conseguenza di un tentativo di violenza finito male? O chi l'aveva uccisa la conosceva bene?

Per il momento aveva più domande che risposte. Ma lo considerò piuttosto normale a quello stadio delle indagini.

Alexandra Becskei conosceva il suo assassino?, si chiese ancora. E un attimo dopo la fedina penale dell'ex-marito della vittima si riaffacciò tra i suoi pensieri.

Marco Ferri aveva precedenti per offesa e lesioni a pubblico ufficiale, rissa e disturbo della quiete pubblica. Niente di paragonabile a un omicidio, ma certo non doveva essere un tipo tranquillo. Alexandra Becskei aveva più di una volta sporto denuncia contro di lui per minacce e percosse. Da quello che aveva letto nei verbali, l'uomo non sembrava essersi rassegnato alla loro separazione, nonostante fossero passati quasi due anni da quando la moglie lo aveva lasciato.

L'ultima denuncia della vittima risaliva a otto mesi prima. Nel frattempo l'ex-marito si era rassegnato e aveva smesso di perseguitarla?

Nel dubbio avrebbe chiesto al magistrato l'autorizzazione per poterlo convocare in Questura.

La verità era che per il momento le indagini non avevano fatto grossi passi in avanti, ammise con se stesso alzandosi dalla scrivania per raggiungere l'ufficio del vice-questore Argenti.

Ma forse qualcuno dei suoi dubbi sarebbe stato sciolto dai colleghi della scientifica, tornati nei sotterranei della palazzina dell'Olgiata per un nuovo sopralluogo, sperò Andrea Danzi, sapendo per esperienza che non era un buon segno per la positiva conclusione del caso che le indagini rimanessero troppo a lungo infruttuose.

CAPITOLO VENTISEI

Roma

Susan si destò all'improvviso e si rese conto di essersi assopita sulla poltrona. Erano giorni che non riusciva a riposare bene e forse non era stata una buona idea quella di prendersi qualche minuto di relax dopo aver consegnato Orso a Giacomo Nesti, che le aveva promesso di tenerla aggiornata sui progressi dell'addestramento.

Ne aveva approfittato per raccontargli del piccolo incidente al centro commerciale e anche lui si era sorpreso. Forse un gesto o qualche movimento brusco potevano averla impaurita. Chissà.

Un attimo dopo si era profuso in scuse e si era offerto di sostituire Luna con un nuovo cane-guida. Proposta che lei aveva rifiutato con assoluta decisione.

Quando raggiunse, Susan sfiorò con le mani le lancette della sveglia e si rese conto che erano già le cinque e venti. Sua figlia ormai avrebbe dovuto essere rientrata. Che stupida era stata ad addormentarsi.

«Margot... Margot, ci sei?» chiamò.

Comprese però dal silenzio che proveniva dal resto della casa che sua figlia non c'era. E fuori di sicuro era già buio.

In ansia, attraversò il salone per raggiungere la porta-finestra che si apriva sul giardino. Ma era così agitata che aveva dimenticato il suo bastone accanto alla poltrona e inciampò goffamente contro il portariviste che teneva accanto al divano.

Accidenti!, imprecò.

Chissà perché aveva conservato quelle riviste di cucina che non avrebbe mai più potuto leggere né consultare. Solo per illudersi di essere ancora la stessa?

Me ne occuperò più tardi, si disse. *Quando Margot sarà tornata a casa e io mi sentirò una sciocca per essermi preoccupata tanto.*

Aprì la finestra e appena in giardino fu colpita da una sferzata di vento gelido. Sui pantaloni indossava solo un lungo maglioncino leggero, ma non le importava del freddo e pensò solo ad attraversare il portico e il breve vialetto, fino al basso cancello che dava sul parco e che era solo accostato.

Non appena lo aprì, Luna le si fece incontro festosa, leccandole le mani. E Susan immaginò che sua figlia fosse con lei.

«Non ti sei accorta di che ore sono?! Avevamo detto che saresti rientrata alle cinque.»

Ma il silenzio che seguì alle sue parole le fece gelare il sangue. Perché sua figlia non era con Luna?

«Margot! Margot!»

Perché non le rispondeva? Sua figlia non era tipo da farle scherzi crudeli. Era fin troppo protettiva con lei e non si sarebbe nascosta sapendo quanto si sarebbe spaventata.

«Margooot!!!» chiamò ancora, mentre l'ansia cominciava a divorarla.

E se le fosse successo qualcosa? E se avesse avuto bisogno

di lei che non sapeva nemmeno dove cercarla in quello stramaledetto buio?

Forse turbata dalla sua agitazione, Luna aveva intanto preso a guaire, e non si staccava da lei.

«Vieni, Luna. Andiamo a casa» le disse tenendosi stretta al suo collare.

Doveva rientrare, si ripropose facendo appello a quello che rimaneva della sua lucidità. Avrebbe chiamato i suoi vicini e implorato che l'aiutassero a cercare sua figlia. Forse Margot si era solo fermata a parlare con qualcuno e non si era accorta del tempo che passava. Magari...

Ma non serviva fare ipotesi. Ora doveva solo trovarla. Senza perdere tempo.

Facendosi guidare da Luna, Susan riuscì infine a rientrare in casa. Ma non si ricordò dei giornali sparsi sul pavimento e ci scivolò sopra, cadendo rovinosamente contro lo spigolo del divano.

Sentì una fitta alla spalla destra, ma cercò di non pensare al dolore. Margot aveva bisogno di lei e niente in quel momento importava se non ritrovarla.

Poi, mentre faceva leva sul bracciolo del divano per rialzarsi, le venne in mente il walkie-talkie. Per fortuna aveva convinto Margot a portarlo con sé.

L'avrebbe chiamata, le avrebbe chiesto dove si trovava e tutto si sarebbe sistemato.

Fece qualche passo tenendosi stretta la spalla, che le faceva male, e cercò di calcolare lo spazio per raggiungere la sua ricetrasmittente. Allungò la mano sinistra, cercando di orizzontarsi raggiunse infine la scrivania e... eccola, l'aveva trovata!, si rincuorò sentendo sotto le dita la piccola antenna dell'apparecchio.

Non aspettò nemmeno un secondo per premere il bottone e chiamare sua figlia.

«Margot... Margot, mi senti?»

Rimase in ascolto, ma dall'altra parte non le arrivò che un fastidioso fruscio.

Possibile che sua figlia non avesse più con sé il suo walkie talkie?

Provò una volta, e un'altra ancora. Stava per desistere, decisa a chiedere aiuto con il telefono, quando un improvviso gracchiare le segnalò che finalmente anche l'altra ricetrasmittente era stata attivata.

«Margot...»

Ma la voce cavernosa e distorta che le arrivò dal walkie-talkie la colse di sorpresa e le fece vacillare le gambe: «Tua figlia è con me. Ma se ne parli con qualcuno giuro che l'ammazzo!»

«Chi è? Come sta Margot?»

«Per ora sta bene. Ma non devi parlarne con nessuno! Con nessuno, capito?! Sennò l'ammazzo!»

Con il cuore che le batteva all'impazzata e il pavimento che sembrava girare vorticosamente sotto i suoi piedi, Susan non riuscì a dire altro. Uno scatto secco le fece comprendere che dall'altra parte avevano interrotto la comunicazione.

O mio Dio! Avevano rapito Margot. La sua Margot!

Non aveva nemmeno capito se avesse parlato con un uomo o con una donna. La voce sembrava contraffatta. Ma avevano preso sua figlia... e lei non doveva dire niente a nessuno, altrimenti l'avrebbero uccisa.

All'improvviso Susan si sentì come se il sangue avesse smesso di fluirle nelle vene e il freddo avvolse ogni centimetro della sua pelle.

Non era possibile. Non stava succedendo a lei. Aveva perso suo marito, aveva perso la vista, ma non poteva perdere Margot. Margot era ancora solo una bambina, e aveva bisogno della sua mamma.

No, non poteva accettarlo. E non l'avrebbe sopportato. Dovevano ridarle la sua bambina.

Si prese il viso tra le mani e strinse forte la testa per cercare di arginare quel dolore immenso.

Era già successo che sua figlia avesse bisogno del suo aiuto. E lei non era riuscita a fare niente per aiutarla... Era per questo che l'aveva persa.

No! Doveva smetterla di piangersi addosso e di pensare al passato. Margot era ancora viva e lei doveva fare tutto quello che poteva per salvarla. Doveva farsi forza e aggrapparsi a quel pensiero.

Ma chi l'aveva presa le aveva detto che se ne avesse parlato con qualcuno l'avrebbe l'uccisa...

Cosa poteva fare?

Poi il suo corpo fu scosso da sussulti incontrollabili e senza più forze Susan si lasciò scivolare sul pavimento, con la testa stretta tra le mani.

Farò tutto quello che vuoi, ma ti prego, Dio, aiutami a ritrovare mia figlia, riuscì ancora a dire prima di abbandonarsi a un pianto disperato.

CAPITOLO VENTISETTE

Boston

Dopo aver tenuto impegnati i bambini in un'accanita sfida a Scarabeo, mentre sua figlia Meg nascondeva nell'armadio i regali che aveva portato per loro, e che come tradizione Babbo Natale avrebbe fatto trovare sotto l'albero, Nora decise che era arrivata l'ora di iniziare a prepararsi. Il concerto sarebbe cominciato alle nove e Steve sarebbe passato a prenderla verso le sette, così da avere il tempo di mangiare qualcosa insieme.

«Okay, bambini. Come sempre avete vinto voi. Ma ora la nonna deve andare a cambiarsi.»

Si era appena alzata dalla sedia, che Alex le si avvinghiò a una gamba. «Dai, nonna. Ancora una partita. L'ultima.»

Nora lo consolò con un bacio.

«Mi dispiace, ma devo prepararmi altrimenti faccio tardi. Però vi prometto che quando verrete a The Vineyard vi porterò a pattinare sul ghiaccio.»

Rinfrancati da quella prospettiva, i suoi nipotini si rassegnarono a continuare da soli la loro partita e Nora ne approfittò per uscire dalla stanza. Però, prima di cambiarsi, avrebbe bevuto una tazza di caffè per arginare la stanchezza che cominciava a farsi sentire.

Aveva lavorato, fatto le ultime commissioni pre natalizie a The Vineyard e guidato fino a Boston. E non voleva correre il rischio di sbadigliare assonnata durante la cena o il concerto.

Ma fece appena in tempo a raggiungere la cucina, che all'improvviso la stanza prese a girarle vorticosamente intorno.

Ho paura... Ho paura, mamma...

La voce emerse dall'indistinto di immagini che, come se fosse stata su una velocissima giostra, correvano davanti ai suoi occhi. C'era buio, tanto buio, insieme a un odore intenso di umidità e a un sapore acre di polvere.

Ho paura, mamma...

Un sudore freddo le imperlò la fronte mentre un unico brivido le percorse tutto il corpo. La sua bocca si affannò nella vana ricerca di aria.

Sto per svenire, pensò Nora.

Afferrò saldamente la spalliera di una sedia e si sedette, per non cadere e per non lasciarsi trascinare via da quel nulla che sembrava essersi spalancato sotto i suoi piedi.

Poi lentamente riprese a respirare, affamata d'aria. E anche la stanza smise di girarle intorno. La giostra piano piano ridusse i suoi giri e Nora riconobbe il tavolo in marmo della cucina, i pensili in ciliegio, e i vasetti degli odori che Meg aveva sistemato davanti alla finestra.

È finita, si disse. *È finita*.

Ma per quanto scossa e impaurita, era consapevole che il sollievo non sarebbe durato per sempre. Non sapeva sotto quale forma, ma quello straniamento sarebbe tornato a turbarla. Almeno fino a quando non avesse trovato la chiave di ciò che doveva capire, di quello che qualcuno che non era più in vita voleva che lei sapesse.

Ma la voce che questa volta aveva sentito era quella di una bambina e la sua invocazione sembrava disperata.

Aveva paura. E c'era tanto freddo intorno a lei.

«Mamma, stai bene?»

Nora voltò di poco la testa e allargando il suo campo visivo vide Meg, che la guardava preoccupata dalla porta della cucina.

«Tutto a posto. Solo un lieve capogiro.»

Meg riempì una tazza di caffè e gliela porse.

«Sei pallida da far paura.»

«Solo un po' di stanchezza. Mi sono svegliata presto, ho lavorato in agenzia, poi mi sono messa in macchina per venire qui.» Nora cercò di abbozzare un sorriso. «A cinquantasei anni non ho più il fisico per fare la giovincella.»

«Stai scherzando? Sembri una quarantenne in piena forma. Forse si è trattato di un abbassamento di pressione. Bevi il caffè, ti farà bene.»

Consapevole dello sguardo di Meg, che continuava a tenerla d'occhio, Nora bevve sorso dopo sorso la sua tazza di caffè. Poi fece un profondo sospiro e sorrise a sua figlia.

«Mi sento già meglio. Vado a prepararmi. Un po' di maquillage e sarò la donna affascinante che mi sono proposta di essere per il concerto di stasera.»

«Sicura che non vuoi rimandare? Sono certa che Steve capirebbe.»

«Te l'ho detto, Meg. Ora sto bene.» E poi, per cambiare discorso le chiese: «A che ora arriva Mike?»

«Non prima delle otto, temo. Poi i bambini saranno tutti suoi e io potrò finalmente lavorare al progetto della signora Stevens.»

Dopo che aveva ristrutturato la casa di Mike Repetti a Vineyard Haven, le proposte di lavoro per Meg erano fioccate. Molti proprietari di Martha's Vineyard avevano deciso di affidarle l'arredamento e la ristrutturazione delle loro case e la fama di architetto di sua figlia era cresciuta in modo esponenziale nell'ultimo anno.

Per quanto dopo la separazione da suo marito la vita di Meg sembrasse allo sbando, ora sua figlia aveva accanto un uomo che amava lei e i suoi figli, e un lavoro che le piaceva.

«Finirà che dovrò farmi assumere come tua segretaria.» scherzò Nora. «Quando vengono a sapere che sono tua madre, molti dei miei clienti mi pregano di intercedere con te per affidarti la ristrutturazione delle case che stanno per comprare.»

«Sei tu che mi fai una buona pubblicità. Dovrei darti una percentuale.»

Nora poggiò la tazza ormai vuota sul lavello. «Hai nascosto bene i regali? Non voglio rovinare le sorprese di Babbo Natale.»

«Li ho messi nel soppalco. Così in alto quelle tre pesti non dovrebbero arrivarci.» Meg sorrise. «Anche se Charlene comincia a essere un po' scettica su questo super-uomo che in una sola notte riesce a distribuire regali ai bambini di tutto il mondo.»

Anche Nora sorrise. «Perché cresciamo? È così bello credere alle favole... Ma conta pure su di me per mentirle spudoratamente.»

Meg tirò fuori dal frigo il pollo che avrebbe cucinato per i bambini.

«Fai in tempo a mangiare un boccone con noi?»

«Grazie, ceno con Steve. Anzi, è meglio che vado a cambiarmi.»

Quindi uscì dalla cucina dicendosi che dopo una doccia veloce avrebbe indossato il suo completo pantaloni di seta blu e si sarebbe preparata con cura alla piacevole serata che la aspettava.

Ma per quanto cercasse di dedicarsi solo a pensieri positivi, la voce impaurita di quella bambina continuava a risuonarle nella testa. E nel profondo di sé Nora sapeva che, per quanto si fosse impegnata a convincere sua figlia del contrario, c'era davvero qualcosa che non andava. Anche se ancora non sapeva cosa.

CAPITOLO VENTOTTO

Roma

Raggomitolata su se stessa, in un angolo della casa che non sapeva nemmeno più quale fosse, Susan cercò di alzarsi a sedere. Aveva freddo fin nelle ossa, e sentiva un sapore metallico in bocca.

Cos'era successo?

Forse era svenuta. Aveva un ronzio nella testa e alzare la mano le costò uno sforzo enorme, ma quando lo fece incontrò il muso caldo di Luna, che non doveva essersi allontanata da lei per tutto il tempo che era rimasta lì a terra.

Ma perché il braccio destro le faceva tanto male?

Se lo strinse al corpo con l'altra mano e rammentò. Era uscita in giardino per cercare Margot e quando era rientrata era scivolata...

Mio Dio! Margot. La sua Margot. Ora ricordava. Qualcuno l'aveva rapita.

E quel pensiero fu come un'onda nera, immensa come l'oceano. Uno tsunami che voleva trascinarla via.

Aveva lasciato che Margot andasse da sola nel parco e qualcuno l'aveva rapita.

Se solo non le avesse permesso di uscire. Se solo non si fosse assopita e non fosse stata una povera cieca, incapace di badare a sua figlia.

«È tutta colpa mia, è tutta colpa mia, è tutta colpa mia...» prese a ripetere, dondolando il suo corpo avanti e indietro, come se quella litania avesse il potere di farla sentire meglio.

Non è successo davvero. Sto ancora dormendo e questo non è che un sogno. Presto mi sveglierò e mi accorgerò che si è trattato solo di un incubo, il peggiore che una madre possa fare, ma un incubo.

Poi il pensiero improvviso dei suoi suoceri riaccese il suo tormento.

Se avessero saputo che si era fatta portare via Margot, che non aveva saputo proteggerla, gliel'avrebbero tolta per sempre. E tutto sarebbe finito.

Ma se sua figlia non fosse tornata e chi l'aveva rapita non l'avesse più lasciata andare?

L'evidenza di quella possibilità la stordì. L'avrebbe persa comunque.

No. Doveva reagire. Era crollata e la disperazione l'aveva sommersa. Ora, però, doveva pensare solo a come aiutare Margot.

Promise a Dio di restituirgli tutto quello che le aveva dato, di gioire per il resto dell'esistenza per la sua cecità e promise di rinunciare a qualsiasi altra cosa della sua vita lui ritenesse giusto. Tutto, pur di riavere sua figlia.

Non poteva nemmeno pensare che qualcuno le facesse del male, che in quel momento avesse paura, che stesse piangendo senza che lei potesse consolarla e asciugare le sue lacrime.

L'avrebbe rimandata dai suoi suoceri, in un luogo protetto e sicuro, promise a se stessa con la morte nel cuore. Avrebbe sofferto in silenzio e anche smesso di vederla se questo fosse bastato per salvarla. Tutto, pur di riaverla.

L'improvviso suono del campanello la colse di sorpresa e la fece sobbalzare di paura. Chi poteva essere? Non aspettava nessuno e non era pronta a parlare con nessuno.

Controllò la sveglia e sfiorando le lancette si rese conto che erano ormai le otto di sera. Doveva aprire? Quella voce alla ricetrasmittente le aveva detto che non doveva far sapere a nessuno di Margot, altrimenti l'avrebbe uccisa.

Ma se si fosse trattato di qualcosa che riguardava proprio sua figlia?

Incurante del mal di testa che le trafiggeva le tempie, Susan decise che non poteva starsene lì immobile a cercare di capire cosa fosse giusto o non giusto fare. Facendosi aiutare da Luna, si alzò in piedi.

«Arrivo. Un attimo!»

Con la mano rassettò alla meglio i suoi abiti, poi passò un fazzoletto sotto agli occhi per cancellare eventuali tracce di rimmel, che poteva esserle colato con le lacrime, e tirò su i capelli con una forcina.

Non sapeva dove potessero esserle caduti gli occhiali e non perse tempo a cercarli. Ora doveva solo rendersi presentabile, cercando di dissimulare la sua disperazione.

Margot è con me. Ma se ne parli con qualcuno, giuro che l'ammazzo...

Il ricordo di quella voce ruvida le fece accapponare la pelle. Con gambe malferme, Susan allungò le mani davanti a sé per cercare un punto di riferimento e capire in che parte della casa si trovasse.

Il campanello suonò di nuovo. Allora a voce bassa Susan apostrofò Luna: «Dov'è il guinzaglio, Luna? Dov'è il guinzaglio?»

E tenendola per il collare la seguì.

Era il loro segnale per la passeggiata, ma Luna l'avrebbe

perdonata se per una volta usava quello stratagemma solo per farsi guidare fino all'ingresso, dove lo teneva appeso.

«Chi è?» chiese poi, quando finalmente sentì sotto i polpastrelli la superficie della porta blindata.

«Il commissario Danzi, signora Bley. Mi scusi l'ora, ma avrei bisogno di parlarle.»

La polizia… Erano lì per Alexandra o per Margot? E se mentre lei cercava di proteggere quell'assurdo segreto fosse già successo qualcosa a sua figlia?

Se fosse rimasta lì, dietro la porta chiusa, non lo avrebbe saputo e avrebbe evitato l'inevitabile. Avrebbe fermato il tempo e impedito che ciò che era già accaduto diventasse reale.

No che non poteva, si disse. E frenando il tremore delle mani, si decise infine ad aprire la porta.

Trovandosela davanti, per un lungo istante Andrea Danzi non riuscì a smettere di guardarla, colpito dal suo pallore e dalla sua fragilità.

«Scusi se la disturbo, signora Bley, ma se mi potesse dedicare qualche minuto, vorrei farle ancora qualche domanda su Alexandra Becskei.»

Non era per Margot. Non era per Margot.

«Mi dica pure, commissario.»

Andrea Danzi notò che non si era tirata dietro la porta, come aveva fatto la prima volta che avevano parlato. E che il suo cane era seduto accanto a lei, con il guinzaglio in bocca. «Stava uscendo, signora Bley?»

Per un attimo Susan sembrò non capire, poi allungò la mano a carezzare Luna.

«No. Mi sta solo ricordando che questa è l'ora della sua passeggiata. Ma può aspettare ancora un po'.» Quindi si fece da parte per farlo entrare. «Prego. Si accomodi.»

La porta d'ingresso si affacciava su un salone ampio e accogliente. Guardandosi intorno Andrea Danzi rimase colpito dall'elegante sobrietà con cui la casa era stata arredata, con pochi mobili che avevano tutta l'aria di essere importanti pezzi di design.

Poi la sua attenzione si soffermò sul portariviste rovesciato e sui giornali sparsi in terra. Unica nota stonata in un ordine altrimenti perfetto.

Possibile che la padrona di casa non se ne fosse accorta?

Ignara di quei pensieri, Susan gli fece strada in salone ma non lo invitò ad accomodarsi sul divano.

Sembrava sulle spine, pensò Andrea Danzi. Ma perlomeno lo aveva fatto entrare.

«Sua figlia non è in casa? L'altra volta siamo rimasti sulla porta per non farle ascoltare i nostri discorsi e quindi ho pensato che...»

Fu una sua impressione o la donna trasalì?

«Margot è andata a dormire da un'amichetta. Allora, commissario, cosa voleva sapere?» gli chiese poi, impaziente.

Era tesa, forse anche preoccupata. Andrea Danzi decise di non dirle del portariviste.

«Marco Ferri, l'ex-marito di Alexandra Becskei... Sappiamo che hanno divorziato un paio di anni fa. Mi chiedevo se la sua amica le avesse mai parlato di lui.»

Susan rimase qualche secondo in silenzio, come per recuperare informazioni dalla sua memoria.

«All'inizio capitava spesso. Alexandra era molto infastidita dalla sua gelosia. Lui continuava a tormentarla anche se non erano più sposati ma... negli ultimi mesi non lo ha più nominato.»

«Crede che il signor Ferri si fosse messo l'anima in pace?»

«Questo Alexandra non me l'ha detto.»

Si accorse che con la mano Susan Bley si teneva la spalla destra.

«Al braccio... Si è fatta male?»

«Sono scivolata. Un piccolo incidente domestico.»

Andrea Danzi tacque per qualche secondo e Susan si chiese se stesse continuando a osservarla.

Si sarebbe accorto della sua angoscia? Della sua impazienza di liberarsi di lui per pensare a Margot? Della cosa immensa che gli stava nascondendo?

Era scivolata. Ecco il perché di quei giornali per terra, provò a spiegarsi Andrea Danzi. Ma comprese che Susan Bley non sarebbe stata felice di parlarne.

«Venerdì scorso... Mi ha detto che aspettava la sua amica per cena, signora Bley, e che è rimasta a casa tutto il pomeriggio, e anche la sera» le disse invece.

Susan annuì. «Mia figlia mi ha aiutato a cucinare e a preparare la tavola. Poi abbiamo aspettato Alexandra, ma lei non è venuta.»

«Magari mentre eravate in casa avete sentito qualcosa di strano. Voci, rumori... Qualsiasi cosa.»

«Perché mi fa questa domanda, commissario? Cosa avrei dovuto sentire? Alexandra è stata uccisa in quella discarica e...»

«Abbiamo trovato la macchina della signora Becskei in garage, quindi era abbastanza probabile che fosse tornata a casa, quella sera.»

«Ma se era tornata a casa...»

Andrea Danzi annuì, rendendosi ancora una volta conto dell'inutilità di quel gesto.

«I tecnici della scientifica hanno appena terminato un nuovo sopralluogo e hanno trovato numerose tracce di sangue vicino al garage della signora Becskei.»

«Quindi Alexandra è stata uccisa qui» concluse Susan senza riuscire a trattenere il brivido che le attraversò la schiena.

«E poi hanno trasportato il corpo nella discarica. Ne saremo sicuri solo dopo l'analisi del DNA, ma è molto probabile che le cose siano andate così.»

Dopo lunghi attimi di silenzio, Susan si decise a rispondergli: «Comunque no. Non mi sembra di avere sentito niente di strano.»

«Magari sua figlia…»

Il pensiero di Margot che scendeva nei sotterranei per buttare la busta dell'immondizia travolse Susan, che dovette poggiarsi a una sedia per tenersi in piedi.

E se davvero Margot avesse visto o sentito qualcosa, quella sera?

Un attimo dopo, Susan fece appello a tutte le sue risorse per dissimulare il suo malessere e nascondere il tremore della voce.

«No. Non credo. Altrimenti me lo avrebbe detto. Ma glielo chiederò quando torna, e se mi dirà qualcosa glielo farò sapere» concluse, mentre il cuore sembrava volerle esplodere nel petto.

CAPITOLO VENTINOVE

Roma

Stringendosi nel suo giubbotto di pelle, Andrea Danzi uscì dal portone della palazzina in cui Susan Bley abitava e fu investito dall'aria gelida della sera. Le stradine del comprensorio erano deserte e silenziose. D'altra parte, immaginò, tanta tranquillità doveva essere proprio ciò che cercava chi sceglieva di vivere in quartieri residenziali come quello, a due passi dal centro di Roma, ma lontani dal suo caos.

L'auto di servizio era posteggiata appena fuori dal grande cancello condominiale, ma Andrea Danzi fu contento di dover fare qualche passo a piedi e di stare un po' solo con i suoi pensieri prima di raggiungere i colleghi che lo aspettavano in macchina.

L'incontro con Susan Bley gli aveva lasciato addosso un vago disagio. Non poteva nascondersi di aver provato un sottile piacere all'idea di rivederla ma... sarebbe stato impossibile non accorgersi di quanto fosse turbata.

Era coinvolta in qualche modo nell'omicidio della sua amica? O sapeva qualcosa che non si era sentita di rivelargli?

La verità era che più che turbata Susan Bley gli era

sembrata sconvolta, non poté fare a meno di precisarsi, rallentando il passo. Il viso tirato, i capelli sistemati alla meglio, qualche sbavatura di trucco sotto agli occhi... Niente a che vedere con la donna provata, ma padrona di sé, che aveva conosciuto solo il giorno prima.

E poi c'erano quelle riviste, per terra, che stridevano con l'ordine rigoroso della casa.

Forse il suo lavoro lo portava a essere sospettoso su tutto, ma possibile che ci fosse inciampata sopra e non avesse sentito il bisogno di rimetterle a posto? Persino lui immaginava che uno spazio privo di incognite dovesse essere una priorità per un non vedente.

La verità era che sentiva che Susan Bley stava cercando di nascondergli qualcosa, concluse avvicinandosi al cancello.

Ma poteva davvero essere coinvolta nell'omicidio di Alexandra Becskei? Perché per quanto non avesse prove certe per smontare quel sospetto, faticava a prenderne in considerazione anche solo la possibilità.

Da tanto tempo non provava qualcosa che somigliasse a una vaga simpatia per una donna, e non poteva negare che c'era qualcosa in Susan Bley che lo attraeva. E molto.

Questo poteva bastare a escluderla dalla lista dei potenziali sospetti o dei testimoni reticenti?

Sapendo che la sua etica professionale glielo imponeva, Andrea Danzi decise che avrebbe comunque tenuto d'occhio Susan Bley e cercato di sapere qualcosa di più su di lei. Il che gli avrebbe probabilmente permesso di rivederla presto, non poté fare a meno di rallegrarsi, senza riuscire a placare i suoi sensi di colpa, mentre saliva sulla macchina di servizio che lo stava aspettando.

CAPITOLO TRENTA

Roma

Dopo avere dato un'ultima occhiata alla macchina della polizia che si allontanava, Gabriele Lenzi richiuse le tende del salone e tirò un sospiro di sollievo. Per fortuna non erano lì per lui come aveva temuto, si confortò, senza provarne il sollievo che sperava.

Il commissario Danzi era stato da Susan? Era tornato per cercare nuovi indizi sull'omicidio di Alexandra o per altro?

In fondo il cadavere era stato ritrovato solo il giorno prima ed era normale che i poliziotti si affannassero in cerca di un colpevole.

Per il momento, comunque, non aveva motivo di preoccuparsi, cercò di convincersi. Certo, era stato uno sciocco a infilarsi in una situazione così pericolosa. Ma c'era tanta gente al mondo che non pagava per le sue colpe, perché per una volta non poteva toccare a lui quella fortuna?

Era angosciato e persino pentito per quello che aveva fatto, ma a quel punto, per come si erano messe le cose, piangersi addosso non sarebbe servito a molto.

Aveva bisogno di distrarsi, comprese, e forse qualche *talk-*

show o persino uno dei *reality* che tanto detestava l'avrebbero aiutato a raggiungere il suo scopo, sperò accendendo il televisore. Ma gli bastò qualche minuto di *zapping* per comprendere che gli ci sarebbe voluto ben altro per non pensare ai suoi problemi.

Lasciò alto il volume perché gli facesse compagnia mentre raggiungeva la cucina e si preparava un prosecco ghiacciato, accompagnato da qualche scaglia di parmigiano.

Avrebbe sorseggiato il suo aperitivo come se fosse una serata qualunque, cercando di dimenticare la paura che qualcuno scoprisse ciò che aveva fatto. Si sarebbe goduto quella pausa e poi... E poi avrebbe cercato di escogitare un modo per far sì che nessuno si accorgesse dell'enorme guaio in cui si era cacciato.

CAPITOLO TRENTUNO

Roma

Susan richiuse la porta del suo appartamento e poi ci si poggiò di spalle, incapace di muovere un passo.

Per i primi tre o quattro secondi si impegnò solo ad assecondare il ritmo del suo respiro.

E se Margot avesse davvero visto o sentito qualcosa la sera in cui Alexandra era stata uccisa? Poteva essere quello il motivo per cui qualcuno aveva fatto una cosa tanto assurda e atroce come portarle via la sua bambina.

Doveva ricordare. Per quanto i suoi pensieri volassero da ogni parte come farfalle impazzite doveva fare uno sforzo per concentrarsi. Quella sera lei e Margot avevano preparato la cena insieme e poi avevano aspettato inutilmente Alexandra. Quando era ormai chiaro che la sua amica non le avrebbe più raggiunte, si erano decise a mangiare. E poi...

E poi Margot era scesa a buttare la spazzatura. Nei sotterranei dove c'erano anche i garage e dove, ora sapeva, era stata uccisa Alexandra.

Rammentava perfettamente di non essere stata contenta

della richiesta di sua figlia, ma di averglielo permesso per non tenerla prigioniera delle sue paure.

Margot aveva impiegato più tempo di quanto fosse necessario? Aveva fatto o detto qualcosa di particolare quando era risalita? La sua voce era turbata?

Per quanto si sforzasse di analizzare i più piccoli dettagli, non le sembrava di aver percepito nulla di insolito in sua figlia. Per l'ennesima volta, quella sera Margot aveva voluto rivedere "Et" e si erano accoccolate insieme davanti al televisore.

Erano le undici passate quando avevano finito di vedere il film di Spielberg ed erano andate a dormire.

Nei giorni seguenti, Margot era rimasta profondamente turbata da quanto era accaduto ad Alexandra, ma non sembrava sapere molto di più di quello che lei aveva deciso di dirle, e cioè che la sua amica era stata male ed era morta.

E poi?

La verità era che non c'era un "e poi". O forse era stata solo così superficiale da non captare segnali di cui si sarebbe dovuta accorgere.

Il suono di chiamata del walkie-talkie fu così improvviso e inaspettato che le fece gelare il sangue nelle vene.

Non poteva che essere la persona che aveva preso sua figlia. Doveva rispondere. Subito.

Incurante dello spigolo del tavolo contro cui finì per sbattere e della spalla che le faceva ancora male, Susan raggiunse la scrivania, dove ricordava di avere poggiato la ricetrasmittente.

«Pronto!»

Ma si rese conto che nell'agitazione non aveva premuto il pulsante per parlare.

«Sono qui! Pronto!» ripeté ancora, dopo averlo fatto.

Poi rimase in ascolto.

«Brutta stronza, se hai spifferato qualcosa al poliziotto ammazzo tua figlia. Te l'avevo detto che l'avrei fatto.»

Quella voce ruvida... Come faceva a sapere che il commissario Danzi era appena stato da lei?

Il pensiero che chiunque avesse rapito Margot controllasse ogni suo più piccolo movimento le imperlò la fronte di un sudore freddo.

Doveva essere abbastanza vicino da poterla tenere d'occhio. Lo era anche Margot?

«Non gli ho detto niente! Non gli ho detto niente!» si affrettò a dire.

«Spero per te che sia vero. Per te e per tua figlia.»

La stessa voce bassa, fredda, impersonale.

«Voglio parlare con Margot. Voglio sapere come sta.»

Ma in risposta le arrivò solo un fastidioso gracchiare.

Avevano interrotto la comunicazione...

«Come sta mia figlia?» mormorò ancora Susan, tra i singhiozzi, pur sapendo che nessuno avrebbe risposto alla sua domanda.

Si raggomitolò sul divano, le ginocchia piegate contro il petto. Un tremore diffuso la scuoteva, senza che potesse fare niente per fermarlo.

Se avesse chiesto aiuto al commissario Danzi, chi aveva rapito Margot l'avrebbe uccisa. Ma forse l'avrebbe fatto anche se lei se ne fosse rimasta lì buona buona, senza parlarne con nessuno, non poté fare a meno di pensare, piena di angoscia, un attimo dopo.

CAPITOLO TRENTADUE

Boston

Seduta sulla poltrona della Boston Opera House, Nora ascoltava incantata la calda voce di Barbra Streisand, non potendo che confermarsi l'ammirazione e la passione che da sempre provava per quella donna e per la sua musica.

Barbra aveva voce, bellezza, personalità. E non le aveva sprecate.

La sua interpretazione di Moon River le fece venire le lacrime agli occhi. E Steve sembrò accorgersene, perché si girò per rivolgerle uno sguardo pieno d'amore.

Sarebbe stata una serata perfetta se...

Sarebbe stata una serata perfetta se fosse riuscita a smettere di pensare alla voce angosciata di quella bambina che invocava la sua mamma, ebbe infine il coraggio di ammettere.

Perché per quanto provasse un immenso piacere a trovarsi lì e fosse entusiasta del concerto, il ricordo di quell'accorata supplica non l'aveva abbandonata nemmeno per un momento.

Ho paura, mamma...

Poteva trattarsi ancora della donna che le era apparsa in sogno?

Forse, ma in realtà la voce che aveva udito sembrava più di una bambina che di una giovane donna. E se l'aveva sentita probabilmente doveva essere in grado di fare qualcosa per lei, comprese.

Ma cosa?, si domandò un attimo dopo, pervasa da un senso di impotenza. Perché era abbastanza sicura che quello che stava accadendo, stava accadendo a migliaia di chilometri da lì.

Vicino a Susan, probabilmente.

Perché Joe non la aiutava a capire? In fondo era stato lui ad aprire la porta alle sue visioni e a mettere in subbuglio ogni possibile distinzione tra ciò che era reale e ciò che non lo era. Ed era stato lui a spazzare via le sue certezze scrivendole messaggi con le lettere dello Scarabeo pochi mesi dopo essere morto. E ora che c'era qualcosa da capire, che tra l'altro poteva riguardare sua nipote, se ne rimaneva in silenzio?

Un attimo dopo sul palco Barbra Streisand intonò The way we were e anche lei, come tutti, non poté fare a meno di alzarsi in piedi per un lungo applauso.

Nell'atmosfera magica che avvolse la Boston Opera House, Steve ne approfittò per prendere la sua mano e Nora si sforzò di dissimulare la sua preoccupazione.

La voce di Barbra Streisand, un uomo che la amava accanto, l'emozione della musica...

Avrebbe potuto essere un momento perfetto, si ripeté. Sarebbe stato un momento perfetto, se non ci fosse stato il ricordo della voce di quella bambina impaurita che invocava la sua mamma. E se non ci fosse stato il pensiero di Joe che, per un motivo che non conosceva, era riluttante a comunicare con lei per aiutarla.

CAPITOLO TRENTATRÉ

Roma, 17 dicembre

«Mamma... Mamma...» gemette sfinita Margot, raggomitolata in un angolo buio del ripostiglio, tra polvere e pezzi di intonaco.

Da ore invocava quell'unica parola, storpiata dalla benda che le era stata stretta sulla bocca per impedirle di gridare, ma sapeva che sua madre non poteva sentirla e quel pensiero la rendeva ancora più disperata.

«Mamma...» implorò di nuovo.

Aveva pianto tutte le lacrime che aveva, ma questo non l'aveva fatta sentire meglio. Voleva tornare a casa e dormire nel suo letto. Era affamata, impaurita, e aveva tanto freddo.

Da quanto tempo si trovava lì, rinchiusa in quel posto angusto e gelido?

Non sapeva se fossero ore, giorni o mesi. Il tempo non passava mai e non c'erano finestre per vedere se fuori fosse giorno o notte.

Perché nessuno era ancora arrivato a salvarla? Perché sua madre non capiva che aveva bisogno di lei?

Provò a sgranchire le gambe, che cominciavano a formicolarle, ma erano legate così strette che non riuscì che a piegarle e a riallungarle per un paio di volte. E questo sembrò bastare per darle un lieve sollievo.

Ormai sua madre doveva essersi accorta della sua sparizione.

Che stupida era stata a fidarsi e a lasciare Luna nel parco... Era stata stupida e ora stava pagando per la sua stupidità.

«Sono orgogliosa di te, Margot. Sei una ragazza in gamba. Non permettere mai a nessuno di farti pensare il contrario.»

Udì le parole di sua madre con tanta nitidezza che per un attimo si illuse che fosse lì, accanto a lei, e che non si trattasse solo di un ricordo.

«Mamma...»

Ma la verità era che sua madre non c'era, che era sola in un posto che non sapeva nemmeno quale fosse e che si sentiva tutto fuorché una ragazza in gamba. Aveva tanta paura, una paura che così non l'aveva mai provata, ed era arrabbiata con se stessa per essere stata tanto ingenua da fare qualcosa che le era stato sempre proibito: seguire qualcuno senza aver prima chiesto il permesso.

Ma come avrebbe potuto pensare?

Cercò di trattenere le lacrime.

Doveva essere forte e prima o poi qualcuno sarebbe andato a cercarla e l'avrebbe liberata dalle corde che cominciavano a bruciarle i polsi e le caviglie.

E se nessuno l'avesse trovata? E se fosse rimasta lì per sempre?

No, non doveva scoraggiarsi, cercò di ripetersi con più convinzione. Sua madre la amava e avrebbe fatto qualsiasi cosa per riaverla con sé. Ora non vedeva più, ma si sarebbe fatta aiutare da qualcuno e alla fine di quella brutta storia sarebbero rimaste insieme per sempre.

Ma sua madre aveva permesso che i nonni la portassero

via. L'aveva lasciata andare. E se anche adesso avesse accettato di rinunciare a lei?

Calde lacrime tornarono a rigarle il viso.

Sua madre l'amava! L'amava e avrebbe fatto il possibile per ritrovarla!

La stanza in cui era stata legata era piccola e senza finestre. Anche nell'oscurità ne intravedeva le pareti scrostate. E c'era un odore acre di polvere e di umidità.

Sembrava un posto abbandonato. E nonostante il giaccone che ancora indossava, sentiva tanto, tanto, freddo.

Era stata una sciocca a credere a quella storia della pizza. Ma come avrebbe potuto immaginare?

Ora aveva solo tanto bisogno della sua mamma e voleva che lei la trovasse e la portasse via.

Voleva solo questo. Che sua madre la riportasse a casa.

Uno scricchiolio nell'angolo opposto della stanza la fece sobbalzare di paura.

Margot tirò indietro le gambe di scatto e nell'ombra distinse un topo. E non le importò che fosse piccolo. Lei aveva paura dei topi! E tutto in quella stanza buia le appariva minaccioso.

Voleva tornare a casa, non chiedeva altro. E sarebbe stata sempre buona e obbediente.

Ma perché quella persona che sua madre credeva amica ce l'aveva tanto con lei?

E cosa voleva farle?, non poté fare a meno di chiedersi un attimo dopo, raggomitolandosi stretta contro il muro.

CAPITOLO TRENTAQUATTRO

Roma

Susan strinse le mani intorno alla tazza di tè bollente così forte che temette potesse spezzarsi tra le sue dita. Aveva la gola chiusa, ma sapeva che doveva sforzarsi di mandare giù qualcosa. La testa le girava e sentiva un ronzio continuo alle orecchie.

Sua figlia aveva bisogno di lei e lei non aveva la minima idea di come poterla aiutare. Esisteva una sensazione più lacerante?

Ormai erano passate... Quante? Diciotto ore, o venti?

Da quando le avevano portato via Margot, l'universo intero si era come dissolto. La terra si era stancata di ruotare su se stessa, il sole non scaldava più, le stelle avevano smesso di brillare e la luna era solo una palla opaca nel cielo.

Sua figlia era stata trascinata nell'esperienza più devastante e dolorosa della sua vita e lei non aveva saputo fare altro che cercare di arginare la prostrazione che le impediva persino di respirare.

Aveva nascosto al commissario Danzi quel tormento che le spaccava la testa. Non aveva urlato di dolore, perché i suoi vicini non si accorgessero di quello che era successo. E non aveva detto niente di Margot. A nessuno.

Ma questo le aveva riportato indietro sua figlia? O le aveva dato qualche speranza di poterla rivedere?

La verità era che se anche avesse fatto il meglio che poteva, non aveva nessuna certezza che Margot sarebbe stata liberata e che non le avrebbero fatto del male.

Soprattutto se, come cominciava a sospettare, davvero l'avevano rapita perché sapeva qualcosa sull'omicidio di Alexandra.

Si impose di non immaginare il peggio. Se non voleva crollare, doveva solo pensare a come aiutare sua figlia. E convincersi che fosse possibile.

Si sforzò di mandare giù un goccio di tè caldo. E quando si rese conto di riuscire a farlo, ne bevve un altro sorso. Nelle ultime ore non aveva mangiato, né dormito, né bevuto. Perché senza sua figlia, non le importava di niente.

Ma se lei fosse crollata, nessuno avrebbe salvato Margot.

Gonfie lacrime di disperazione presero di nuovo a rigarle le guance.

Era come se le avessero strappato un braccio e provava un dolore che così non l'aveva mai provato.

Era stata una buona idea non avvertire la polizia?

Con il passare delle ore, quel dubbio cominciava a insinuarsi sotto ogni suo pensiero.

Se ne avesse parlato con qualcuno, avrebbero ucciso Margot. Ma se non avesse fatto nulla per aiutarla, probabilmente Margot sarebbe morta lo stesso.

All'improvviso le tornò in mente un episodio lontano della sua infanzia, quando a casa dei nonni, contravvenendo ogni divieto, si era messa a giocare con la macchina da cucire e aveva finito per farsi infilzare il dito dall'ago.

Sentendosi in colpa, non aveva osato nemmeno chiamare

aiuto, ed era rimasta lì, immobile, non sapeva neppure per quanto tempo.

Ma quando sua madre l'aveva trovata, non aveva pensato che a rassicurarla. E nonostante il timore che doveva avere avuto di mandare l'ago nella direzione sbagliata, non aveva esitato ad azionare la macchina da cucire per cercare di liberarle il dito.

Essere madri significava anche questo, comprese Susan. Non farsi mai paralizzare dalla paura quando un figlio aveva bisogno di aiuto.

Doveva fare qualcosa per Margot, ora le era chiaro. Anche a costo di sbagliare.

CAPITOLO TRENTACINQUE

Roma

Marco Ferri bevve in un sorso il caffè che aveva appena ordinato e non si curò del fatto che fosse bollente. Per quanto il commissario Danzi lo avesse rassicurato, precisando che si trattava solo di domande di rito – "pura formalità" le aveva definite – non gli era affatto piaciuto il tono con cui gli aveva chiesto dove fosse il pomeriggio in cui la sua ex-moglie era stata uccisa e quali fossero i loro rapporti dopo che si erano separati.

Uscì dal bar senza salutare e gettando un'occhiata infastidita alle strade addobbate a festa per l'imminente Natale, riconobbe che innamorarsi di Alexandra era stata la rovina più grande della sua vita.

Certo, agli inizi erano stati una coppia felice. Per questo avevano deciso di sposarsi.

Ma una donna bella e con tante ambizioni come Alexandra... Cosa si aspettava? Che sarebbe durata per sempre? Che lei sarebbe rimasta tranquilla a casa a preparargli la cena mentre la sua vita andava a rotoli?

Quando gli aveva annunciato di volere il divorzio,

Alexandra aveva giurato e spergiurato che la sua decisione non c'entrava niente con il fatto che lui fosse appena stato licenziato dall'impresa edile in cui lavorava come geometra. E forse neppure sapeva che lo avevano fatto dopo aver scoperto che si era appropriato del materiale del cantiere per rivenderselo.

Ma se non si fosse dato da fare per arrotondare lo stipendio, come si sarebbe potuto permettere il tenore di vita che Alexandra dava per scontato?

Quando si erano sposati, lei doveva aver equivocato sul suo conto in banca. Ma per paura di perderla, non si era mai preoccupato di smentirla.

Così aveva accumulato debiti su debiti. E poi aveva perso il lavoro.

Col cavolo che non l'aveva lasciato perché era disoccupato e senza un soldo!, borbottò tra sé, ancora pieno di rabbia al pensiero, serrando i pugni lungo i fianchi. Niente di più facile che volesse avere campo libero per trovarsi qualche riccone che la mantenesse e magari la raccomandasse anche per qualche particina, con quella sua ossessione di fare l'attrice.

All'inizio si era persino umiliato pur di non perderla. Le aveva offerto soldi e regali, l'aveva minacciata e le aveva fatto un'infinità di promesse.

Ma Alexandra non aveva voluto sentire ragioni.

Non sarebbe tornata insieme a lui nemmeno se fosse diventato l'uomo più ricco del mondo, gli aveva gridato un giorno, esausta della sua insistenza.

Quella volta non ci aveva visto più e le aveva assestato uno schiaffo in pieno viso. Aveva dovuto portarla al pronto soccorso perché cadendo aveva sbattuto contro lo spigolo del muro e si era rimediata una bella commozione cerebrale.

Ma che altro avrebbe dovuto fare? Quella donna aveva il potere di fargli perdere la testa.

E anche adesso, da morta, gli stava creando un bel po' di casini con la polizia.

Perché sospettavano di lui, era chiaro. Altro che "pura formalità".

Distratto da quei pensieri, al semaforo neppure si accorse dell'Alt per i pedoni e mentre attraversava la strada fu quasi investito da una macchina che sopraggiungeva a elevata velocità.

«Fermati, brutto stronzo che ti faccio vedere io!» gridò dietro all'autista.

Aveva tanta rabbia, ancora, dentro. E non chiedeva che di poterla sfogare.

Ma l'aria lì a Roma si stava facendo troppo pesante e per come la vedeva lui era il caso di togliersi dalla circolazione per un po'.

I modi accomodanti di quel commissario non lo avevano per niente convinto. Era chiaro che stava solo cercando un piccolo appiglio per metterlo dentro per l'omicidio della sua ex-moglie.

Ma lui non se ne sarebbe stato lì buono buono ad aspettare che lo chiudessero in prigione per buttare poi via la chiave.

CAPITOLO TRENTASEI

Montalcino

Lavinia De Masi riattaccò il telefono e con una nuova ruga al centro della fronte tornò alla marmellata di arance che stava finendo di preparare.

Susan non le aveva passato Margot e, per quanto avesse cercato di nasconderlo, le era sembrata piuttosto agitata.

Nonostante quello delle arance fosse diventato all'improvviso l'ultimo dei suoi pensieri, si apprestò a riempire i barattoli già pronti sul lavello della cucina. Poi li avrebbe bolliti di nuovo, per liberarli dall'aria e metterli sottovuoto.

Le arance, quell'anno, erano dolci e succose. Ne avevano già raccolti parecchi chili e gli alberi erano ancora pieni. Sarebbero bastate per spremute, marmellate e torte. Le avrebbe usate anche per preparare dei sacchetti da regalare agli amici, decise.

Un rumore di passi alle sue spalle la fece voltare.

Suo marito era in piedi sulla soglia della cucina e aveva le guance arrossate dal freddo.

«Hai gli stivali tutti infangati... Sei andato nei campi anche oggi» lo apostrofò senza nascondere un leggero fastidio, prima di tornare alla sua occupazione.

Nonostante avesse più di settant'anni e diversi contadini che si occupavano dei lavori nella vigna e nell'orto, Rodolfo De Masi non riusciva a restarsene con le mani in mano mentre qualcun altro faceva il lavoro per lui. Era sempre stato un uomo attivo, poco abituato a delegare, e non aveva nessuna intenzione di passare le sue giornate in poltrona ad aspettare che qualche malattia, o semplicemente la vecchiaia, se lo portassero via.

Fece finta di non essersi accorto del tono infastidito di sua moglie e la raggiunse ai fornelli per salutarla con un lieve bacio sulla guancia. «Mi sono svegliato presto, stamattina, e ho pensato di fare una bella passeggiata per ingannare il tempo.»

«No. Ti sei svegliato presto apposta per andare nei campi» puntualizzò severa Lavinia. «Ti prenderai un malanno con questo freddo. E l'osteopata ti ha detto di non affaticare troppo la schiena.»

«Sì, mamma» scherzò Rodolfo versandosi una tazza di caffè caldo e sedendosi al tavolo per sorseggiarlo in tutta tranquillità. «Com'è venuta quest'anno la marmellata?» chiese poi, osservando la schiena rigida di sua moglie e rendendosi conto che da quando era entrato in cucina non l'aveva mai guardato negli occhi.

«Come tutti gli altri anni. È marmellata di arance» tagliò corto Lavinia.

Rodolfo De Masi conosceva sua moglie ormai da cinquant'anni ed era in grado di accorgersi quando qualcosa la turbava.

In quell'occasione non fece fatica a comprendere di cosa si trattasse.

«Hai già chiamato Margot?»

«Susan ha detto che non c'era. Che è andata a giocare da un'amichetta.»

«Qual è il problema?»

Finalmente Lavinia alzò gli occhi sui suoi. «Non ci sono bambine dell'età di Margot in quel condominio. E nessuno dei vicini di Susan ha figli piccoli. Senza contare che sono due giorni che Margot non chiama.»

Rodolfo De Masi si lasciò andare a un sorriso. «È con sua madre, ed è quasi Natale. Avranno da preparare l'albero, da comprare i regali o chissà che altro. Se per un paio di giorni non ti chiama, non è poi la fine del mondo.» E, più serio, aggiunse: «Non penserai che Susan ti abbia mentito».

«Era agitata. E parecchio. Ho provato a insistere, a chiederle se tutto fosse a posto. Ha fatto il possibile per tranquillizzarmi, ma non mi ha convinto per niente.»

«Perché mai Susan avrebbe dovuto mentirti e dirti che Margot non c'era?»

«Magari nostra nipote ha qualche problema e lei non vuole dircelo. Ma se si è fatta male un'altra volta...»

Rodolfo De Masi cercò di stemperare il tono minaccioso della moglie.

«Susan ama profondamente Margot. E se le fosse successo qualcosa ce lo direbbe.»

«Forse, allora, non vuole farci parlare con lei per mettercela contro. Magari sta cercando un modo per toglierecela.»

Siamo stati noi a toglierglierla, avrebbe voluto precisare Rodolfo De Masi. Ma tacque.

Per un attimo abbassò lo sguardo e quando lo rialzò si prese il tempo che doveva prima di dire a sua moglie: «Per quanto adoriamo Margot, una bambina dovrebbe stare con la sua mamma.»

Poi rimase in attesa della bomba che, sapeva, sarebbe

esplosa e non poté non notare le mani di sua moglie che si irrigidivano sul bordo del piano di lavoro della cucina.

«La mamma in questione è cieca, se non te ne fossi accorto. Per quanto mi dispiaccia profondamente per lei, non voglio correre il rischio che Margot finisca ancora in ospedale.»

«Ma noi non possiamo sostituirci a Susan.»

Per quanto sapesse di urtare la suscettibilità di sua moglie, Rodolfo comprese che non era il momento di fermarsi. Da quando la loro adorata nipotina si era trasferita a Montalcino, tutta la felicità che aveva portato nelle loro vite era segnata dai sensi di colpa per averla allontanata da sua madre e per non avere fatto niente per far ragionare sua moglie.

Suo figlio sarebbe stato contento di quello che avevano fatto a Susan?

No, e lo sapeva bene. Perché Luca adorava Susan, e se non si fosse ammalato e non fosse morto prima che nascesse, avrebbe adorato anche Margot. Avrebbe difeso la sua famiglia contro tutto e contro tutti. Anche contro l'ostinazione di sua madre, se fosse stato necessario.

Tornò con lo sguardo su sua moglie. E lei ne approfittò per replicare: «Dobbiamo, invece. Ti sei dimenticato di quando Margot si è ustionata per colpa sua? Non potevamo aspettare che le succedesse qualcosa di più grave. Susan non è più in grado di provvedere a lei e questo ormai è chiaro.»

Rodolfo avrebbe voluto aggiungere che anche un bambino guardato a vista riesce a farsi male a dispetto di tutto e di tutti, e che Margot cominciava a essere abbastanza grande da non fare sciocchezze, ma comprese dall'espressione tesa di sua moglie di essersi spinto già troppo oltre.

Gli era stata necessaria una buona dose di coraggio per dissentire da lei, e per il momento non era il caso di tirare troppo la corda.

Si alzò. «È quasi ora di pranzo. Vado a cambiarmi.»

Per quanto il carattere deciso di Lavinia lo avesse affascinato quando si erano conosciuti, poco più che ventenni, ora sapeva fin troppo bene quanto fosse faticoso vivere con qualcuno assolutamente incapace di cambiare idea.

Bevve l'ultimo goccio di caffè e fu contento di avere una scusa per sottrarsi alla tensione che era scesa tra loro.

Era già sulla porta quando decise di voltarsi. «Richiameremo Margot. Vedrai che è tutto a posto, che non c'è niente di cui preoccuparsi.»

E salendo le scale per raggiungere la camera da letto, sperò in cuor suo che poter parlare con Margot avrebbe liberato sua moglie da quel malumore che altrimenti avrebbe continuato ad aleggiare nella loro casa.

CAPITOLO TRENTASETTE

Martha's Vineyard

Dopo essere scesa dal traghetto, Nora guidò lentamente attraverso la State Road e poi lungo la Chappaquonsett Road. Si era svegliata presto, quella mattina, perché sapeva che a The Vineyard l'aspettava una giornata di lavoro impegnativa e forse non aveva dormito per più di un paio d'ore. Ma durante la notte il ricordo della voce di bambina che invocava la sua mamma era tornata a trovarla spesso, senza che potesse fare niente per evitarlo.

Le decorazioni natalizie delle case e dei negozi sfilavano oltre i finestrini della macchina, offrendo alla sua vista un'immagine di allegria e di serenità che strideva con il malessere che si portava dentro.

Il profilo del lago Tashmoo e la sagoma del suo cottage, in fondo alla strada, quasi la sorpresero.

Era così assorta nei suoi pensieri da non essersi nemmeno accorta di essere arrivata.

«Casa dolce casa» proruppe quando finalmente raggiunse la porta d'ingresso del suo cottage, dopo le due ore abbondanti di viaggio che da Boston l'avevano riportata a Martha's Vineyard. Era stanca, ma soprattutto preoccupata.

Come l'orchestra del Titanic, che continuava a suonare mentre la nave affondava, sentiva l'assurdità di dedicarsi alle più normali occupazioni quotidiane quando un tornado dalle proporzioni imprevedibili si stava formando all'orizzonte senza che lei sapesse né dove, né come avrebbe colpito.

Non avrebbe chiesto che di poter riprendere fiato e rilassarsi, per un po', ma non aveva tempo che per lasciare i bagagli a casa e fare una doccia veloce prima di raggiungere il suo ufficio a Oak Bluff, dove doveva incontrare il signor Jackson per la vendita del cottage di Vineyard Haven.

Decise di lasciare la borsa da viaggio nel piccolo guardaroba vicino all'ingresso. Avrebbe scritto un biglietto a Rudra, chiedendogli di disfarla e di mettere il contenuto tra i panni da mandare in lavanderia.

Poi salì al piano di sopra per fare una bella doccia calda, che avrebbe avuto l'arduo compito di rimetterla in sesto, e indossare qualcosa di comodo e di caldo, adatto alle temperature di quei giorni e alle strade ancora incorniciate di neve.

Mentre saliva le scale, Nora riepilogò gli impegni della giornata ed era ancora intenta a organizzare i vari appuntamenti di lavoro, quando entrando nella camera da letto si accorse delle lettere dello Scarabeo sparse sul settimino, accanto al letto. E la sorpresa la fece vacillare.

Joe...

Aveva pensato a lui, durante il concerto. Aveva chiesto il suo aiuto e lui l'aveva esaudita.

«Joe» non seppe far altro che ripetere, questa volta ad alta voce.

Chi mai avrebbe potuto capire quello che le stava accadendo?

Messaggi dall'aldilà scritti con le lettere del gioco dello Scarabeo. Niente che fosse facile spiegare.

Ma era già successo, e l'irrazionale aveva travolto la sua vita con la potenza di una tempesta di proporzioni inimmaginabili. Così ora sapeva che l'impossibile era possibile e che la vita continuava dopo la morte, anche se in modo diverso.

L'emozione, però, le faceva ancora tremare le mani.

Nei momenti di incredulità, quando si era sentita più smarrita, aveva dovuto ripetersi spesso le parole della sua amica Debbie: «Accogli questa opportunità, Nora. Niente avviene per caso. Questo dono è un'occasione. Non fartelo sfuggire.»

Erano passati mesi da allora. E adesso Joe aveva un nuovo messaggio per lei…

Ma se tutti i segni che aveva ricevuto fino a quel momento riguardavano Susan, non poteva non essere anche lui preoccupato, comprese Nora.

Con il cuore che le batteva forte nel petto, si avvicinò lentamente alla cassettiera. E quando le fu di fronte poté finalmente leggere:

PER FIORI BLU PREGO

Per qualche istante Nora rimase a osservare quelle parole senza riuscire a fare altro. Ma invece che sollevata, si sentiva ancora più confusa. Perché il messaggio di Joe non diradava la nebbia che avvolgeva i suoi pensieri, ma forse la infittiva ancora di più.

Joe stava pregando e questo significava che anche lui era preoccupato. Ma cosa aveva voluto dirle scrivendo "per fiori blu prego"?

Nora sapeva che in quelle parole c'era qualcosa che lei avrebbe dovuto capire, che era in grado di capire.

Ma davvero ancora non sapeva cosa.

CAPITOLO TRENTOTTO

Roma

Seduta sul letto della cameretta di Margot, Susan affondò il viso nel pigiama che sua figlia aveva indossato l'ultima notte prima di essere rapita e si perse nel suo odore dolce di bambina.

Cosa poteva fare per la sua bambina? Da dove avrebbe dovuto cominciare?

Aveva passato tutta la mattina a percorrere avanti e indietro lo spazio del suo appartamento, maledicendo la sua cecità. Ma non sarebbe riuscita a rimanere ancora a lungo prigioniera di quell'impotenza che la distruggeva.

Poi sentì il muso di Luna che si strofinava contro le sue gambe, e l'idea venne. Un'idea folle, irragionevole, ingenua e insensata. Ma l'unica che aveva in quel momento.

Prese la giacca del pigiama e la fece annusare al suo cane.

«Dov'è Margot, Luna? Dov'è Margot?»

Sapeva che era turbata per l'assenza di sua figlia. Aveva mangiato poco, negli ultimi giorni. Non aveva voglia di giocare e usciva controvoglia. Come lei, aspettava il ritorno di Margot.

Tutto quello che sperava era che l'avrebbe aiutata a ritrovarla.

Luna rispose al suo invito annusando per qualche istante il pigiama e poi cominciò a muoversi irrequieta nella stanza.

Aveva capito cosa voleva da lei?

«Vieni, bella. Andiamo. Andiamo a cercare Margot.»

Con i tempi che la sua cecità richiedeva, Susan indossò una giacca pesante, mise il guinzaglio a Luna e uscì insieme a lei nel parco. Sempre continuando a stringere in mano il pigiama di sua figlia.

Probabilmente era un'idea stupida, la più stupida che avesse mai avuto, nata dalla suggestione di tanti libri e telefilm, ma era così disperata da non avere niente da perdere.

Fece annusare ancora il pigiama di Margot a Luna e poi la esortò: «Su, cerca Margot... Cerca Margot.»

Non era per quello che era stata addestrata, ma era un animale intelligente e voleva bene a Margot.

Conosceva storie di cani che avevano percorso centinaia e centinaia di chilometri solo per ritrovare i propri padroni. O che per l'amore che provavano verso di loro, avevano compiuto gesti eroici. Forse la sua idea non era poi tanto assurda.

«Cerca Margot, Luna. Cerca Margot» ripeté ancora.

Immaginò che per l'ora e per il freddo pungente il parco fosse poco frequentato. E se avesse incrociato qualcuno, avrebbe inventato una scusa, si disse.

Dopo avere annusato ancora il pigiama di Margot, Luna prese a tirare il guinzaglio e Susan la seguì, assecondandola.

In quel girare confusamente nel parco, ebbe paura di perdere l'orientamento, ma non se ne curò. Sapeva che se gliel'avesse chiesto Luna sarebbe stata in grado di riportarla a casa. Era il suo cane-guida e non l'avrebbe mai lasciata in difficoltà.

Sentiva solo il fremere delle fronde degli alberi. Il vento era gelido e le tagliava il viso, ma niente avrebbe potuto fermarla, perché il pensiero del pericolo che incombeva su Margot era più potente di ogni cautela.

Dopo qualche minuto, il golden retriever rallentò il suo girovagare e si concentrò su un fazzoletto d'erba.

«Cosa c'è, Luna?»

Cosa poteva aver attratto il suo olfatto? La carcassa di qualche uccello? O una traccia che l'avrebbe portata fino a Margot?

La verità era che non aveva modo di saperlo se non controllando con le sue mani. Così, incurante del freddo e dell'umidità, o del fatto che potesse esserci qualcuno a osservarla, si inginocchiò e prese a tastare la terra centimetro per centimetro, fino a che non sentì sotto i polpastrelli una superficie umida e spugnosa. Sembrava... un pezzo di lana.

Mentre ne percorreva i contorni, distinse la sagoma di una piccola mano e un cinturino di pelle all'altezza di quello che doveva essere il polso.

Un guanto di Margot! Era uno dei guanti che Margot indossava quando era uscita nel parco. Per questo il suo cane l'aveva portata lì.

«Brava, Luna» la gratificò, carezzandole la testa.

Ma l'eccitazione svanì quasi subito, quando si rese conto che quella traccia non sarebbe servita se non a confermare che sua figlia era stata rapita mentre giocava nel parco con Luna.

Non abbatterti. Margot ha bisogno di te, la esortò una vocina flebile dentro di lei.

Già. Ma le serviva ben altro che quel guanto per aiutarla.

«Prova ancora, Luna» chiese allora al suo cane, quasi implorando.

In quel momento, però, si accorse che il respiro di Luna si stava facendo più gutturale e lentamente si trasformò in un ringhiare deciso.

Cosa stava succedendo? Contro chi o che cosa ce l'aveva?

«Chi c'è?» chiese Susan, spaventata.

Luna era il cane più pacifico del mondo e non ringhiava mai a nessuno. Non lo aveva mai fatto. Tranne...

L'episodio al centro commerciale, quel giorno con Margot, le tornò in mente all'improvviso, facendola vacillare.

«Chi c'è?» chiese ancora, più forte, sperando che qualcuno potesse sentirla e che la persona che stava spaventando Luna, chiunque fosse, se ne andasse via.

Poi un rumore sordo, a pochi centimetri da lei, interruppe i suoi pensieri, spaventandola a morte. Un attimo dopo sentì un guaire sofferente.

Dio mio! Dovevano averla colpita...

«Luna! Ci sono qua io, Luna...»

Incurante di quello che sarebbe potuto succederle, senza pensare che chi aveva colpito il suo cane avrebbe potuto fare lo stesso anche con lei, Susan percorse il guinzaglio con le mani fino a raggiungere il collo del golden retriever e si accorse che era steso a terra.

«Che le hai fatto? Bastardo!» urlò con tutta la disperazione che aveva in corpo.

Nessuno rispose alla sua imprecazione, ma dopo istanti che le sembrarono infiniti Susan sentì la lingua ruvida di Luna che le leccava la mano.

La strinse e la baciò, commossa che fosse ancora viva.

Anche se un po' barcollante, Luna riuscì a rimettersi in piedi.

Non ringhiava più e questo significava che chiunque l'avesse aggredita doveva essersi allontanato.

Ora doveva solo cercare di riportarla a casa e di farla visitare al più presto da un veterinario. Ma aveva perso qualsiasi punto di riferimento e non sapeva più in che direzione si trovasse il suo giardino.

«Tutto bene, signora Bley?»

La voce la colse di sorpresa, ma Susan la riconobbe subito.

«Commissario, Danzi... Luna sta bene?» gli chiese preoccupata, nascondendo in tasca il guanto di Margot.

«Non sembra ferita. Ma che è successo? Ero qui per un nuovo sopralluogo e ho sentito gridare.»

Susan si rese conto di essere ancora inginocchiata per terra e nel silenzio immaginò che Andrea Danzi la stesse osservando. Si rialzò in piedi e con le mani si spazzolò i vestiti. Anche se non poteva accorgersene, doveva essere sporca di terra, ma ora non era importante.

Luna continuava a stare incollata alle sue gambe, e tremava.

«Credo... Qualcuno deve averla colpita.»

«C'è una pala da giardiniere qui per terra. Ma perché qualcuno ha aggredito il suo cane?»

Doveva essere stato quello il rumore sordo che aveva sentito. povera Luna.

Susan rimase in silenzio, confusa, incapace di decidere cosa avrebbe dovuto rispondere. Infilò una mano in tasca e strinse forte il guanto che aveva trovato. Lo immaginò sporco e lacero, come doveva essere anche Margot dopo due giorni di prigionia. Senza sapersi trattenere, cominciò a piangere.

«Venga, signora Bley. Andiamo a casa a bere qualcosa di caldo.»

Poi la mano di Andrea la prese per il braccio, sostenendola con una stretta solida. E senza avere mai provato prima quella sensazione, per un attimo Susan fu felice che qualcuno si occupasse di lei.

CAPITOLO TRENTANOVE

Roma

D'accordo. Era stato solo un problema di panico, si disse nascondendo la parrucca sotto il cappotto e raggiungendo l'ascensore. Ora però doveva cercare di calmarsi perché nessuno si accorgesse della sua agitazione.

Non voleva fare del male a quel maledetto cane, ma aveva avuto paura.

Quando si era accorta della sua presenza, Luna si era messa ad abbaiare, e a ringhiare. E se Susan non l'avesse tenuta al guinzaglio...

La stessa cosa che era successa tre giorni prima al centro commerciale.

Probabilmente era colpa della parrucca, si rese conto. Tutte e due le volte che l'aveva indossata Luna si era innervosita.

L'esatto contrario di come si comportava quando si incrociavano nel condominio.

La parrucca era stata un'idea dell'ultimo momento, per non farsi riconoscere nel caso avesse incontrato qualcuno del palazzo o se qualche curioso fosse stato alle finestre. Perché quando aveva visto Susan aggirarsi nel parco con quel pigiama che faceva annusare al cane...

Il dubbio che nel prendere la bambina potesse aver lasciato qualche indizio aveva messo le ali ai suoi piedi.

Ma poi, un attimo prima di uscire di casa, era arrivata l'idea. E che idea!

Era bastata solo un po' di prontezza per metterla in pratica.

Susan aveva trovato il guanto di sua figlia, ma questo poteva concederglielo.

A cosa le sarebbe servito?

La cosa importante era che il commissario Danzi abboccasse alla sua esca. Così non avrebbe più temuto che Susan gli parlasse del rapimento della piccola Margot.

Anzi, se lo avesse fatto, le nuove indagini avrebbero tenuto i poliziotti impegnati per un po'.

Pochi giorni. Aveva bisogno solo di pochi giorni e poi la piccola Margot sarebbe morta, senza lasciare alcuna traccia.

CAPITOLO QUARANTA

Roma

Susan aprì lentamente gli occhi e per un attimo faticò a capire che ora fosse e dove si trovasse. Poi piano piano i ricordi di quel pomeriggio riaffiorarono nella sua mente.

Andrea l'aveva accompagnata dal veterinario, che per fortuna l'aveva rassicurata sullo stato di salute di Luna. Aveva preso un brutto colpo, ma non c'erano lesioni interne.

Poi tutti e tre insieme erano tornati a casa.

Aveva raccontato ad Andrea di Margot, ora ricordava. E aveva pianto così tanto che aveva finito per addormentarsi sfinita nel letto.

Ma quand'è che aveva cominciato a chiamarlo Andrea e aveva smesso di dargli del lei?

Susan si alzò a sedere sul letto e allungando la mano sul comodino sfiorò le lancette della sveglia. Erano le sei e mezza. Doveva aver dormito un paio d'ore...

Parlare con lui del rapimento di Margot e poter sfogare il suo dolore era stata una liberazione. Andrea aveva cercato di consolare la sua disperazione e le aveva assicurato che non avrebbe tradito il suo segreto. Ufficialmente stava indagando solo per l'omicidio di Alexandra Becskei, e così avrebbero continuato a credere tutti.

Le sue parole, la sua presenza rassicurante, la disperazione che finalmente aveva potuto sfogare, la speranza che Andrea l'aiutasse a ritrovare sua figlia... Piano piano la stanchezza e lo stress di quelle notti insonni avevano avuto il sopravvento.

Doveva essersi addormentata sul divano. E lui l'aveva portata in braccio fino al letto.

E ora dove si trovava? Era andato via?

Susan si alzò a sedere sul letto e mentre lo faceva sentì una fitta alla spalla destra, che dopo la caduta del giorno prima continuava a farle male.

Luna si avvicinò e le posò il muso sul grembo. Per fortuna ora stava bene, ma era difficile accettare che qualcuno avesse cercato di farle del male.

Avevano voluto punirla solo perché stava ringhiando, come pensava Andrea?

Le sembrava una reazione folle ma, per quanto difficile da accettare, nella realtà esistevano persone folli, che facevano cose assurde e folli.

Anche se...

Susan decise di lasciare in sospeso quel pensiero. Carezzò con affetto Luna e le diede un bacio sul muso. Poi prese il suo bastone e raggiunse il salone.

Rimase qualche istante immobile sulla soglia e quando sentì dei rumori provenire dalla cucina vi si diresse.

Fu la voce pacata di Andrea ad accoglierla.

«Ti ha fatto bene dormire un po'. Hai il viso più riposato. Spero che tu abbia fame perché sto preparando dei toast.»

Le formalità tra loro erano finite. Ma il pensiero di Susan tornò subito a Margot.

«E se ti vedono uscire da casa mia? Se chi ha rapito mia figlia capisce che ho parlato con te?»

«Sono qui per l'omicidio. Farò in modo che nessuno sospetti altro. Dai, siediti e mangia qualcosa» la invitò poi, scostando la sedia dal tavolo.

«Non ho fame.»

Come poteva pensare che si sarebbe preoccupata di mangiare quando non sapeva nemmeno che fine avesse fatto sua figlia?, si irritò Susan. Ma non lo disse perché comprese che sarebbe stato ingiusto e scortese.

«Da quanto non metti qualcosa sotto i denti?» insistette Andrea.

«Non lo so.»

«Non puoi aiutare tua figlia se crolli. Ecco qua. Ti ho preparato una spremuta di arancia e un paio di toast con formaggio e prosciutto. Resterei molto male se avessi fatto tutto questo per niente.»

Susan riuscì ad accennare un sorriso, mentre con le mani cercava la sedia su cui sedersi. «Grazie per i toast, allora.»

Per quanto le costasse un'enorme fatica, sapendo che Andrea continuava a osservarla riuscì a mandare giù qualche boccone e a bere un sorso di spremuta. Poi si passò il tovagliolo sulla bocca.

«È il massimo che posso fare. Davvero.»

«Per il momento mi accontento.» Andrea fece un profondo sospiro, poi si sedette accanto a lei. «Hai detto che tua figlia può essere stata rapita tra le quattro e le cinque e qualche minuto, che il vostro cane era con lei ma non ha fatto niente e che invece ha ringhiato oggi pomeriggio, quando è stato aggredito...»

«Già. Strano, vero?» Susan abbassò la testa poi, dopo qualche secondo, la rialzò. «Perché l'hanno rapita? Perché hanno rapito Margot?» chiese, sforzandosi di non ricominciare a piangere.

Andrea rimase a osservarla e fu colpito dalla sua fragilità.

Comprese che era sfinita e che se non ci fosse stato il desiderio di aiutare sua figlia a tenerla su, sarebbe già crollata da un pezzo.

«Non lo so ancora. Forse vogliono chiederti un riscatto» azzardò senza troppa convinzione.

«L'avrebbero già fatto.»

Susan era una donna intelligente e Andrea Danzi comprese che non doveva sottovalutarla.

«O forse si tratta di qualcuno che ce l'ha con te» aggiunse.

Evitò di formulare l'ipotesi numero uno, sapendo che Susan ne sarebbe uscita distrutta. Infilò la mano in tasca e sentì la superficie liscia della bustina di plastica con cui, mentre Susan dormiva, aveva repertato la prova trovata nel parco. Una prova che davvero non faceva presagire nulla di buono...

«In queste ultime ore non ho fatto altro che pensare e... forse ho un'idea di quello che potrebbe essere successo. Probabilmente mi sbaglio ma...» si decise infine a dire Susan.

«Qualsiasi cosa può essere d'aiuto per le indagini. Di che si tratta?» la incoraggiò, sentendosi in colpa per non essere stato sincero con lei fino in fondo.

«La sera in cui Alexandra è stata uccisa... Verso le otto e mezza Margot è scesa da sola a buttare la spazzatura. I depositi sono accanto al corridoio dei garage...»

Andrea comprese. «Pensi che possa aver visto o sentito qualcosa che riguarda l'omicidio.»

Susan sembrò rianimarsi.

«Quando Margot è tornata non mi ha detto niente e io so che se avesse notato qualcosa di strano me ne avrebbe parlato. Ma se fosse accaduto qualcosa che lei aveva considerato normale? Come incontrare qualcuno del nostro palazzo, per esempio.»

Comprendendo dove voleva andare a parare, Andrea riepilogò: «Se qualcuno dei tuoi vicini avesse ucciso Alexandra e quella sera avesse incontrato Margot... Senza saperlo tua figlia avrebbe visto qualcosa che poteva smascherare l'assassino.»

«Quando Margot è stata rapita, Luna è rimasta nel parco finché non l'ho chiamata. Mia figlia deve avere seguito qualcuno che conosceva e aver detto al cane di aspettarla. Luna è addestrata per questo. Se un estraneo avesse cercato di fare del male a Margot, si sarebbe agitata, non se ne sarebbe rimasta lì tranquilla.»

Le guance di Susan si erano arrossate per l'eccitazione e mentre parlava non riusciva a smettere di tormentarsi le mani.

Guardandola Andrea ne provò tenerezza.

«Questo vorrebbe dire che l'assassino di Alexandra abita qui ed è qualcuno che tu conosci.»

«Per quanto sembri assurdo, sì. Penso che le cose potrebbero essere andate proprio così.»

«È possibile ma... Anche se non posso soffermarmi sui particolari delle indagini, in realtà sospettiamo che Alexandra Becskei sia stata uccisa dall'ex-marito.»

Nella loro chiacchierata informale, Marco Ferri aveva sostenuto di aver passato la tarda serata del venerdì alle *slot machine* di un locale di Pietralata, riepilogò in silenzio Andrea. Ma quando gli avevano mostrato la sua foto, il proprietario del bar non si era ricordato di lui.

«Margot lo conosceva?» le chiese poi.

«No. E neanch'io l'ho mai incontrato.»

Si capiva che era delusa. E lui avrebbe tanto voluto incoraggiarla e dirle che i suoi sospetti li avrebbero portati in poche ore da sua figlia.

Ma aveva in tasca quella carta che aveva trovato nel parco...

«Comunque prenderemo in considerazione anche la tua ipotesi. Per ora non possiamo scartare nulla. Magari potrebbe aprirsi una nuova pista.»

Che male avrebbe potuto fare una piccola bugia? Quella donna era distrutta e vicina a crollare, cercò di assolversi Andrea Danzi. Solo un sottile filo di speranza la teneva in piedi, e finché fosse stato possibile avrebbe cercato di non spezzarlo.

«Adesso devo andare. Devo raggiungere i miei agenti.»

E sperare che abbiano trovato qualche traccia di Marco Ferri nel garage o nell'appartamento della signora Becskei, pensò senza dirlo.

Susan sentì che si stava alzando e fece lo stesso anche lei.

«Quest'attesa mi sta facendo impazzire. Ti prego. Se c'è qualsiasi novità…»

Andrea Danzi fu commosso dal tono supplice di quella richiesta. E di nuovo si sentì in colpa per non essere stato sincero con Susan fino in fondo.

CAPITOLO QUARANTUNO

Roma

In quello stesso momento Luigi Blasi aprì la porta di casa e accorgendosi del silenzio che arrivava dal suo appartamento si ritrovò a pensare che ci sono condanne che non si finiscono mai di scontare e che forse quella di sua moglie era infinita.

Una rapida occhiata nelle stanze e come si aspettava trovò Rosa sul letto, con i vestiti ancora addosso, i capelli spettinati, le mani sporche di terra.

Doveva essere uscita per fare giardinaggio e con tutto quel freddo non aveva nemmeno pensato a coprirsi con un cappotto.

Rimase a osservarla dalla porta della camera. Era distesa a pancia in giù, le braccia aperte come ad abbracciare il letto, la testa girata da un lato, l'espressione del viso tirata.

Non era la posizione di chi sta dormendo sonni tranquilli, pensò.

Ma come avrebbe potuto essere diversamente?

Nelle ultime notti l'aveva spesso sentita ripetere in modo ossessivo: «Cos'ho fatto? Mio Dio… Cos'ho fatto?»

E lui sapeva a cosa si riferiva.

Aveva finto di dormire, ma era rimasto in ascolto, pronto a intervenire se Rosa avesse cercato di farsi del male.

Comprendendo di non poterlo evitare, Luigi Blasi si decise infine a raggiungere il letto e ad avvicinarsi alla bocca di sua moglie. Tanti anni prima avrebbe fatto quello stesso gesto per lasciarle un leggero bacio della buonanotte, ma quando le annusò il respiro l'odore di alcol gli confermò quello che già sospettava.

Da un po' Rosa non toccava più una bottiglia. O almeno così credeva.

E ora che cosa aveva scatenato di nuovo il suo bisogno di bere?

Non ci mise molto a decidere che si sarebbe tenuto per sé quello che aveva scoperto e che avrebbe fatto finta di niente. Conosceva gli sforzi infiniti di sua moglie per mandare avanti la sua vita, la loro vita. E se qualche volta Rosa crollava, non poteva fargliene una colpa.

Capitava anche a lui ogni tanto di chiedersi che senso avesse quel trascinarsi giorno dopo giorno. Solo che lui non credeva che bere l'avrebbe fatto sentire meglio.

Forse era tutta colpa dell'arrivo di quella bambina, la figlia di Susan Bley... Aveva la stessa età di Sofia, e con quei riccioli scuri un po' la ricordava.

Per quanto sua moglie non gli avesse detto niente, si era accorto di quanto fremesse per poter passare un po' di tempo con la piccola Margot.

Forse avrebbe dovuto provare a parlare con il professor Arcangeli, si disse. Gli avrebbe chiesto come comportarsi di fronte a quella nuova crisi e se fosse il caso di convincere Rosa a tornare in terapia.

Perché il passato che per anni sua moglie aveva cercato di

tenere a bada con l'aiuto del suo psichiatra, continuava a ribollire sotto la cenere, come un vulcano pronto a esplodere. E lui era terrorizzato all'idea di trovarsi solo e impotente quando sarebbe successo.

CAPITOLO QUARANTADUE

MARTHA'S VINEYARD

I lunghi capelli biondi incorniciavano occhi celesti trasparenti come l'acqua e questa volta Nora riconobbe subito l'eterea figura che sprigionava scintille di luce.

«Alexandra...»

Nel sentir pronunciare il suo nome, la giovane donna accennò un sorriso che non riuscì a nascondere la tristezza del suo sguardo.

Era solo un sogno e ora lo sapeva, pensò Nora. Ma non poté evitare che quella tristezza le pervadesse il cuore.

«Sono io. Sono qui» le sussurrò Alexandra, come a volerle confermare che erano sue quelle parole che a lungo le erano risuonate nella testa.

«Cosa posso fare per te?» le chiese.

«Non per me, Nora. Non per me.»

Un attimo dopo Alexandra allargò le braccia e soffici fiori blu cominciarono a volteggiare nell'aria come colorati fiocchi di neve.

I fiori blu di Joe...

Scendevano lentamente, come planando nell'aria. E al

termine del loro volo si fermavano sulle mani di Alexandra, sulle sue spalle, sui suoi capelli.

Nora provò a fermarne qualcuno con il palmo della mano. Sembravano grossi tulipani blu.

Rialzò gli occhi su Alexandra. Avrebbe voluto chiederle cosa significassero quei tulipani, ma si accorse che lei non c'era più e che la sua figura luminosa si era come dissolta nel nulla.

In un attimo il manto di fiori che aveva avvolto tutto lì intorno avvizzì. Nora guardò ancora nel palmo della sua mano e vide che quelli che solo un attimo prima erano splendidi fiori blu, all'improvviso si erano trasformati in foglie secche e grigie.

Ma cosa?!

Nora si svegliò all'improvviso, come dopo una lunga apnea, con un groppo in gola che le impediva di respirare.

Si rese conto di essere nella sua stanza, e che era notte fonda.

Senza fiato, si alzò a sedere sul letto e fece un profondo respiro per pescare aria dai polmoni.

Ci volle un po' di tempo, ma l'affanno passò.

L'immagine di quegli splendidi fiori blu improvvisamente secchi e senza vita era stata angosciante.

Ma per fortuna è stato solo un sogno, provò a dirsi per tranquillizzarsi.

Poi gettò un'occhiata ai numeri luminescenti della sveglia e si rese conto che erano appena le tre.

Aveva avuto una giornata pesante. Era tornata da Boston e nonostante il turbamento per il messaggio di Joe era dovuta andare subito in agenzia, dove aveva un appuntamento con il signor Jackson per il cottage di Vineyard Haven. Per tutto il giorno aveva cercato di assolvere i suoi compiti e di nascondere il suo smarrimento. Ma i fiori blu e le sue perplessità sul messaggio di Joe si erano insinuati sotto ogni suo pensiero.

E poi, quando era tornata a casa, si sentiva così stanca che credeva di non farcela nemmeno a salire in camera sua. E invece si era girata e rigirata nel letto a lungo prima di potersi addormentare.

E ora quell'incubo l'aveva di nuovo svegliata...

Bevve un sorso dell'acqua che aveva lasciato sul comodino la sera prima, per togliersi l'arsura che le era rimasta addosso, e fece appena in tempo a pensare che già si sentiva meglio quando un ricordo improvviso le fece irrigidire tutto il corpo.

I fiori blu. Ora sapeva dove aveva visto fiori blu identici a quelli che aveva appena sognato, si disse senza riuscire a contenere l'emozione per quella scoperta.

Margot aveva un vestitino di cotone bianco con stampati dei fiori blu simili a tulipani, quando aveva solo due anni. Lo aveva indossato qualche volta, quando Susan era andata a trovarli, un'estate, per un paio di settimane. Loro abitavano ancora a Boston e Joe... Per scherzare, Joe aveva preso a chiamare la bambina "Fiori Blu".

Allora era per Margot che Joe pregava… E non poteva che essere della piccola Margot la voce che aveva sentito implorare la mamma perché aveva paura, comprese Nora, profondamente turbata da quella scoperta.

Ma perché Susan non le aveva detto niente? Se era successo qualcosa a Margot, doveva essere spaventata, e angosciata. Ed era sola.

Non tutto, ma una parte del puzzle si ricompose nella sua mente.

L'immagine di Susan che piangeva tra i fiocchi di neve. La vocina impaurita che aveva sentito mentre era a casa di Meg. Alexandra che in sogno le aveva detto che non era per lei che poteva fare qualcosa.

Joe amava profondamente la piccola Margot. L'aveva vista nascere e il fatto che non avesse un padre gliel'aveva resa ancora più cara.

Anche se Susan e la bambina vivevano in continenti diversi, Joe non aveva mai mancato di informarsi sulla sua salute e di mandarle auguri e regali in ogni occasione di festa.

Era per questo che era tornato a comunicare con lei dopo mesi di silenzio, comprese. Margot era in pericolo e lui sperava che insieme avrebbero potuto aiutarla.

A migliaia di chilometri di distanza?

No. Doveva avere fiducia, si impose Nora. Non poteva nemmeno immaginare la vastità della disperazione di Susan e per quanto piccolo potesse essere il suo aiuto, non se ne sarebbe rimasta con le mani in mano.

Anche se erano solo le tre, si rese conto che con quell'inquietudine addosso non sarebbe riuscita a riprendere sonno e decise di scendere in cucina. Ma prima di lasciare la stanza, sfiorò le lettere dello Scarabeo con il palmo della mano.

Cercherò di non deluderti, Joe...

Quell'esile filo che continuava a tenerla legata a suo marito la emozionava e la confondeva.

Molti avrebbero dubitato della sua salute mentale, ma forse, nell'immensità dell'universo, e nella precarietà della vita, questo aveva poca importanza.

Adesso tutto ciò che contava era che Susan e la piccola Margot avevano bisogno del suo aiuto.

Si sarebbe preparata un caffè, decise, e avrebbe cercato di ritrovare un minimo di lucidità. Subito dopo avrebbe chiamato Susan. E questa volta non le avrebbe permesso di essere tanto evasiva.

CAPITOLO QUARANTATRÉ

Roma, 18 dicembre

Seduto alla sua scrivania, con le mani giunte davanti alla bocca e gli occhi chiusi, il giovedì mattina il commissario Andrea Danzi cercò di mettere ordine tra le informazioni che si agitavano confusamente nella sua testa.

Perlomeno ora che non era con Susan non doveva preoccuparsi di nascondere le sue perplessità e la sua preoccupazione, si consolò.

Un attimo dopo si lasciò andare sulla poltroncina di pelle e riepilogò: l'omicidio di Alexandra Becskei era avvenuto il tredici dicembre, in un orario probabilmente compreso tra le diciannove e le ventuno. Le tracce di sangue trovate grazie al Luminol suggerivano che la donna fosse stata uccisa nei sotterranei dei garage e poi portata nella discarica.

Prese in mano lo schema che aveva fatto sull'ultimo pomeriggio da viva di Alexandra Becskei e lesse: alle tre la donna era andata dal suo fotografo, alle diciassette e quindici aveva fatto il pieno alla macchina in via delle Medaglie D'Oro e poi alle diciotto aveva comprato gli stivali in via Cola di Rienzo. Traffico permettendo, se non si era fermata per qualche altra commissione, cosa che per il momento a loro non risultava, poteva essere arrivata a casa intorno alle diciannove.

E lì, davanti alla porta del suo garage, aveva trovato il suo assassino?

Stando alla loro ricostruzione, era molto probabile. Anzi, Susan pensava che potesse trattarsi di qualcuno che Alexandra conosceva bene, e che anche lei e sua figlia conoscevano.

A dire il vero, per quel momento della giornata quasi tutti gli abitanti del palazzo avevano alibi piuttosto traballanti. Gabriele Lenzi e Luigi Blasi erano nel traffico e stavano tornando a casa dal lavoro; Edoardo Ricci stava raggiungendo la sua enoteca, in centro, mentre la moglie faceva gli straordinari nel suo studio, da sola. Per finire, Rosa Blasi era a casa e aspettava suo marito per cenare.

Chi avrebbe mai potuto verificare circostanze tanto labili?, si chiese sconfortato Andrea Danzi, alzandosi per raggiungere la finestra.

Susan era convinta che ci fosse un collegamento tra l'omicidio di Alexandra Becskei e il rapimento di sua figlia.

E il suo ragionamento avrebbe anche potuto non fare una piega ma...

Le sue perplessità – sapeva – non avevano a che fare solo con l'ex-marito di Alexandra Becskei, a quel punto delle indagini il numero uno dei loro sospettati per l'omicidio, ma soprattutto con il reperto che campeggiava in bella vista sulla sua scrivania.

Andrea Danzi si avvicinò per prendere in mano la bustina di plastica che lo conteneva e rimase a osservarlo a lungo, come se questo avesse potuto all'improvviso rivelargli che non si trattava di quello che pensava.

Una carta da gioco che rappresentava un re di cuori. La stessa carta che...

«Commissario...»

Andrea Danzi sollevò lo sguardo e si accorse dell'agente fermo sulla porta.

«Che c'è, Lo Russo?»

Il suo sottoposto gli allungò un foglio.

«I risultati dell'autopsia di Alexandra Becskei.»

«Finalmente ce l'hanno fatta» commentò Andrea Danzi, apprestandosi alla lettura del resoconto dettagliato del medico legale.

Qualche riga e la sua espressione si fece perplessa.

«L'ex-marito aveva i suoi buoni motivi per essere geloso. A quanto è scritto qui, Alexandra Becskei era incinta. Più o meno alla sedicesima settimana.» Si fece un rapido conto e poi aggiunse: «Un po' tardi per abortire. Questo vuol dire che aveva intenzione di tenerselo, quel bambino».

«Pensa che potrebbe essere il movente dell'omicidio?»

Per soldi o per amore, rammentò Andrea Danzi. Annuì al suo sottoposto e un attimo dopo gli mostrò la carta del re di cuori che il giorno prima aveva trovato nel parco dell'Olgiata.

«Un'altra vittima?» chiese l'agente Lo Russo, non appena la vide.

«Ancora no. Credo...» si sentì in dovere di precisare.

Susan si era detta abbastanza sicura che sua figlia non avrebbe seguito chiunque e che il loro cane non sarebbe rimasto tranquillo ad aspettarla, se la bambina non gliel'avesse chiesto.

Ma per quanto si sentisse in colpa per averle mentito, quella carta trovata nel parco sembrava smentire le sue supposizioni.

«Quel bastardo ne ha già uccisi due, dopo averli...» accennò l'agente Lo Russo, lasciando incompleto il suo pensiero.

Nonostante gli anni di esperienza alla Omicidi, anche per

loro non era facile parlare con distacco di quello che un pedofilo faceva alle sue giovani vittime.

Andrea Danzi aveva visto la foto della figlia di Susan, nella sua cameretta, e davvero non aveva nessuna voglia di immaginare una bambina dallo sguardo così fiducioso nelle mani di quel depravato.

Sapeva che lasciare quella carta come firma era un modo inconsapevole per esortarli a prenderlo. Cosa che avrebbero fatto al più presto, si ripropose.

Avevano già dei sospetti sull'identità del Re di cuori e sapevano che ormai era solo una questione di tempo.

Ma sarebbero riusciti a fermarlo prima che facesse del male anche alla figlia di Susan?

CAPITOLO QUARANTAQUATTRO

Roma

Alle undici di quel giovedì mattina il richiamo sonoro della chiamata su Skype trovò Susan già al computer. Dopo una nuova notte insonne aveva deciso che non se ne sarebbe stata lì ferma a disperarsi e ad aspettare che succedesse qualcosa a sua figlia. Se la sua teoria era giusta, qualcuno di quelli che riteneva amici aveva ucciso Alexandra e poi rapito Margot.

Ma chi?

Aveva già digitato su Google i nomi di alcuni dei suoi coinquilini, ma non aveva trovato niente. Niente per Gabriele Lenzi, né per Edoardo Ricci, né per sua moglie, Matilde Alò.

In fondo cosa si aspettava? Che bastasse scrivere qualche nome sulla tastiera del computer e scoprire che i suoi vicini erano pericolosi criminali travestiti da gente perbene?

La chiamata sul computer, comunque, la costrinse a sospendere le sue attività investigative. Il programma di lettura vocale l'avvisò che si trattava di Nora e rispondendole Susan si impegnò ad apparire la donna serena che avrebbe dovuto essere se sua figlia fosse stata con lei.

«Ti sei svegliata presto, stamattina» l'apostrofò. «Se i miei calcoli non sono sbagliati da te sono ancora le cinque.»

Si aspettava che Nora la salutasse con il calore di sempre, che le raccontasse dei preparativi del Natale a Martha's Vineyard, o dei suoi progetti per quando sarebbe arrivata a Roma, ma la voce che le arrivò attraverso il computer era accorata, e preoccupata.

«Non sono riuscita a dormire molto. Cos'è successo a Margot? Perché non mi hai detto niente?»

Nora sapeva, si sorprese Susan. Non capiva come potesse aver fatto, a migliaia di chilometri di distanza, ma sapeva.

Per quanto non riuscisse a parlare per il nodo che le si era formato in gola, Susan fece appello a tutte le sue risorse per riuscire a risponderle senza piangere.

«Qualcuno l'ha rapita...»

Poche semplici parole per raccontare un dolore incontenibile, uno strappo assurdo, una violenza incomprensibile.

«Perché qualcuno ha fatto qualcosa di tanto orribile?»

Ora anche la voce di Nora tremava. Ma era un sollievo sapere di non doverle più mentire, di non dover più fare finta che nulla fosse accaduto, quando aveva il cuore a pezzi.

«Non so perché l'hanno rapita. Anzi, no» si corresse poi Susan, asciugando una lacrima con il dorso della mano. «Ho avuto tanto tempo per pensarci, negli ultimi giorni e... credo che, senza saperlo, Margot abbia visto qualcosa. Qualcosa che riguarda l'omicidio di Alexandra e che avrebbe potuto mettere nei guai l'assassino.»

A quelle parole, Nora sentì un brivido gelido scenderle giù per la schiena. Perché se fosse stato davvero così, chiunque avesse preso Margot non l'avrebbe mai lasciata andare.

Aveva un mare di lacrime che le premevano agli occhi, ma quello di cui Susan aveva bisogno era un sostegno, non qualcuno da consolare.

«Anticipo il viaggio di qualche giorno e vengo subito da te. Non puoi stare da sola in un momento come questo» propose con decisione.

«Ti ringrazio, Nora. Ma, no. È meglio di no. Non so come, ma chi ha rapito Margot sa cosa faccio e con chi parlo. Se si accorgesse di qualcosa di insolito, se la prenderebbe con lei e non posso permetterlo. Se la situazione precipitasse...»

«Ma non puoi tenere tutto questo per te. Qualcuno ha rapito tua figlia e ti obbliga a non dire niente a nessuno. Per aspettare cosa?»

Un attimo dopo, Nora si pentì della crudezza di quelle parole.

Ma Susan sembrò reggerne il peso.

«Ieri pomeriggio ne ho parlato con il commissario che si occupa dell'omicidio di Alexandra. È una persona in gamba, e perbene. Lui mi aiuterà. Ha promesso di farlo.»

«Hai fatto bene, Susan. Davvero. Un poliziotto sa come muoversi in questi frangenti. Sono sicura che ritroverà Margot» la incoraggiò. «Ma il pensiero che sei lì da sola ad affrontare tutto questo...»

«Ce la faccio. Devo farcela.»

E dal modo in cui le tremava la voce mentre lo diceva, Nora comprese l'immensità della sua pena.

«Dimmi almeno se posso fare qualcosa» le chiese poi.

«Se lo sapessi, mi sentirei meglio anch'io. Ma davvero non so cosa sarebbe giusto fare. Forse sono una visionaria, ma l'idea che possa trattarsi di qualcuno che conosco... Che magari in questi giorni ho anche incontrato...»

«Proverò a parlarne con Steve. So che ha degli amici in Questura, lì in Italia. Magari come investigatore può accedere a informazioni riservate.»

In realtà sperava soprattutto che qualcos'altro sarebbe

successo per aiutare la piccola Margot. Un messaggio di Joe, forse. O un nuovo sogno.

Ma questo a Susan non poteva dirlo. Forse sarebbe riuscita a parlargliene quando sarebbe stata a Roma da lei. Ma non per telefono, a migliaia di chilometri di distanza.

Per il momento non le avrebbe parlato del suo 'dono' – decise – perché forse Susan avrebbe pensato che era impazzita. E non le avrebbe detto della voce di bambina che invocava la sua mamma. Né del messaggio di Joe e delle sue preghiere per la piccola Fiori blu.

«E se... e se chi l'ha rapita le avesse già fatto del male?» trovò infine il coraggio di chiederle Susan.

La sua voce era appena un sussurro. E Nora comprese che la domanda che avrebbe voluto farle era: «E se Margot fosse già morta?»

«Non posso dirti perché, Susan, ma so che Margot è ancora viva» le rispose con decisione.

E lo credeva davvero. Perché sapeva che altrimenti il messaggio di Joe sarebbe stato diverso.

Anche se era sola nella stanza, Susan si lasciò andare a un profondo sospiro e annuì grata. Margot era ancora viva, si rincuorò.

E non le importava che Nora non volesse dirle perché ne era tanto certa. Aveva un disperato bisogno di credere alle sue parole e per il momento si sarebbe accontentata.

«Te lo prometto, quando saremo insieme ti spiegherò tutto. Ma ora credimi: Margot è ancora viva» le ribadì Nora.

Un attimo dopo Susan la salutò e chiuse la conversazione. Avrebbe continuato le sue ricerche sugli inquilini del palazzo, si ripropose. E poi avrebbe telefonato ad Andrea per sapere se ci fossero novità.

Non sarebbe impazzita e non avrebbe smesso di sperare. E

se l'angoscia avesse preso il sopravvento, invece di crollare avrebbe chiamato Nora. Anche se aveva dimenticato di chiederle, si rese conto in quel momento, come avesse fatto a sapere che Margot era stata rapita.

CAPITOLO QUARANTACINQUE

Roma

«Allora, architetto Alò... A che punto siamo?»

Mentre cercava di decidere se fosse il caso di proporre a suo marito di andare qualche giorno fuori per Natale, Matilde Alò fu colta di sorpresa da quella domanda, ma stette ben attenta a non darlo a vedere, sapendo che il suo capo non avrebbe apprezzato che qualcosa la distraesse dall'importante progetto che aveva avuto il buon cuore di affidarle.

Si voltò e con un sorriso gli rispose: «A buon punto, direi».

L'architetto Bruno Loy aveva l'espressione seria che non abbandonava neppure quando si lasciava andare a una delle sue fragorose risate. Era un uomo dal fisico imponente, con occhi di un intenso azzurro e le rotondità di chi ama il buon bere e la buona tavola. Ma, soprattutto, era il suo capo. L'uomo che poteva decidere di tenerla al suo fianco a godere degli allori della sua prestigiosa carriera internazionale o di relegarla tra la schiera anonima dei suoi numerosi collaboratori.

«Ho già fatto i piccoli cambiamenti che mi ha chiesto»

aggiunse Matilde, alzandosi dal tavolo da disegno per raggiungere il plastico che campeggiava in mezzo alla stanza.

Quello del Centro Culturale Esperidi era stata una commessa importante per il loro studio. Al posto di un vecchio birrificio ormai diroccato, in pieno centro di Roma, avrebbero costruito un centro polivalente con un piccolo teatro, negozi, quattro sale cinematografiche, uno spazio espositivo e un giardino-serra attrezzato, dove far giocare i bambini anche d'inverno.

Matilde considerava una grande opportunità l'essere stata scelta tra i vari professionisti dello studio per collaborare con il grande capo in persona e, se tutto fosse andato per il verso giusto, quel progetto avrebbe segnato un notevole passo in avanti nella sua carriera.

«La cupola geodetica trasparente aggiunge qualcosa in più» sottolineò Bruno Loy senza staccare gli occhi dal plastico.

«È stata davvero una buona intuizione» confermò Matilde.

Tanto più che l'hai avuta tu, pensò senza dirlo.

Per quanto quel particolare avesse davvero arricchito l'idea originaria, non si sarebbe sognata di sostenere il contrario neanche se fosse stato vero. L'architetto Bruno Loy era conosciuto tanto per il suo genio quanto per il suo caratteraccio. E contraddirlo non era mai una buona idea.

Bruno Loy annuì con un movimento appena accennato e continuò a osservare il plastico in silenzio.

Aveva trascurato qualcosa? Aveva commesso un errore di cui si sarebbe pentita per tutta la vita?

Si sentiva come una liceale all'esame di maturità, ma non avrebbe permesso alle sue insicurezze di prendere il sopravvento.

«Ok. Penso che stavolta ci siamo» commentò infine l'architetto Loy dopo un pugno di secondi che le sembrarono infiniti.

Se fosse stata da sola, forse si sarebbe lasciata andare a salti di gioia che avrebbero stemperato tutta quella tensione. Però non lo fece e rispose al suo capo con un sorriso appena accennato, come se non avesse mai immaginato un esito diverso da quello.

Anni di sacrifici e di rospi ingoiati, ma finalmente aveva avuto il riconoscimento che meritava, si rallegrò con se stessa, tornando alla scrivania.

Avrebbe contattato l'impresa che doveva occuparsi della demolizione del vecchio birrificio per gli ultimi dettagli. E poi... E poi avrebbe telefonato a suo marito e gli avrebbe detto di preparare una bottiglia delle migliori per brindare insieme.

Anche se moriva dalla voglia di saperlo, non gli avrebbe chiesto come mai avesse detto al commissario Danzi che la sera dell'omicidio era andato all'enoteca un paio di ore prima dell'apertura per sistemare alcuni conti, quando in realtà non le aveva risposto al telefono fino alle nove. Non gli avrebbe dato modo di pensare che non si fidava di lui e non avrebbe rovinato quel momento con la sua curiosità.

Qualcosa di buono stava accadendo nella sua vita. Avrebbe firmato un progetto che sarebbe finito sulle più importanti riviste di architettura. E forse, chissà, anche suo marito sarebbe stato affascinato dalla donna di successo in cui si stava trasformando.

CAPITOLO QUARANTASEI

Roma

Quando Andrea arrivò, alle nove in punto come le aveva promesso, Susan era davanti al computer e non stava più nella pelle per le nuove informazioni che aveva trovato.

«Non sai cosa ho scoperto» gli disse subito, invitandolo ad accomodarsi sulla sedia accanto alla sua.

Abbracciando con lo sguardo il resto dell'appartamento, Andrea Danzi si rese conto di quanto fosse diverso da come l'aveva visto la prima volta che era andato da Susan per l'omicidio di Alexandra. L'ordine impeccabile era ormai solo un ricordo e una patina di polvere ricopriva i mobili. Era chiaro che Susan non si preoccupava più della casa, né di se stessa.

Poteva biasimarla per questo?

No, che non poteva farlo. Perché l'ammirava anche solo per il fatto di essere riuscita a non impazzire di dolore.

«Prima devo poggiare questo in cucina» si scusò accennando al pacchetto che aveva in mano.

Un attimo dopo si diede dello stupido per non essersi ricordato che lei non avrebbe potuto vederlo e aggiunse: «Ho preso qualcosa per la cena.»

Susan annuì distrattamente, presa da ben altri pensieri. E i sensi di colpa tornarono ad aggrovigliare lo stomaco di Andrea Danzi.

Ma dirle che le sue ricerche erano inutili e che sua figlia era nelle mani di un pedofilo avrebbe giovato a qualcuno?

No, e lo sapeva bene. Era solo questo a dargli la forza di continuare a mentirle, pur sapendo che quando Susan sarebbe venuta a saperlo, l'avrebbe odiato per le sue bugie.

Tornò indietro dalla cucina e si sedette accanto a lei.

«Ecco. Guarda qua. È un vecchio articolo del Corriere della Sera» gli disse Susan quando avvertì la sua presenza.

Andrea indossò gli occhiali che aveva in tasca e lesse ad alta voce dal monitor:

«Una bambina di cinque anni è morta ieri mattina a Jesi, in provincia di Ancona. La piccola era rimasta sola dopo che la mamma, Rosa Blasi, 42 anni...»

A quel nome, Andrea interruppe la lettura per la sorpresa.

«Rosa Blasi...»

«Già. La mia vicina del secondo piano.»

Andrea Danzi controllò la data dell'articolo. Risaliva più o meno a otto anni prima.

Un attimo dopo continuò a leggere:

«...era rimasta sola dopo che la mamma, Rosa Blasi, 42 anni, era scesa per raggiungere la farmacia sotto casa. La bambina aveva la febbre alta e la donna aveva approfittato del fatto che si fosse addormentata per andare a comprare le medicine che il pediatra le aveva prescritto.

Tornando a casa, Rosa Blasi si è accorta che la figlia, forse per cercarla, si era affacciata alla finestra della cucina. Nonostante le grida della madre e gli inviti a rientrare, un attimo dopo la bambina si è sporta ancora di più ed è precipitata nel vuoto...»

Distogliendo lo sguardo dal computer, Andrea Danzi fece un profondo sospiro.

«Non si può dire che il destino non si sia accanito contro la signora Blasi.»

«La bambina è morta sul colpo e Rosa Blasi è stata accusata di omicidio colposo. Ha tentato il suicidio dopo pochi giorni, così è stato disposto il suo ricovero coatto in un centro psichiatrico.»

«Non deve essere stato facile superare un trauma così...»

«E se Rosa Blasi non l'avesse superato?» suggerì Susan.

Andrea Danzi fece un mezzo giro sulla sedia per voltarsi verso di lei.

«Che vuoi dire?»

«Be'... insomma... È sempre stata molto affettuosa con Margot. Quasi troppo. Quando siamo tornate dal centro commerciale, domenica scorsa, ho avuto la sensazione che ci avesse spiato dalla finestra per sapere quando poter chiamare per invitarla a fare merenda su da lei...»

«Ha perso una figlia poco più piccola di Margot. Conoscendola, deve avere ripensato a lei. Non ci vedo niente di strano.»

Si sentiva odioso per quel suo subdolo tentativo di dissuaderla. Ma l'idea che si illudesse di aver trovato una traccia...

Susan rimase immobile, in silenzio, a testa alta. E lui comprese che non avrebbe ceduto così facilmente.

«Ok. Mettiamo che il tuo ragionamento funzioni» le concesse. «Margot ricorda alla signora Blasi la figlia che non ha più. Ma perché l'avrebbe rapita?»

«Magari per averla tutta per sé, visto che non può più avere sua figlia. O perché è coinvolta nell'omicidio di Alexandra. Non lo so ancora con sicurezza.»

«Per l'omicidio abbiamo appena arrestato l'ex-marito di Alexandra. È stato lui a ucciderla.»

Almeno questa, di sincerità, gliela doveva, pensò Andrea, rimanendo a osservarla.

Susan abbassò la testa, come cercando di fare i conti con quella nuova realtà. Poi la rialzò.

«Come mai all'improvviso siete così sicuri che sia stato lui?»

«Abbiamo mostrato la sua foto alla commessa che quel pomeriggio ha venduto un paio di stivali ad Alexandra. Si ricorda di averlo notato fuori dal negozio. Ci ha detto che mentre pagava anche Alexandra se ne era accorta, e che le era sembrata molto seccata.»

«Pensate che l'abbia seguita fino a casa…»

«Lo abbiamo fermato mentre stava salendo su un treno per Zurigo. Ci ha detto che quel pomeriggio, dopo che si era accorta che la seguiva, Alexandra lo aveva affrontato. Gli aveva detto a brutto muso di smetterla. E lui se n'era andato a sbollire la sua rabbia in un locale di Pietralata. Dove però nessuno si ricorda di lui.»

«Era ancora geloso di lei? Alexandra mi ha detto che erano separati da quasi due anni.»

«Adesso aveva un motivo in più. Perché la sua ex-moglie era incinta. Al quarto mese.»

L'espressione sorpresa di Susan gli diede la sicurezza assoluta che lei non ne sapeva niente di quella storia del bambino.

«Alexandra era incinta…»

«E non abbiamo ancora la minima idea di chi fosse il padre.»

Susan rimase in silenzio. Incapace di aggiungere altro. La testa le girava. E tutto era di nuovo confuso.

Se davvero era stato l'ex-marito a uccidere Alexandra, perché avrebbe dovuto rapire Margot, che non lo conosceva nemmeno?

La sua ipotesi cominciava a fare acqua da tutte le parti…

Andrea Danzi comprese il suo smarrimento e rispettò il suo silenzio.

«Tu non ritieni possibile che l'ex-marito di Alexandra abbia anche rapito Margot» riuscì infine a chiedergli Susan.

«Per quel pomeriggio ha un alibi inattaccabile.»

«E chi ha aggredito Luna nel parco? Non ci credo che qualcuno possa essersela presa con lei solo perché stava ringhiando» sbottò Susan.

«Ma non vuol dire che anche questo abbia che fare con il rapimento di Margot. Tanta gente ce l'ha con gli animali per i motivi più strani. Magari il tuo cane abbaia troppo, o fa i suoi bisogni dove non dovrebbe... Ti stupiresti di sapere che reazioni inconsulte può avere la gente.»

Susan abbandonò le braccia lungo i fianchi e chinò il capo. Era davvero troppo anche per la sua forza di volontà. Era andata avanti per ore con la speranza di poter fare qualcosa per sua figlia. E ora tutto si stava smontando come un castello di sabbia.

Non poteva farcela. Non ce l'avrebbe fatta.

«Ma per Margot ci è rimasta la pista di Rosa Blasi» si sorprese a dire Andrea, turbato da tanta disperazione. «Cercheremo di capire cosa abbia fatto negli ultimi anni, da quando è uscita di prigione, e perché si sia trasferita a Roma. Anzi, sai che ti dico? Chiamo subito in Questura.»

Susan sembrò sollevata da quello spiraglio e, per quanto sentisse tutto il mondo gravarle sulle spalle, riuscì a sollevarsi dalla sedia.

«Intanto vado in cucina a scaldare il pollo che hai portato.»

«Come fai a sapere che ho portato del pollo?»

«Sai quella storia sui sensi dei ciechi che si acuiscono? E in più ho passato gran parte della mia vita in cucina. So riconoscere l'odore di un pollo arrosto.»

Andrea accennò un sorriso.

«Parlo con i miei colleghi e poi ti aiuto ad apparecchiare.»

Cosa che fece pochi minuti più tardi. E dopo essersi messo a tavola con lei, riuscì anche a convincerla a mangiare un paio di bocconi di pollo e qualche patata arrosto.

Poi, quando mezz'ora dopo si spostarono sul divano per il caffè, fu colpito dai tanti vinili sistemati su un ripiano della libreria e si avvicinò per osservarli meglio.

«Simon & Garfunkel, Fleetwood Mac, David Bowie, America, Crosby Still Nash & Young... Da dove viene questa passione per gli anni '70? Non sembri così vecchia.»

«Mia madre. Questi dischi erano suoi.»

«Una collezione da intenditrice. Questo dei Led Zeppelin è introvabile.»

«Dalla voce neanche tu sembri tanto vecchio. Come fai a conoscerli così bene?»

«Colleziono musica. Di qualsiasi genere. Purché sia buona. È la mia debolezza» confessò rimettendo a posto un Lp dei Black Sabbath. «Ma anche tua madre doveva avere una grande passione.»

Susan comprese che tutto quello che Andrea voleva, in quel momento, era distrarla e costringere la sua angoscia a placarsi, almeno per un po'.

Non era convinta dei risultati, ma glielo concesse.

«Mia madre era una cantautrice. E mio padre suonava con lei. Una volta hanno anche aperto un concerto di James Taylor e Carly Simon.»

«Allora sono a casa della figlia di una celebrità.»

«Non era poi così famosa...»

«Prova. Come si chiamava?»

«Milly Daver.»

«Rose's garden. E anche Innocent.»

«Credevo che nessuno conoscesse gli album di mia madre qui in Italia» si sorprese Susan.

«Ho un mio 'fornitore' di fiducia a New York. Un piccolo negozietto di Brooklyn.»

Andrea conosceva la musica di sua madre. Era un segno del destino?

Chissà se la stava osservando e capiva quanto fosse colpita da quella coincidenza.

«E per inciso, adoro la musica di tua madre» aggiunse Andrea dopo un attimo.

Dal rumore di passi Susan comprese che si era avvicinato alla finestra.

Stava controllando il giardino? Aveva notato qualcosa di insolito?

«A proposito di confidenze… Come mai la figlia di una cantautrice ha deciso di fare la cuoca?»

Il tono di quella domanda la tranquillizzò. Non stava succedendo niente di sospetto fuori dalla sua casa.

«Da bambina seguivo sempre mia madre e mio padre in tournée. E quando non eravamo in viaggio lei era impegnata a scrivere la sua musica. A casa non si faceva mai un pasto decente. E io adoro mangiare. Così ho cominciato ad armeggiare in cucina e… sono diventata piuttosto brava.»

«Da quello che mi risulta, un po' più che 'piuttosto brava'. Non avresti dovuto lasciare il tuo lavoro. Non mi sembri il tipo di donna che 'molla'» concluse poi.

Andrea sembrava trascurare il piccolo particolare che ora era una donna cieca, si sorprese Susan. Ma non lo disse. Perché ormai il passato non contava niente. Davvero non le importava più del lavoro che aveva perso, e di essere diventata cieca. Non le importava di nessuna cosa che non fosse il poter riavere indietro la sua bambina.

E Andrea dovette comprendere il suo sgomento perché le disse: «Vedrai. Riusciremo a trovarla. Tutti i miei uomini stanno facendo il possibile. Te la riporteremo a casa.»

Susan annuì, asciugandosi una lacrima con il dorso della mano.

Doveva tenere a bada l'onda nera, si impose. E impedire che la travolgesse. Non poteva crollare. Non finché Margot aveva bisogno di lei.

CAPITOLO QUARANTASETTE

MARTHA'S VINEYARD

Erano già passate le sei del pomeriggio quando, dopo aver riappeso il telefono, Nora raggiunse pensierosa la porta d'ingresso dell'agenzia per osservare il paesaggio oltre la grande vetrata. Le case di Oak Bluff erano ancora ricoperte da una coltre candida, ma gli spazzaneve avevano fatto un ottimo lavoro e la vita dell'isola stava tornando alla normalità.

Nora girò e rigirò nel dito l'anello che Steve le aveva regalato. Negli ultimi giorni quel movimento era diventato una specie di tic, quasi a non voler dimenticare che aveva una risposta in sospeso da dare.

Ma la sua vita sentimentale non era tra le priorità di quel momento, si rammaricò.

Perché lo sconquasso che sentiva dentro riguardava quello che Steve le aveva appena confidato al telefono, dopo aver parlato con i suoi amici della Questura italiana.

E ora come poteva dire anche a Susan ciò che aveva appena saputo?

Susan aveva fiducia nel commissario che seguiva le indagini per il rapimento di Margot. Per qualche attimo le era persino sembrato di percepire nella sua voce una nota di colore diverso mentre parlava di lui.

Ma quell'uomo la stava ingannando.

Solo per proteggerla da un dolore immenso?

Se anche così fosse stato, lei era amica di Susan, ancora prima che sua zia. Adorava Margot e non poteva permettersi di ignorare quella bugia.

Per quanto le costasse rivelarle una verità tanto devastante, sapeva che non avrebbe potuto mentirle anche lei.

Le parole che Joe aveva scritto con le lettere dello Scarabeo facevano pensare che la piccola Margot fosse ancora viva. E per quanto il suo futuro fosse incerto e ingombro di nuvole minacciose, loro dovevano aggrapparsi a quello spiraglio.

Le strade di Oak Bluff brillavano di luci colorate e tutte le vetrine erano addobbate a festa. Ma lei sapeva che non sarebbe stato un felice Natale se non fossero riuscite a salvare Margot.

Un brivido di freddo le percorse la schiena.

Dove si trovava ora la piccola Margot? Come si sentiva con nessuno accanto a placare la sua disperazione?

Abbandonò la vetrina dell'agenzia prima di scoppiare a piangere.

Avrebbe bevuto una tazza di tè bollente, decise. Anche se ci sarebbe voluto ben altro per farla sentire meglio e scaldarla dal freddo che le veniva da dentro.

Perché prima avrebbe dovuto affrontare Susan e comunicarle quello che aveva appena saputo da Steve.

Ma con quali parole?

In Italia era ormai mezzanotte passata e anche se era sicura che Susan non chiudesse occhio da giorni, non voleva agitarla facendo squillare il telefono a un orario così insolito. E non aveva nessuna intenzione di svegliarla nel caso fosse riuscita ad assopirsi per qualche minuto.

Le avrebbe scritto una mail, decise. Per chiunque altro

sarebbe stato un modo freddo e impersonale per comunicare qualcosa di tanto importante. Ma conoscendo Susan, Nora comprese che avrebbe apprezzato che le desse il tempo di sfogare il suo dolore. Come era sicura che l'avrebbe richiamata, non appena si sarebbe sentita pronta a farlo.

Mise a scaldare l'acqua per il tè e si sedette al computer.

CARA SUSAN, cominciò a digitare sulla tastiera, sperando che le sarebbero venute le parole per dirle la cosa terribile che doveva.

Fece un profondo sospiro poi scrisse tutto d'un fiato, come trascinata da una forza oscura. Per ultimo, quando già le lacrime le premevano agli occhi, un accorato appello alla sua amica: QUANDO TI SENTIRAI DI FARLO, TI PREGO, CHIAMAMI.

Non rilesse la mail che, sapeva, avrebbe fatto sgorgare a fiumi il pianto che stava trattenendo. E prima di poterci ripensare, premette il pulsante di invio.

Il rumore della porta dell'agenzia che si apriva la fece voltare.

«Judith...»

La sua segretaria entrò tutta infreddolita e si precipitò accanto al termosifone, in un angolo della stanza.

«Adoro The Vineyard imbiancata dalla neve ma... Non so se ce la farò a sopportare a lungo tutto questo freddo.»

«Stavo preparando del tè. Prendine una tazza anche tu e vedrai che ti sentirai meglio.»

«Dovrei occuparmi io del tè, ma grazie mille Nora, lo accetto volentieri» le disse Judith. Poi tirò fuori una busta dalla borsa. «Le foto erano pronte. Ho già controllato. Ce ne sono diverse che possiamo usare per la pubblicità della nuova proprietà che dobbiamo mettere in vendita.»

Nora allungò a Judith la sua tazza di tè.

«Questo farà bene a tutte e due» le disse, mentre il suo pensiero tornava a Susan.

Cos'altro poteva fare per aiutarla?

Per come stavano le cose in quel momento, purtroppo niente, fu costretta a rispondersi.

L'orario di lavoro si era già protratto troppo a lungo. Dopo aver sistemato le foto della nuova casa appena fuori Oak Bluff, che la sua agenzia era stata incaricata di vendere, lei e Judith avrebbero controllato gli appuntamenti per il giorno dopo e poi sarebbero andate a casa, prima che le strade ghiacciassero.

Avrebbe fatto tutto quello che doveva, si ripropose Nora. Ma questo – sapeva – non avrebbe alleggerito il gran peso che aveva sul cuore.

CAPITOLO QUARANTOTTO

Roma

E così l'ex-marito di Alexandra era stato arrestato, si disse Susan sorseggiando una tazza di caffè seduta sul divano, incurante del fatto che fosse notte fonda, che avrebbe dovuto essere nel suo letto a dormire e che per cena non fosse riuscita a mandare giù che un paio di bocconi di pollo. Doveva aiutare sua figlia, era questo il suo unico pensiero. E non le importava se per farlo si sarebbe consumata, sarebbe invecchiata di anni in pochi giorni o si sarebbe sentita male.

Andrea le aveva assicurato che i suoi colleghi stavano facendo il possibile e l'impossibile per ritrovare Margot. E sembrava sincero. Ma era chiaro che considerava pura fantasia le sue ipotesi investigative sul rapimento.

In fondo i fatti sembravano dare ragione a lui, non poté fare a meno di considerare Susan. L'ex-marito di Alexandra era stato arrestato e aveva un alibi per il giorno in cui Margot era stata rapita.

Questo metteva più che k.o. tutti i suoi ragionamenti su chi potesse avere incontrato sua figlia la sera dell'omicidio, quando era scesa a buttare la spazzatura.

Susan fece un profondo sospiro e si chinò a carezzare Luna, che si era addormentata ai suoi piedi.

Se solo avesse potuto parlare e dirle con chi era andata via Margot quel pomeriggio, al parco.

Aveva ripercorso col pensiero quello che era successo nelle ultime ore, prima che Margot venisse rapita, centinaia di volte, in cerca di un qualsiasi indizio che le permettesse di capire.

Credeva di avere trovato una strada. E invece...

Come avendo percepito il suo smarrimento, Luna sollevò la testa e le leccò la mano.

«La riporteremo a casa, vedrai. Riporteremo a casa la nostra piccola Margot» cercò di rincuorarla.

Poi decise di sedersi per terra, sul tappeto, per poterle stare più vicino e sentirsi meno sola.

«Ok. Proviamo in un'altra direzione» disse ad alta voce, come se anche Luna potesse partecipare alle sue riflessioni.

Alexandra era incinta, le aveva confidato Andrea. E anche quella era stata una grande sorpresa.

Perché la sua amica non gliene aveva parlato?, non poté fare a meno di chiedersi.

Alexandra la chiamava a ore impossibili per raccontarle di appuntamenti, litigate o nuovi incontri. Era quel tipo di donna che aveva bisogno di condividere sempre con qualcuno i suoi problemi.

Ma non le aveva detto di essere incinta, né si era soffermata a spiegarle chi le avesse regalato gli orecchini che indossava quando era stata uccisa.

Forse si trattava dello stesso uomo, era abbastanza facile concludere. Un uomo che doveva essere stato importante nella sua vita, visto che Alexandra aveva deciso di tenere il bambino. Un uomo di cui però, per qualche motivo, aveva ritenuto di non poter parlare con lei.

Chiedersi perché era il passo successivo e inevitabile, si disse Susan.

E la prima risposta che le veniva in mente era: perché quell'uomo era già impegnato. O perché lo conosceva bene anche lei, concluse un attimo dopo, bevendo un altro sorso di caffè.

Il segnale acustico di arrivo di una mail interruppe le sue riflessioni investigative.

Chi poteva essere a quell'ora?, si chiese Susan alzandosi e aiutandosi con il bastone per raggiungere il computer.

Sapere che si trattava di un messaggio di Nora le spiegò l'ora tarda di quella mail con il fuso orario. Probabilmente la sua amica non voleva correre il rischio di svegliarla, comprese Susan. Per questo le aveva scritto invece di chiamarla.

Ma quando il programma di lettura vocale del computer le comunicò il contenuto della mail, per un attimo rimase senza respiro.

Andrea le aveva mentito! Non stava cercando di capire insieme a lei cosa potesse essere successo a Margot. Aveva già la sua pista. Solo che non gliene aveva parlato.

Margot era stata rapita da un pedofilo... Non era possibile.

«No... No... No...» mormorò, sempre più stordita. «No!» urlò poi scaraventando a terra la tazza di caffè che aveva portato con sé.

Incapace di reggere la tensione, prese a camminare avanti e indietro nella stanza, incurante delle sedie che rovesciava per terra o degli spigoli contro cui sbatteva.

«La mia bambina... la mia bambina... Vi prego, non le fate del male.»

Poi scivolò a terra in ginocchio per quella sua disperata preghiera.

Sentì Luna guaire, forse spaventata da tanto subbuglio, ma non riuscì a curarsene.

Perché le stava succedendo tutto questo? Perché?

Se non avesse mandato Margot nel parco quel pomeriggio. Se non fosse stata cieca. Se si fosse accorta in tempo che sua figlia aveva bisogno di aiuto.

Margot le aveva chiesto di uscire a giocare con Luna e lei non aveva assecondato la voce che le diceva di non lasciarla andare. Se lo sarebbe rimproverato all'infinito, ma non sarebbe servito.

L'attimo che cambia le cose. Era quello l'attimo. Aveva detto sì, e aveva perso sua figlia.

CAPITOLO QUARANTANOVE

Roma, 19 dicembre

Tirando fuori di tasca con mano tremante le chiavi per aprire il portone, Gabriele Lenzi ringraziò la fioca luce dell'alba che lo proteggeva da sguardi indiscreti e quasi si sorprese di avercela fatta a guidare fino a casa.

Dopo avere posteggiato la macchina sul vialetto, si era trascinato con passo barcollante. Aveva impiegato un tempo infinito, ma era arrivato. Ancora pochi minuti e sarebbe stato al sicuro tra le pareti di casa sua. E poi si sarebbe buttato sul letto con l'unico desiderio di rimanere lì per il resto della vita.

Aveva già infilato le chiavi per aprire il portone, quando un leggero rumore di rami secchi lo fece irrigidire.

Voltò lentamente la testa e si accorse di Susan che nonostante l'ora e il freddo passeggiava nel suo giardino. Non indossava né una giacca, né un cappotto, e il suo volto sprigionava una tale pena che per un attimo ebbe l'istinto di chiamarla. Però si frenò.

Avrebbe potuto fingere ancora. Non aveva fatto altro negli ultimi giorni: dire bugie e fare finta che niente fosse accaduto.

Ma per quanto Susan non potesse vedere i lividi che aveva

sul viso e il sangue che si era rappreso sotto il naso – segno inequivocabile che qualcuno aveva pensato di avere degli ottimi motivi per pestarlo – non voleva che la sua vicina si chiedesse come mai rientrasse a casa a quell'ora del mattino o che parlando con lui si rendesse conto che era sul punto di crollare.

CAPITOLO CINQUANTA

Roma

Osservò attraverso il vetro rotto della finestra l'alba che stendeva una tiepida luce sulla città ancora addormentata e finì di convincersi che era stata una sciocchezza andare fin lì per portare alla piccola Margot qualcosa da mangiare.

Che senso aveva, visto che la figlia di Susan presto sarebbe morta?

Pensava di lavarsi la coscienza con tanto poco?

Era un caso che la bambina fosse ancora viva, pensò. Anche se era molto pallida e quando le aveva spostato i capelli dagli occhi aveva sentito che scottava.

Non aveva nemmeno toccato il cibo che le aveva portato.

Per fortuna mancavano solo quattro giorni e poi tutto sarebbe finito.

L'aria era gelida e ogni suo respiro si condensava in una nuvola di fumo.

Sentiva il freddo penetrare fin nelle ossa.

Si voltò di nuovo e incontrò lo sguardo ferito della ragazzina. Per un attimo vacillò. Poi prese un fazzoletto dalla tasca e decise di bendarla.

Non voleva portarsi dietro, per tutto il giorno, il peso di quello sguardo.

Quando aveva capito che quello della pizza era solo un inganno e che non aveva nessuna intenzione di riportarla a casa, la piccola Margot si era messa a piangere. E aveva continuato a farlo, mentre la legava, senza smettere di chiedere: "Perché?"

Voleva essere riportata da sua madre, non aveva chiesto altro.

Ma questo davvero non poteva più farlo.

CAPITOLO CINQUANTUNO

Roma

Nonostante il freddo, la porta-finestra che dava sul giardino era spalancata, e già entrando nell'appartamento di Susan Andrea comprese che qualcosa non andava.

Un paio di sedie rovesciate per terra, i cuscini del divano sparsi sul pavimento, un vaso di fiori in frantumi... Sembrava che fosse passato un tornado.

E poi la vide.

Era raggomitolata in un angolo, la testa reclinata in avanti, i capelli scivolati fuori dal morbido chignon con cui era solita tenerli legati.

Fu così colpito da tanta disperazione che per qualche secondo non riuscì a parlare.

«Susan...» sussurrò poi, inginocchiandosi accanto a lei.

Lei sollevò leggermente il mento. Non fece nessun altro movimento, né disse alcuna parola.

Andrea le prese le mani e si accorse che erano ghiacciate. Doveva essere uscita senza nemmeno preoccuparsi di coprirsi.

«Cos'è successo?» le chiese, intimorito da quello che avrebbe potuto rispondergli.

Lei scosse leggermente la testa.

«Perché mi hai mentito?»

«Di cosa stai parlando?»

«Perché non mi hai detto che mia figlia è stata rapita da un pedofilo? Lo sapevi fin dall'inizio, da quando hai trovato la carta nel parco e non mi hai detto niente. Mi hai lasciato giocare all'investigatrice mentre mia figlia...»

La voce le si strozzò in gola, coperta dai singhiozzi. E lui non seppe fare altro che abbracciarla.

Avrebbe potuto chiederle come avesse fatto ad avere notizie riservate su indagini in corso, ma comprese che in quel momento sarebbe stato solo inutile e crudele.

«Mi dispiace.»

Non riuscì a dire altro.

In qualsiasi modo Susan lo avesse saputo, e per quanto in quel momento lo odiasse, una parte di lui si sentiva sollevata dal non doverle più mentire.

Dopo la rabbia – i cui segni erano evidenti nel caos della stanza – a Susan non era rimasta che la disperazione. Il viso nascosto dietro il palmo delle mani, non riusciva a smettere di piangere.

«Ormai siamo sulle sue tracce. Quell'uomo non riuscirà a sfuggirci a lungo» le promise, dispiaciuto che il poliziotto che era in lui non ne volesse sapere di lasciargli troppe speranze di trovare la figlia di Susan ancora viva.

CAPITOLO CINQUANTADUE

Martha's Vineyard

Facendo scivolare il pesante cappotto sulla spalliera della sedia e assaporando il tepore della casa, Nora si disse che, per quanto la preoccupazione per Margot non l'avesse abbandonata nemmeno per un istante, la cena benefica organizzata all'Harbor View Hotel di Edgartown per il reparto pediatrico dell'ospedale locale era stata un successo. Le piaceva l'atmosfera accogliente e raffinata di quell'albergo, e soprattutto l'idea di riuscire ad aiutare con un po' di buona volontà chi, nella vita, era meno fortunato di lei.

Grazie alla cena che avevano organizzato e al costoso biglietto che gli invitati avevano accettato di pagare per parteciparvi, molti bambini ricoverati in pediatria avrebbero avuto un Natale più sereno e una nuova struttura per ospitare anche i loro genitori.

E il Natale di Margot che Natale sarebbe stato?

Dopo la mail che le aveva scritto diverse ore prima, non aveva ancora sentito Susan. E per quanto fosse maledettamente preoccupata per lei, avrebbe rispettato i suoi tempi, si ripropose, mentre riattizzava il fuoco del camino che prima di andarsene Rudra aveva acceso per lei.

Poi si chinò ad accarezzare Dante, il suo gattone dal pelo fulvo, che miagolava strusciandosi contro le sue gambe.

«Hai fame, eh?»

Per quanto si sentisse disperata, avere delle cose da fare le avrebbe permesso di non crollare.

Si fece seguire da Dante in cucina e, dopo avergli riempito la ciotola di croccantini, decise che sarebbe salita in camera per prendere il libro che aveva lasciato sul comodino. Ne avrebbe letto qualche pagina davanti al camino e questo le sarebbe servito a rimandare ancora un po' il momento di andare a dormire. Sapeva che con tutta l'ansia che si portava dentro avrebbe dovuto essere davvero sfinita per riuscire a prendere sonno.

Ma abbandonò quasi subito il suo proposito, perché appena entrata in camera da letto le bastò uno sguardo per accorgersi delle lettere dello Scarabeo che campeggiavano nitide sul settimino.

Per una volta quasi non se ne sorprese e prima ancora di leggere comprese che la preoccupazione di Joe non poteva che essere uguale alla sua.

Si avvicinò e finalmente lesse il messaggio che era lì pronto per lei:

QUELLO CHE MARGOT HA VISTO

Quello che Margot ha visto, ripeté Nora tra sé.

Cosa stava cercando di dirle Joe?

Certo quelle parole non facevano riferimento alle indagini sul pedofilo di cui Steve le aveva parlato.

La prima cosa da fare era affrontare l'argomento con Susan, si ripropose.

Certo non poteva dirle: "Sai tuo zio Joe? È morto un anno fa, ma mi ha scritto un messaggio che riguarda Margot. Vogliamo provare a capire insieme a cosa si riferisca?"

Ma avrebbe trovato un modo. E non avrebbe aspettato che Susan si sentisse pronta a chiamarla. Perché per quante ipotesi fosse possibile fare, di sicuro le parole di Joe volevano offrire loro un appiglio per ritrovare la bambina.

Il che significa che la piccola Margot non è ancora morta, concluse Nora con un pizzico di sollievo mentre prendeva il telefono per chiamare in Italia.

CAPITOLO CINQUANTATRÉ

Roma, 20 dicembre

Dopo la benedizione finale del rito delle esequie, Luna si mise al suo fianco e aspettò paziente accanto a lei, all'estremità del banco, il passaggio del corteo funebre.

Susan rimase in attesa che i rumori si attutissero, che le persone che avevano partecipato al funerale di Alexandra uscissero dalla chiesa, poi diede a Luna il segnale per farsi guidare verso l'uscita.

Per accertarsi che ci fossero ancora, sfiorò con la mano il cellulare che aveva in una tasca e il walkie-talkie che aveva nell'altra. Voleva essere sicura che se chi aveva rapito Margot avesse cercato di mettersi in contatto con lei ci sarebbe riuscito.

Poteva averla seguita fin là per controllarla?

La cerimonia funebre era stata semplice e per fortuna il sacerdote non aveva indugiato sulla fine violenta della giovane vita di Alexandra, si confortò Susan.

Aveva pregato per la sua amica e per Margot, ma ora sapeva che c'era anche qualcosa di più utile che poteva fare per loro. Perché la telefonata di Nora, qualche ora prima, aveva riacceso le sue speranze e le aveva confermato quello che per ragionamento e per istinto aveva sospettato fin dall'inizio. Margot era stata rapita per quello che sapeva. E quello che sua figlia sapeva non poteva che riguardare l'omicidio di Alexandra.

Aveva dato fiducia alle parole di Nora solo perché ne aveva un disperato bisogno?

Quando si era trattato di entrare nei particolari di quella informazione e del perché fosse sicura che Margot era stata rapita per quello che sapeva, Nora era stata piuttosto evasiva. A mezza bocca le aveva accennato a una sua amica veggente, che aveva avuto una visione, una visione molto nitida, che riguardava Margot.

Per quanto potesse sembrarle strano – l'aveva quasi implorata Nora – doveva provare a fidarsi. E quando finalmente sarebbero state insieme, le avrebbe spiegato meglio.

Quel barlume di luce... Il potere allontanare da sé l'immagine di Margot nelle mani di un pedofilo... Forse non avrebbe mai cercato l'aiuto di una veggente per aiutare sua figlia, ma Nora era una donna intelligente e assennata. Si fidava di lei. E si sarebbe fidata anche delle 'visioni' di cui le aveva parlato.

Per essere tanto sicura, doveva avere già sperimentato le premonizioni della sua amica in altre occasioni.

Ma non era il momento di soffermarsi su quei dettagli. Quello che contava, ora, era che non era stato un pedofilo a rapire Margot, ma qualcuno che lei conosceva, che sua figlia conosceva.

Uscendo dalla chiesa Susan respirò avida l'aria gelida del mattino. Un vento freddo agitava le fronde degli alberi e le scompigliava i capelli.

Era riuscita a non crollare e a offrire il suo braccio alla mamma di Alexandra, che l'aveva convinta a sedersi al primo banco, insieme a lei e al marito.

Era stata una cerimonia semplice ma difficile, come lo sono tutti gli addii.

Strana cosa la vita. Tanto tempo e un'infinità di energie a fare progetti per il futuro e poi, senza alcun preavviso, quel futuro smette di esistere. Paff! Cancellato con un colpo di spugna.

Avrebbe tenuto con sé l'ottimismo di Alexandra, la sua vitalità, la fiducia che aveva in se stessa e negli altri. Ma non avrebbe avuto più lei.

Anche senza poterla vedere, per tutto il tempo della funzione religiosa non aveva smesso di immaginare la bara che teneva prigioniero il suo corpo e dal profumo intenso che avvolgeva la chiesa aveva capito che dovevano esserci tanti fiori a farle compagnia.

«Ciao, Susan.»

Riconobbe subito la voce di Matilde, ma prima che potesse risponderle, la sua vicina di casa già si stava rivolgendo a qualcun altro.

«Gabriele... Cosa ti è successo?»

Anche lui era accanto a loro, quindi. Ma perché non l'aveva salutata?

«Non pensavo che si vedesse così tanto. Sono scivolato dalle scale e... è davvero seccante fare la figura dello sciocco alla mia età» minimizzò Gabriele.

A Susan, però, non sfuggì la nota di incertezza nella sua voce. Stava mentendo. Ne era abbastanza sicura. E chiunque avesse qualcosa da nascondere saliva automaticamente ai vertici della sua lista dei sospetti.

«Per questo ti sei nascosto dietro a quegli occhiali da bel tenebroso» aggiunse ironico Edoardo.

D'altra parte Alexandra le aveva ripetuto spesso che Gabriele era un bell'uomo, si scoprì a pensare Susan. Magari era lui il suo compagno segreto, e il padre del bambino che aspettava.

«Come stai, Susan?» la salutò Edoardo con un leggero bacio sulla guancia.

«Sembri stanca» aggiunse Gabriele abbracciandola.

«È difficile riposare bene dopo quello che è successo.»

È per Alexandra. Ma anche perché un pazzo ha rapito mia figlia. Tu ne sai qualcosa?, avrebbe voluto chiedere a Gabriele e a chiunque altro dei suoi vicini le stesse intorno. Ma stette ben attenta a non farlo, per non rendere ancora più incerto il destino di Margot.

«Sembra che siamo venuti tutti» accennò invece, nella speranza che questo le avrebbe permesso di sapere chi aveva partecipato al funerale di Alexandra. E chi non avesse avuto il coraggio di farlo.

«Sì. Ho visto anche i signori Blasi.» Poi Matilde abbassò la voce per aggiungere: «Non vi sembra che la moglie sia messa un po' male?»

Una pulcettina cominciò ad agitarsi nell'orecchio di Susan. Ma si prese il suo tempo prima di chiedere: «Perché hai questa impressione?»

«Aspetta. Si sta avvicinando.»

La mano di Rosa Blasi toccò la sua un attimo prima che Susan la sentisse chiederle: «E la sua bambina dov'è? Dov'è la piccola Margot?»

Il tono della sua vicina era pieno di ansia e Susan dovette fare appello a ogni scampolo della sua forza di volontà per non cedere al pianto.

«È a casa. Ho pensato che un funerale non fosse il posto giusto per una bambina.»

«Non la lasci mai sola. Nemmeno per un momento. Non si fidi!»

Susan sussultò a quelle parole e allo sgradevole tono di voce con cui vennero pronunciate. Nel proferirle Rosa Blasi doveva essersi avvicinata molto, perché percepì l'odore di alcol malamente nascosto dal profumo di menta del dentifricio.

Possibile che avesse avuto bisogno di bere solo per affrontare il funerale di Alexandra?

Ma quella donna aveva parecchi scheletri nell'armadio e lei lo sapeva bene.

«Deve scusarci, Susan.» Luigi Blasi sembrava molto imbarazzato. «Prima di andare, dobbiamo salutare i genitori di Alexandra. Vieni, Rosa.»

«Io ti aspetto in macchina. Non mi sento bene» ribatté la moglie con un filo di voce.

«Ecco. Capito cosa intendevo?» commentò Matilde non appena i due si furono allontanati. «Lei è pallida da far paura. E lui ogni tanto la prende sottobraccio per sorreggerla.»

I fantasmi del passato erano tornati a fare visita alla signora Blasi?, non poté fare a meno di chiedersi Susan.

O c'era dell'altro?

Gabriele. L'uomo affascinante e dalla conversazione brillante con cui aveva passato tante piacevoli serate in compagnia di Alexandra.

Rosa. La signora gentile del secondo piano.

Possibile che le persone che le erano state vicine nei lunghi e dolorosi mesi dopo l'incidente all'improvviso si fossero trasformate in potenziali sospetti?

L'assassino di Alexandra doveva essere lì, tra gli amici che si erano raccolti per darle l'ultimo saluto. Ne era sempre più convinta. Come era sempre più convinta che, di chiunque si trattasse, doveva essere la stessa persona che aveva anche rapito sua figlia.

Andrea avrebbe pensato che era paranoica, ma non era ancora il momento di parlare dei suoi sospetti con lui. Era un uomo sensibile e generoso, e un bravo poliziotto. Però aveva la sua pista da seguire e lei per il momento non aveva argomenti razionali per fargli cambiare idea.

Sai, una veggente ha detto che Margot è stata rapita per quello che sapeva.

No. Se voleva aiutare Margot e non perdere altro tempo, per il momento doveva cavarsela da sola, comprese.

«Susan...»

Nel sentire pronunciare il suo nome, comprese che si trattava del papà di Alexandra e annuì in direzione della voce.

«Arrivo» gli rispose. Subito dopo, spiegò ai suoi coinquilini: «Deve darmi il loro indirizzo. Ho promesso che gli spedirò una copia del disegno che Margot ha fatto quando ancora non sapevamo quello che era successo. Ci siamo tutti noi, e anche Alexandra.»

Prima che le lacrime prendessero il sopravvento, Susan si avviò con Luna verso il signor Becskei. Pensò alla sua amica che non c'era più, e a sua figlia, che voleva a tutti i costi riportare a casa. Non si accorse dello sguardo preoccupato e minaccioso che la sorvegliò per tutto il tempo che rimase con i genitori di Alexandra.

CAPITOLO CINQUANTAQUATTRO

Roma

Tornando a casa, poco meno di un'ora dopo, e accorgendosi della serratura della porta d'ingresso chiusa senza mandate, Susan comprese che qualcosa non andava. Aveva lasciato le chiavi ad Andrea, perché potesse entrare senza dare nell'occhio, ma sentiva anche altre voci provenire dalla cucina.

«Andrea...» provò a chiamare, mentre cercava di togliere il guinzaglio a Luna, nonostante le mani le tremassero.

Come mai lui era lì sapendo che era andata al funerale di Alexandra? E con chi stava parlando?, si chiese, mentre l'agitazione cresceva.

Perché l'unica risposta che le veniva in mente era che potesse essere successo qualcosa a Margot.

«Sei tu, Andrea?» ripeté, questa volta più forte.

Subito dopo sentì dei passi sopraggiungere in salone.

«Buongiorno, Signora Bley...»

Quel saluto formale le confermò che qualcosa non stava andando per il verso giusto e che, come aveva sospettato, non era solo.

«Ciao, Susan.»

La voce di sua suocera era rotta dall'emozione, ma era impossibile per lei non riconoscerla.

«Lavinia... Perché siete qui?»

Nell'attimo di silenzio che seguì la sua domanda, si inserì la voce di suo suocero.

«Abbiamo fatto due chiacchiere con il commissario Danzi. Vieni, Susan, sediamoci insieme sul divano.»

No. Non tutte quelle accortezze e quella gentilezza così sospetta. Non voleva sedersi sul divano e non voleva aspettare un attimo di più per sapere cosa fosse accaduto.

«Se è successo qualcosa a Margot...»

Ma Andrea non la tranquillizzò come Susan avrebbe sperato, come in cuor suo si era augurata.

«I suoi suoceri, signora Bley... Il magistrato li ha avvisati perché Margot vive con loro e...»

Susan sentì le mani di Andrea che si poggiavano sulle sue braccia, ma si liberò da quella stretta delicata e decisa.

«Non me ne frega niente del magistrato! Voglio sapere cos'è successo a mia figlia!» gridò.

«Oh, Susan...»

La voce di suo suocero era controllata, ma lei non poté non riconoscere la disperazione che si sforzava di trattenere.

Contro il suo volere lacrime copiose cominciarono a bagnarle le guance.

«Rodolfo... Cos'è successo a Margot? Ti prego...»

Ma fu la voce di Andrea a risponderle: «Mi dispiace, signora Bley. Hanno trovato il cadavere di una bambina sulle rive del Tevere. Alcune caratteristiche fisiche sembrerebbero coincidere e...»

Susan distinse chiaramente nel silenzio i singhiozzi di Lavinia.

«Il signor De Masi si è offerto di occuparsi lui del riconoscimento» concluse un attimo dopo Andrea.

Rodolfo. Aveva fatto da padre a Margot e aveva subìto il dolore più grande per un genitore, che è quello di perdere un figlio. E ora si era offerto di riconoscere il corpo senza vita di sua nipote...

Susan cercò con le mani la spalliera della sedia e ci si lasciò scivolare sopra.

Aveva partorito sua figlia un mercoledì pomeriggio, d'autunno, dopo nove ore di travaglio che le erano sembrate infinite. Aveva aspettato per mesi quel momento, ricacciando indietro le lacrime al pensiero che la sua bambina non avrebbe avuto un padre a crescerla. Le aveva cantato le sue canzoni preferite mentre era ancora nella pancia, e si era così commossa quando gliel'avevano attaccata al seno, che aveva pianto di gioia.

Le aveva dato la vita. E ora avrebbe dovuto accettare che qualcuno, arbitrariamente e insulsamente, gliel'avesse tolta?

Non sapeva se il suo cuore battesse ancora, né se il sangue continuasse a scorrerle nelle vene. Quello che era rimasto di lei era solo un involucro vuoto. E così sarebbe stato per sempre se non fosse riuscita a riportare a casa la sua Margot.

«Rodolfo...» sussurrò.

Pronta a quel richiamo, la mano grande e nodosa di suo suocero prese la sua.

«Dobbiamo farci forza, Susan.»

Lei annuì appena, senza più energie.

«Andrò io per il riconoscimento» disse poi.

E dal silenzio che si aprì sotto le sue parole comprese a cosa stavano pensando tutti.

«Sono cieca ma conosco mia figlia da prima che nascesse. Meglio di chiunque altro. Conosco il suo profilo e la leggera fossetta che ha sotto il labbro. So della piccola cicatrice che ha sul sopracciglio destro e che si è fatta a due anni quando, cadendo, ha sbattuto contro il comodino della nostra casa al mare. E so del piccolo neo che ha dietro l'orecchio, e sulla mano...»

Andrea la interruppe.

«È sicura, signora Bley? Mi dispiace doverglielo dire, ma hanno trovato il corpo nell'acqua. Doveva essere lì da qualche giorno e... Non è un'esperienza piacevole.»

«Andrò io» ribatté Susan decisa mentre il cuore le batteva all'impazzata.

Ma non poteva delegare quel compito a qualcun altro. Sua figlia era la luce dei suoi occhi già prima che diventasse cieca, ed era carne della sua carne.

«Però se c'è il minimo dubbio dovrò fare intervenire suo suocero.»

Susan comprese che Andrea scalpitava tra quelle formalità, ma che non si sarebbe mai permesso di rivelare la complicità che era nata tra loro senza il suo permesso.

Annuì, consapevole che quella era la decisione più difficile che avesse mai preso. Avrebbe fatto quello che nessun genitore può nemmeno immaginare quando dà la vita a un figlio. Dover essere testimone della sua morte.

E dentro di sé cominciò a pregare.

Dio, ti prego, fa che non sia la mia Margot.

CAPITOLO CINQUANTACINQUE

Roma

Luigi Blasi accompagnò sua moglie fino in camera da letto con la sensazione che diventasse a ogni metro più pesante.

Rosa aveva avuto tanti momenti di crisi negli ultimi anni, pensò. Aveva attraversato l'inferno ed era tornata indietro.

Ma da quando si erano trasferiti a Roma gli era sembrato che le cose stessero andando meglio.

E poi? Cos'era successo perché tutto precipitasse di nuovo?

«Luigi...»

Solo mentre l'aiutava a sedersi sul letto, Rosa sembrò rendersi conto di essere tornata a casa. Aveva lo sguardo confuso e appariva stanca.

«Sono qui» le disse sedendosi accanto a lei e prendendole la mano.

«Cos'è successo?»

«Ti sei sentita male al funerale e ti ho portato a casa.»

«Il funerale... La mia bambina è morta...»

«Siamo andati al funerale di Alexandra. Non ricordi?»

Ma Rosa non sembrò prestare attenzione alle sue parole.

Prese a dondolarsi avanti e indietro come non faceva più da tempo.

«Siamo andati al funerale di Alexandra, la nostra vicina di casa» le ripeté, sperando di riuscire a entrare nella fortezza che, centimetro dopo centimetro, sua moglie stava di nuovo costruendosi intorno.

Ma non servì. Il suo corpo ora era scosso da violenti singulti.

«L'ho uccisa io... l'ho uccisa io...»

Povera Rosa. Come poteva ancora sopportare tutta quella sofferenza?

«Ti vado a prendere qualcosa da bere» le disse alzandosi per andare in cucina.

Anche la Sambuca che avrebbe trovato sul ripiano più alto della credenza sarebbe stata niente in confronto al dolore che la stava squassando, decise. Se fosse riuscita ad addormentarsi, anche con un po' di alcol in corpo, avrebbe perlomeno smesso di tormentarsi, cercò di assolversi mentre usciva dalla stanza.

E non sentì le parole che sua moglie pronunciò quando lui era già in corridoio.

«Dovevo dirlo a Susan. L'altro giorno, dalla finestra... Ho visto che portavano via la sua bambina.»

CAPITOLO CINQUANTASEI

Roma

Susan passò il dito sul palmo gelido della piccola mano, più volte, in silenzio. Fino a poter dire con sicurezza, con il cuore che le scoppiava in petto dalla gioia: «Non è Margot...»

L'emozione le sciolse nuove lacrime e sentì il braccio di Andrea circondarle le spalle e guidarla fuori.

Una volta in corridoio, la accompagnò fino a una panca di legno e la fece sedere.

«Sei sicura?» trovò infine il coraggio di chiederle.

«Margot ha una cicatrice sul palmo della mano destra. Quando aveva tre anni è caduta su un vaso di fiori e hanno dovuto metterle dieci punti. Non è una cicatrice da poco, e non può essere scomparsa.»

Susan si vergognò del sollievo che aveva provato e che continuava a provare. Perché un'altra madre si sarebbe disperata per quella bambina. Perché la vita di un'altra donna sarebbe cambiata per sempre.

Si asciugò le lacrime, e poi si ricordò dei suoi suoceri.

«Lavinia... Rodolfo...»

«Siamo qui.»

Sentì il cigolare di una sedia. Rodolfo doveva essersi seduto accanto a lei.

Un attimo dopo Susan avvertì il calore delle sue mani.

«Non è Margot... Non è Margot» gli disse.

«Abbiamo sentito. Sia ringraziato il cielo.»

Sua suocera era rimasta silenziosa. E non l'aveva sentita muoversi.

«Lavinia...»

«Sono qui.»

Dal suono della voce Susan calcolò la distanza che le separava. Non si era avvicinata e il suo tono era gelido.

Le ripeté, per sondare il suo pensiero: «Non è lei.»

«Sono felice, però Margot è ancora nelle mani di quel pazzo e se tu...»

Rodolfo intervenne prontamente a interromperla.

«Lavinia! Non è il momento.»

Ma sua suocera non si fermò: «Mi dispiace, ma la verità è che se lei avesse badato meglio a sua figlia tutto questo non sarebbe successo.»

Era un peso terribile, ma era tutto vero, ed era quello che non aveva mai smesso di pensare in quei difficili, interminabili giorni.

«Siamo tutti molto provati. Vieni, Lavinia, torniamo a casa.»

«No. Io non torno a casa. Ho lasciato che Margot venisse a Roma e guarda cosa è successo. Le avevo detto che non dovevano rimanere da sole, che potevano stare con noi a Montalcino e invece...»

Questa volta fu Andrea a intervenire.

«Quello che è successo non è colpa di nessuno, signora De Masi. Sono vent'anni che faccio questo lavoro e posso assicurarle che sarebbe potuto succedere in qualsiasi posto e con chiunque. Chi decide di rapire un bambino si organizza, e sa perfettamente come muoversi. È un bene che non debba portare lei il tormento di sua nuora. Ora dobbiamo pensare solo a ritrovare la piccola Margot e se chi l'ha rapita tiene d'occhio la casa della signora Bley, come alcuni particolari ci fanno pensare, è meglio che lei e suo marito torniate a Montalcino. Chiederò a uno dei miei uomini di tenersi sempre in contatto con voi. Conoscerete in tempo reale ogni minimo sviluppo delle indagini.»

Susan fu sorpresa e compiaciuta dal tono asciutto di Andrea. Un tono che non ammetteva repliche.

«Ma io...» provò ancora a dire Lavinia. Questa volta, però, fu suo marito a interromperla con decisione.

«Andiamo, Lavinia. Il commissario ha ragione. E ti avverto, questa volta non ti lascerò fare di testa tua.»

Un attimo di silenzio e poi Susan sentì sulla guancia il bacio morbido di suo suocero, che si era chinato per salutarla, e i suoi passi che si allontanavano insieme a quelli di Lavinia. Rimase per qualche istante a testa bassa e quando sollevò il volto fu per dire: «Grazie.»

Andrea fece un profondo sospiro.

«Tua suocera non deve essere una donna facile.»

«No. Non lo è» ammise. «Ma neanch'io lo sono e... Per quanto troverai assurdo quello che sto per chiederti, dovresti farmi un favore.»

CAPITOLO CINQUANTASETTE

Roma

Seduto alla sua scrivania, un paio d'ore più tardi, Andrea Danzi non riusciva ancora a mettere da parte il ricordo di Susan Bley e del piacere che non poteva più negare di provare ogni volta che le stava vicino.

Susan era una donna sensibile ma forte. Forse più forte di quanto lei stessa pensasse.

Era impossibile non accorgersi di quanto la vita si fosse accanita contro di lei, negli ultimi anni. Ma niente doveva essere paragonabile allo strazio di non sapere dove fosse sua figlia e del non poter fare niente per ritrovarla.

Dopo essere riuscito a farsi perdonare per non averle detto niente del Re di cuori, era rimasto a consolarla per quasi tutta la notte. Per la prima volta nella sua vita si era lasciato andare e le aveva raccontato del suo matrimonio fallito, delle sue preoccupazioni per Sara e del rapporto compulsivo che sua figlia aveva con il cibo. Nonostante fosse stravolta, angosciata, e non dormisse da giorni, Susan si era offerta di consigliare a Sara un tipo di alimentazione che l'avrebbe aiutata a dimagrire senza sacrifici.

«Non si può chiedere a una bambina di undici anni di privarsi di quello che le piace» aveva commentato, consegnandogli degli appunti che aveva scritto per lei.

Quelle parole, però, dovevano averla fatta ripensare a sua figlia e gli occhi le si erano di nuovo riempiti di lacrime.

Per distrarla, si era offerto di chiamare in Questura e aveva chiesto ai suoi colleghi se ci fossero novità. Susan doveva confidare sul fatto che stavano facendo il possibile per la piccola Margot.

Ma sarebbero riusciti a ritrovarla in tempo?

Per il momento non aveva una risposta a quella domanda e non avrebbe perso tempo ed energie a cercarla.

Quando i suoi suoceri se ne erano andati, Susan gli aveva chiesto di fare qualche controllo su Gabriele Lenzi. Perché, nonostante il suo vicino avesse giustificato i suoi lividi dicendo di essere caduto dalle scale, lei era invece convinta che qualcuno lo avesse picchiato.

Non soddisfatta, lo aveva anche pregato di permetterle di parlare con lo psichiatra che aveva avuto in cura Rosa Blasi dopo il suo arresto.

Almeno su quell'ultimo punto aveva potuto accontentarla subito, si compiacque Andrea Danzi. Niente di ufficiale, ovviamente. Ma attraverso un suo amico si era messo in contatto con il professor Arcangeli e lo psichiatra aveva acconsentito a parlare al telefono con Susan.

L'aveva assecondata solo per darle un po' di quiete prima dell'inferno che la aspettava?, non poté fare a meno di chiedersi.

«Le ho portato un caffè, commissario. Un caffè vero.»

L'agente Vincenzo De Fiore lo raggiunse alla scrivania con una tazzina fumante.

«Non come quella schifezza della macchinetta» interpretò Andrea Danzi.

«Noi napoletani sul caffè non scherziamo.»

E per quanto all'inizio gli fosse sembrata folkloristica la richiesta di attrezzare con fornellino a gas e moka la stanza dell'archivio, Andrea Danzi non si era pentito di aver acconsentito all'iniziativa del suo sottoposto.

«Senti, De Fiore... Ho qui un lavoretto per te. Dovresti prendere qualche informazione su un certo Gabriele Lenzi.»

E un po' si sentì in colpa per quel supplemento di indagini in cui non credeva molto. Ma tutto ciò che poteva tenere impegnata la mente di Susan, l'avrebbe aiutata a sopravvivere nell'attesa.

Quando rimase da solo, Andrea Danzi bevve un sorso di caffè e in cuor suo benedì la passione dell'agente De Fiore per la moka. Un attimo dopo decise che avrebbe chiamato Susan. Non aveva da darle l'unica notizia che l'avrebbe resa felice, ma forse sapendo che avrebbe potuto parlare con il professor Arcangeli e che stavano controllando il suo vicino di casa, sarebbe riuscita a chiudere occhio per un paio d'ore. Per poco che fosse, questo avrebbe allontanato per un po' – sperava – il momento in cui lei sarebbe crollata.

CAPITOLO CINQUANTOTTO

Roma 21 dicembre

Alle dieci di quella domenica mattina, rimettendo il telefono al suo posto, Susan cercò di riepilogare mentalmente la conversazione appena avuta con il professor Arcangeli. Disponibile e cordiale, lo psichiatra che aveva avuto in cura Rosa Blasi aveva accettato di ripercorrere con lei l'episodio di cronaca di otto anni prima e, con i limiti imposti dalla sua etica professionale, aveva risposto alle sue domande.

Ma niente di quello che era riuscita a sapere dava una spinta in avanti o indietro ai suoi sospetti, si rammaricò Susan.

Rosa Blasi aveva avuto bisogno di sostegno psichiatrico e di psicofarmaci per uscire dalla grave forma di depressione in cui la morte della figlia l'aveva fatta sprofondare. Probabilmente l'equilibrio che l'avevano aiutata a raggiungere era un equilibrio precario, aveva ammesso il professor Arcangeli. Ma quella donna stava facendo il possibile per ricominciare una vita normale.

Con tutto il tatto di cui era capace, prima di chiudere la conversazione, Susan gli aveva chiesto se pensava che una donna come la signora Blasi potesse essere capace di fare del male a qualcuno.

Ripercorrendo con molta attenzione la risposta dello psichiatra, Susan ricordò perfettamente la breve pausa che era seguita alla sua domanda.

«La signora Blasi non è una donna violenta» le aveva risposto il professor Arcangeli con tono incerto.

«Ma...» lo aveva incoraggiato lei.

«Se dovesse fare qualcosa di sbagliato, lo farebbe senza esserne consapevole. Come accade spesso in pazienti di questo tipo, quando il ricordo del trauma si fa troppo pesante è come se la memoria della signora Blasi, non riuscendo a tollerare tanta pressione, si spegnesse. Una specie di cortocircuito» le aveva spiegato poi.

E se fosse proprio quello che era accaduto quando aveva rapito sua figlia?

Di certo il professor Arcangeli non poteva avere una risposta a quella domanda.

E così sono di nuovo al punto di partenza, sospirò Susan.

Oppure no, si disse un attimo dopo. Perché finché aveva dei sospetti, nulla era perduto.

Avrebbe bevuto un'altra tazza di caffè e poi avrebbe chiamato Andrea per sapere se fosse riuscito ad avere qualche informazione su Gabriele, come le aveva promesso. Perché quella storia che fosse caduto dalle scale lei proprio non se l'era bevuta.

Fu proprio mentre finiva quel pensiero, che il campanello di casa prese a squillare. Un suono lungo, deciso. Poi un altro.

«Chi è?» chiese Susan incerta, avvicinandosi alla porta.

Ma dall'altra parte non le arrivò nessuna risposta.

«Chi è?»

Per tutta risposta, il campanello trillò di nuovo.

Confusa, Susan si decise ad aprire. Non voleva rimanere

con il dubbio che si trattasse di qualcosa che riguardava sua figlia.

«C'è qualcuno?» chiese ancora.

Poi rimase in ascolto e dopo pochi istanti udì un lieve cigolio alla sua destra, dove si trovavano le scale che portavano ai garage.

Con le mani tese in avanti, per accorgersi di qualsiasi ostacolo, Susan fece qualche passo in quella direzione. Qualcuno aveva lasciato la porta aperta, comprese, mentre con il piede esplorava il bordo del primo scalino.

«C'è qualcuno?»

Rimase in attesa di percepire il minimo rumore e stava ormai cominciando a convincersi che si fosse trattato solo di uno scherzo, quando una forte pressione sulla schiena le fece perdere l'equilibrio e precipitò sulle scale.

Mentre rotolava giù, Susan cercò disperatamente di aggrapparsi a qualcosa, qualsiasi cosa che potesse arrestare la sua caduta rovinosa.

Sentì il marmo dei gradini colpirle il volto, le braccia, la schiena. Infine un colpo più forte alla testa.

Poi, più niente.

CAPITOLO CINQUANTANOVE

Roma

Dopo aver superato la porta a scorrimento che la guardia giurata aveva aperto per lui, Andrea Danzi dovette spostare lo sguardo da una parete all'altra e alzarsi un po' sulle punte dei piedi per riuscire infine a intravedere Susan nel caos dei codici gialli ricoverati nel pronto soccorso dell'ospedale. Era seduta su una barella. Aveva una vistosa medicazione sulla testa e qualche livido sul viso.

Avrebbe voluto correre da lei e abbracciarla, ma si trattenne.

Si avvicinò invece con passo leggero e per non spaventarla sussurrò il suo nome.

«Susan...»

Lei voltò appena la testa e Andrea si accorse delle escoriazioni che aveva anche sull'altra guancia.

«Hai fatto davvero una brutta caduta...»

«Mi hanno spinto.»

I suoi lineamenti erano tesi e in quel momento Andrea comprese che più del dolore sentiva la rabbia.

«Mentre venivo qui mi sono messo in contatto con la ditta

che si occupa delle pulizie del tuo palazzo. Il loro dipendente dev'essere arrivato pochi istanti dopo che sei caduta. Ha sentito un gran rumore e ti ha trovata svenuta ai piedi delle scale. È stato lui a chiamare il 118.» Ci mise un po' prima di riuscire a dirle, con tutto il tatto di cui era capace: «Magari sei scivolata. Ho visto quelle scale, sono molto ripide».

Perché secondo l'uomo delle pulizie poteva essere stata la porta, che se non trattenuta si richiudeva a scatto, la causa della caduta di Susan, visto che non aveva incrociato nessuno mentre scendeva per soccorrerla.

Ma comprese dall'espressione di Susan che non aveva apprezzato i suoi dubbi.

«Sono cieca, non stupida. Qualcuno mi ha spinto.»

Avrebbe voluto mordersi la lingua per averla offesa, ma scelse di scusarsi con lei prima di chiederle: «E perché lo avrebbe fatto?»

«Ancora non lo so.»

«Luna, però, non ha reagito...»

«Era in giardino. Non deve essersi accorta di niente.»

Forse la porta si era richiusa alle sue spalle facendole perdere l'equilibrio, forse era scivolata e non voleva ammetterlo, forse stava ingigantendo quella minaccia per mantenere alta l'attenzione sul caso di sua figlia, si ritrovò a pensare Andrea. Comunque fosse, non si trattava di niente di cui potesse farle una colpa.

«Chiederò ai miei uomini di fare un sopralluogo. L'uomo delle pulizie ha detto che la porta del tuo appartamento era rimasta aperta. C'erano le chiavi attaccate all'interno. Ha pensato lui a chiudere, dopo l'arrivo dell'ambulanza.»

«Lo ringrazierò appena torno. Ora voglio andare via da questo posto e tornarmene a casa.»

Come l'avesse ascoltata, un dottore li raggiunse con un foglio in mano. «Ecco il foglio delle dimissioni, signora Bley. È sicura di non voler rimanere ancora un po' in osservazione? Ha preso un brutto colpo alla testa...»

«Mi dispiace, ma non posso.»

Il dottore scambiò uno sguardo con Andrea, che non poté fare altro che alzare le spalle in segno di resa. Poi, dopo che Susan ebbe firmato, si allontanò.

«Avrei preferito anch'io che rimanessi. Ma se proprio non vuoi, andiamo. Ti accompagno a casa.»

Le si avvicinò, la prese per un braccio e Susan fece un leggero saltello per scendere dalla barella.

«Per quanto tu e il dottore non siate d'accordo, ho qualcosa più importante da fare che rimanere qui.»

E Andrea comprese.

«So quanto sei preoccupata per Margot ma...»

Susan si fermò e voltò di poco la testa verso di lui, come se davvero potesse vederlo. Poi con la mano cercò la sua bocca, per impedirgli di aggiungere altro.

«Non voglio tornare a casa per piangermi addosso. Non capisci? Se mi hanno spinta giù dalle scale, vuol dire che mi sto avvicinando alla verità. E non mi importa se qualcuno ce l'ha con me, visto che in ballo c'è la vita di mia figlia.»

CAPITOLO SESSANTA

Roma

E così aveva avuto ragione...

Aveva avuto ragione a insospettirsi per quel disegno che la bambina aveva fatto solo il giorno dopo che si erano incontrati nei sotterranei del garage.

Qualsiasi occhio attento si sarebbe accorto di quel particolare che la piccola Margot aveva disegnato in modo tanto accurato e non avrebbe avuto bisogno di molto tempo per trarne le dovute conclusioni. Per fortuna aveva fatto in tempo a prendere il disegno dall'appartamento di Susan prima che arrivasse l'uomo delle pulizie e appena in casa l'aveva bruciato.

Trasse un sospiro di sollievo nel pensare che, anche se aveva corso un nuovo rischio, aveva evitato che qualcun altro sapesse dell'orecchino. Susan non aveva fatto in tempo a spedire il disegno ai genitori di Alexandra e, visto che era cieca, di sicuro non si era accorta di quel particolare.

Per scongiurare quel nuovo rischio, purtroppo aveva dovuto spingerla giù dalle scale.

Ma ormai la posta in gioco era troppo alta per pensare di fermarsi.

CAPITOLO SESSANTUNO

Martha's Vineyard

Il cottage, incastonato sulla scogliera che dominava la spiaggia di Aquinnah, era ben tenuto e aveva ampie finestre fatte apposta per godere dello splendido paesaggio.

Non era una casa molto grande. Oltre al soggiorno, con un angolo dedicato alla sala da pranzo, c'erano la cucina, un bagno e due stanze da letto.

Una casa adatta a una famiglia non troppo numerosa, pensò Nora soffermandosi davanti alla grande vetrata, accanto al camino. Sul lato sinistro si intravedeva il faro di Aquinnah e la vegetazione, intorno, era ancora imbiancata dalla recente neve.

Cosa stava facendo Susan in quel momento?, non poté fare a meno di chiedersi Nora. Solo un'ora prima avevano fatto una lunga chiacchierata dal pronto soccorso dell'ospedale dove era stata medicata.

Doveva essere spaventata e dolorante, eppure parlandole non aveva potuto non riconoscere l'eccitazione che c'era nella sua voce al pensiero di essersi avvicinata alla verità al punto da far sentire in pericolo i rapitori di Margot.

Forse non aveva insistito abbastanza perché le permettesse

di raggiungerla subito, ma non avrebbe mai preso una decisione tanto importante contro il suo volere.

«La tua veggente non ti ha detto altro su Margot?» si era infine decisa a chiederle Susan durante la loro conversazione telefonica.

Non era difficile immaginare quanto tutto ciò che avrebbe potuto portarla da sua figlia le apparisse prezioso, in un frangente come quello.

Le dispiaceva non essere stata del tutto sincera con lei. Ma non poteva spiegarle, così, su due piedi, a migliaia di chilometri di distanza, che era stata lei ad avere quelle 'visioni', e che era stato Joe, comunicando con lei dall'aldilà, a farle avere le informazioni che le aveva dato.

Ne avrebbero parlato insieme, con calma, quando l'avrebbe raggiunta a Roma, si ripromise. Sapeva di doverlo a Susan.

«Che te ne sembra?»

Judith, che l'aveva accompagnata nel sopralluogo della nuova proprietà, anche se era domenica e se ne sarebbe potuta rimanere tranquilla a casa a riposare, era tornata nel soggiorno dopo aver visitato le camere da letto.

«Un po' piccola. Ma perfetta come casa per le vacanze.»

«Uno dei tagli che si vende più facilmente.»

«I proprietari pensano a una cifra intorno ai 450 mila dollari. Credo che sia un prezzo giusto.»

«Dovrebbero esserci già un paio di persone, nella nostra mailing list, che potrebbero essere interessate a vederla.»

Nora fu contenta che la sua segretaria amasse quel lavoro almeno quanto lei.

Per quanto all'inizio Judith sapesse poco e niente del settore immobiliare, aveva imparato in fretta. E Nora non si era mai pentita di averla assunta solo perché le aveva ispirato simpatia e perché in quel momento aveva un gran bisogno di lavorare.

«Perfetto» le rispose con un sorriso.

«Prima di andare via vorrei scattare qualche foto» le propose Judith. «Così mi risparmio di tornare la prossima settimana.»

«Fai pure. Ti aspetto qui.»

E davvero non le dispiacque di poter godere ancora per qualche minuto del magnifico panorama, mentre Judith si spostava nelle altre stanze.

Oltre i bassi cespugli, le onde dell'oceano avevano un movimento ipnotico e lo sguardo di Nora fu catturato dall'incessante movimento dei flutti.

Poi un improvviso brivido la fece trasalire.

La casa non era riscaldata, ma aveva ancora addosso il piumino e ai piedi aveva gli stivali imbottiti.

Rimetterò anche i guanti, si disse, prendendoli dalla tasca.

Ma il freddo non passò, anzi piano piano la avvolse come un mantello gelido.

Cosa stava succedendo?

Aveva freddo, un freddo che così non l'aveva mai provato. Il suo corpo era scosso da un tremito irrefrenabile e quando provò ad aprire la bocca per chiamare Judith si rese conto di non riuscire a parlare, né a muoversi.

Lentamente scivolò a terra e quando fu sul pavimento si raggomitolò stretta in un angolo.

Aveva tanto dolore ai polsi e alle caviglie, e non voleva più stare in quel posto buio e freddo. Aveva paura. E voleva tornare a casa.

Mamma, aiutami... Ti prego, mamma, aiutami...

«Nora, come stai? Ti senti bene?»

Il volto preoccupato di Judith fu un improvviso raggio di luce dopo tanto buio.

«Devo essermi sentita male...»

Nora lasciò che la sua segretaria l'aiutasse a rialzarsi.

«Non sai che spavento mi hai fatto prendere.»

«Ho avuto tanto freddo. Forse si è trattato di un abbassamento di pressione» minimizzò Nora.

Ma sapeva che si trattava di ben altro.

«Ho sentito dall'altra stanza che ti lamentavi. Chiedevi aiuto e invocavi tua madre.» Judith esitò solo un attimo prima di aggiungere: «La tua voce... Sembrava quella di una bambina».

Certo che era la voce di una bambina, si disse Nora, trattenendo le lacrime. Era la voce di Margot.

Ma non lo disse.

Per un attimo doveva essersi sentita come si sentiva la figlia di Susan. Tutto quel freddo, la paura, il posto buio e gelido in cui aveva creduto di trovarsi, e il dolore ai polsi e alle caviglie.

«Finisci pure le tue foto» propose a Judith, perché smettesse di preoccuparsi per lei. «Io mi siedo un attimo e mangio una caramella. Un po' di zucchero mi farà sentire meglio.»

Rimase a osservarla mentre usciva dalla stanza e finalmente si lasciò andare sul divano.

No, che non si sarebbe sentita meglio, riuscì infine a dirsi. Perché quello che era appena successo, se possibile, l'aveva fatta preoccupare ancora di più.

La figlia di Susan stava molto male, ed era allo stremo delle forze, si disperò, prendendosi la testa tra le mani.

Si era sentita come si sentiva Margot e ora sapeva senza ombra di dubbio che non c'era più molto tempo da perdere, se volevano riuscire a salvarla.

CAPITOLO SESSANTADUE

Roma

Susan sfiorò le lancette della sveglia che aveva portato con sé in cucina e comprese che erano ormai quasi le tre del pomeriggio. Andrea se n'era andato da non più di un quarto d'ora, dopo che era finalmente riuscita a rassicurarlo sulle sue condizioni di salute. Per farlo stare più tranquillo gli aveva promesso che si sarebbe stesa sul letto e avrebbe cercato di riposare, anche se sapeva che niente sarebbe stato più impossibile per lei, in quel momento.

Si sentiva ammaccata, aveva il corpo pieno di lividi e un feroce mal di testa che la perseguitava, ma non riusciva a pensarci. Tutto quello che le veniva in mente era che se l'avevano spinta giù dalle scale, forse era perché si stava avvicinando troppo a chi aveva rapito sua figlia.

Ripensò all'episodio del parco, quando qualcuno aveva colpito Luna, e risentì le mani che la spingevano giù dalle scale...

Per come la vedeva lei, non c'era niente di casuale in quello che le stava capitando negli ultimi giorni.

Erano degli avvertimenti, o qualcuno voleva davvero farle

del male e visto che non c'era riuscito ci avrebbe riprovato?, si ritrovò a chiedersi mentre si spostava dalla cucina al salone.

Forse fu quel pensiero, o il fatto che Andrea non fosse più lì con lei. All'improvviso si sentì vulnerabile ed esposta. Le si asciugò la bocca e le gambe divennero pesanti come marmo.

La verità era che sarebbe stata facile preda di chiunque avesse voluto farle del male.

Per spezzare quella tensione, decise di controllare che porte e finestre fossero ben chiuse. Poi tirò giù le serrande augurandosi che così si sarebbe accorta più facilmente se qualcuno avesse cercato di entrare dalle finestre.

E se invece quel qualcuno si fosse già acquattato in qualche angolo di casa sua?

Per quanto si sforzasse di essere forte, non poté evitare che i battiti del cuore le si amplificassero nel petto e che un sudore freddo le imperlasse la fronte.

Rimase immobile, attenta ad accorgersi del minimo rumore. Ma intorno a sé non percepì altro che il silenzio.

Mentre il mal di testa si faceva più pulsante, Susan percorse il poco spazio che la separava dal divano e ci si raggomitolò sopra, tendendo il suo bastone in avanti, a proteggersi, come se qualcuno potesse davvero averne paura.

Passarono secondi che sembrarono infiniti, poi un lieve scricchiolio le fece gelare il sangue, ma si rese conto che si trattava solo di Luna, che si era avvicinata per leccarle le mani e accoccolarsi accanto a lei.

«Va tutto bene, Luna... Va tutto bene.»

Mentre lo diceva aveva le lacrime agli occhi, ma che importava?

Se non ci fosse stato il pensiero di Margot, si sarebbe abbandonata a quella paura. Non avrebbe chiesto che di poter rimanere lì, in quell'angolo, e non avrebbe sentito né fame, né sete, né sonno. La sua pelle sarebbe avvizzita e tutti i suoi organi piano piano avrebbero smesso di funzionare. E non se ne sarebbe curata.

Ma Margot aveva bisogno di lei e per quanto l'angoscia non volesse saperne di lasciarla, né il suo cuore di rallentare i battiti, Susan comprese che doveva alzarsi dal divano e lasciare che le cose seguissero il loro corso.

Come se qualcuno non avesse appena cercato di spingerla giù dalle scale, avrebbe dato da mangiare a Luna, che per tutto il tempo le era rimasta accanto fedele, e si sarebbe preparata una tazza di caffè.

Era sprofondata in uno dei peggiori incubi della sua vita, ma ne sarebbe venuta fuori, si impose. Doveva farlo, soprattutto per sua figlia.

Lo squillo del cellulare la colse di sorpresa, ma Susan si affrettò a rispondere prendendolo dalla tasca.

«Pronto...»

«Come ti senti?»

La voce di Andrea la rassicurò e forse anche le riscaldò il cuore. Ma non si soffermò su quella sensazione. Niente sarebbe stato importante finché non avesse ritrovato sua figlia.

«Un po' ammaccata, ma bene.»

Non gli avrebbe detto che se ne stava rintanata in un angolo del divano, terrorizzata dall'idea che qualcuno potesse essersi nascosto nella sua stessa casa per aggredirla. Non gli avrebbe detto che la paura l'aveva paralizzata né che ogni centimetro del suo corpo le doleva per la caduta.

E forse riuscì davvero a dissimulare il suo disagio, perché Andrea si accontentò delle sue parole e cambiò argomento.

«Ho fatto fare quelle ricerche sul tuo vicino. Gabriele Lenzi. Dovremmo assumerti, hai fiuto come investigatrice. Quell'uomo aveva davvero qualcosa da nascondere. Si è messo nei guai falsificando dei documenti nel fallimento di alcune società legate a un clan mafioso. Quando ha cercato di tirarsi indietro, l'hanno pestato per dargli un avvertimento. Ma ora ha deciso di mettersi sotto la protezione della polizia. Dovrà cambiare aria per un po'. Non credo che lo vedrai nei prossimi giorni.»

«Quindi Gabriele non ha niente a che vedere con il rapimento di Margot...»

«Purtroppo no. Ma abbiamo una nuova traccia sul Re di cuori. Ora conosciamo la sua identità e lo teniamo sotto controllo. Se accende il suo telefonino o si mette in contatto con qualcuno dei suoi parenti, lo rintracciamo in un attimo.»

Ma perché quella notizia non le dava il sollievo che pensava?, si chiese Susan dopo aver ringraziato Andrea per averla aggiornata e aver chiuso la conversazione.

Perché – e lo sapeva bene – non era mai stata convinta di quella traccia.

Andrea credeva nella pista del pedofilo e purtroppo lei non aveva argomentazioni razionali per smontarla.

Come poteva dirgli che Margot era in pericolo per quello che sapeva?

Se gli avesse spiegato che era stata addirittura una veggente a confermarle le sue sensazioni, allora sì che Andrea l'avrebbe presa per pazza, si disse, alzandosi dal divano e imponendosi di rinunciare a quel comodo e inutile rifugio.

Anche per lei non era stato facile, ma si fidava di Nora e sapeva che era una donna con la mente lucida e i piedi ben piantati per terra. E se Nora aveva dato credito alle parole di quella veggente, lo avrebbe fatto anche lei.

Soprattutto perché in gioco c'era la vita di sua figlia.

Qualcuno voleva farle del male, forse ucciderla, ma era arrivato il momento di smettere di pensarci. Prima di ogni altra cosa, avrebbe preso il suo bastone, si sarebbe fatta accompagnare da Luna e avrebbe percorso ogni centimetro della sua casa per togliersi di dosso quella sensazione di minaccia e convincersi che non c'era nessun altro, lì dentro, oltre a lei e al suo cane.

E quando, forse ingenuamente, si sarebbe sentita al sicuro, avrebbe cercato di capire quale fosse la verità scomoda a cui poteva essersi avvicinata e forse così avrebbe trovato un modo per aiutare sua figlia.

CAPITOLO SESSANTATRÉ

Roma

Via dei Condotti decorata a festa per l'imminente Natale era una gioia per gli occhi e per il cuore, pensò Matilde, ferma in mezzo alla strada, guardandosi intorno. Lampadari scintillanti di luci natalizie sovrastavano le teste dei passanti, mentre in lontananza, nastri di strass con i colori della bandiera italiana volteggiavano lungo via del Corso. E nell'angolo con largo Goldoni, brillanti stalattiti scivolavano giù dalle finestre di Palazzo Fendi.

E poi le vetrine. Gucci, Prada, Bulgari, Fendi, Hermès, Louis Vuitton... Le più prestigiose firme del lusso si concentravano in quel pugno di strade che confluivano su piazza di Spagna.

Ora che abitava all'Olgiata, le sue passeggiate in centro erano sempre meno frequenti, si rammaricò Matilde, guardandosi intorno estasiata.

Ma in fondo c'era qualcosa di piacevole nel riscoprire quei posti con lo sguardo infatuato del turista.

«Scusami, ma il fornitore è arrivato in ritardo.»

Riconobbe la voce di suo marito e voltandosi se lo ritrovò

a pochi centimetri dal viso così che furono costretti a scambiarsi un bacio sulle labbra, che risultò imbarazzato e distante.

«Per farti perdonare dovrai offrirmi un bel tè caldo al Caffè Greco. Sono morta di freddo ad aspettarti» gli intimò con un sorriso, strofinando tra loro le mani intirizzite.

«Consideralo già fatto.»

Da Largo Chigi si avviarono verso via dei Condotti, osservando il via vai dei turisti e delle signore ingioiellate, cariche di buste il cui contenuto doveva valere qualche mese di stipendio della maggior parte dei comuni mortali.

«Allora tra due giorni ci sarà la demolizione del birrificio» le disse inaspettatamente Edoardo.

Nemmeno immaginava che suo marito conoscesse con tanta precisione la data di quella scadenza. Sembrava sempre così distratto e annoiato quando gli parlava del suo lavoro.

«Tutto pronto. Non pensavo te ne ricordassi.»

«Programmare l'abbattimento di un palazzo in pieno centro il giorno prima della vigilia di Natale è un po' da esibizionisti, non credi?»

Già, ma il suo capo non era tipo da tirarsi indietro davanti a una buona dose di sana pubblicità, pensò Matilde. Né lo erano il sindaco e gli assessori che avevano sponsorizzato il progetto. Erano riusciti a creare un vero evento, così da essere sicuri che tutti avrebbero parlato del centro polivalente che avrebbe sostituito il vecchio birrificio ormai cadente.

«Non farti sentire dall'architetto Loy. È un tipo piuttosto suscettibile.» Un attimo dopo, Matilde aggiunse, cambiando discorso: «Ho visto una borsa da Prada che piacerebbe tanto a tua madre.»

«Se le piace dovrà comprarsela da sola. Non sono diventato ricco come lei sperava quando ha cercato di avviarmi alla carriera notarile.»

Matilde sorrise. Ancora adesso sua suocera quando era

costretta a parlare del lavoro del figlio, storcendo un po' il naso diceva che "vendeva vino". Semplicemente. Ignorando di proposito che l'enoteca di Edoardo era uno dei locali più conosciuti tra i frequentatori delle notti romane.

«Allora ripiegheremo sul solito paio di guanti.»

«Sono un po' di mesi che non mi mette il muso. Credo che si meriti un bel foulard firmato.»

Risero insieme ed Edoardo la prese a braccetto. Un gesto affettuoso e complice che la sorprese.

Forse non tutto era perduto.

Un attimo dopo entrarono nell'Antico Caffè Greco. Tra le eleganti sale del locale, la sua preferita era quella rossa, e Matilde vi si diresse senza esitazioni.

Improvvisamente si sentiva più leggera. Tra pochi giorni sarebbe stato Natale, suo marito aveva scherzato con lei e l'aveva presa a braccetto come non faceva da tempo.

Si era persino ricordato dei suoi impegni di lavoro, si rallegrò, sedendosi a un tavolo d'angolo. Anche se nemmeno ricordava di avere mai parlato con lui della data in cui il birrificio sarebbe stato demolito.

CAPITOLO SESSANTAQUATTRO

Martha's Vineyard

Seduta davanti al computer, Nora pensò che per quanto tempo le fosse rimasto da vivere, non sarebbe mai riuscita a dimenticare la sensazione di gelo che l'aveva avvolta quando si era sentita come doveva sentirsi Margot nella sua prigionia.

Ma non lo aveva detto a Susan, perché temeva che sarebbe crollata.

«Davvero ti senti meglio?» le chiese ancora, tornando alla loro conversazione su Skype.

Ancora non riusciva a credere che avessero cercato di ucciderla.

«Giuro. Sono solo un po' indolenzita. Ma sono sempre più convinta che se mi hanno spinta giù dalle scale è perché mi sto avvicinando alla verità. Deve trattarsi di qualcuno del palazzo. Qualcuno che si muove a suo agio qui dentro.»

«È possibile ma... cerca di non spostarti troppo mentre parli, altrimenti la voce va e viene e non capisco quello che dici.»

Susan tornò davanti al computer e nonostante la smania che sentiva nelle gambe, si sforzò di rimanere ferma.

«Scusami, Nora... Sono così agitata.»

«Chi non lo sarebbe al posto tuo? Ti confesso che sono molto preoccupata. Sapere che c'è qualcuno lì intorno che potrebbe farti ancora del male...»

Nora guardò, oltre i vetri, la notte che scendeva ad avvolgere il lago e ricordò quella paura. L'aveva conosciuta anche lei. La paura di non sentirsi al sicuro da nessuna parte, nemmeno a casa propria.

«Non voglio pensarci. Non posso pensarci. Margot ha bisogno di aiuto molto più di me» tagliò corto Susan.

«Mi dispiace essere così lontana...»

Ma avrebbe cercato di farle compagnia, si disse Nora, e – perché no? – forse parlandone insieme avrebbero potuto ricostruire qualche particolare del rapimento che fino a quel momento era sfuggito a tutti.

Fece un profondo sospiro prima di dirle: «Allora riepiloghiamo. Hai detto che Gabriele Lenzi ha chiesto protezione alla polizia per i problemi che si è creato con la mafia. Questo dovrebbe eliminarlo dalla lista dei sospetti.»

«Forse sì. Anche se nulla toglie che potrebbe aver avuto una storia con Alexandra e che fosse lui il padre del bambino.»

«Stavo per tirare una linea sul suo nome, ma penso che ce la rimetterò» le disse Nora. Concludendo poi: «Anche se, essendo single, non vedo perché Gabriele Lenzi avrebbe dovuto perdere la testa davanti alla maternità di Alexandra. Gli sarebbe bastato tirarsi indietro, tanti uomini lo fanno.»

Controllò l'elenco che si era scritta a matita. Gabriele Lenzi. Rosa e Luigi Blasi. Edoardo Ricci e Matilde Alò. Non era un elenco infinito. E se davvero una di quelle persone era l'assassino della vicina di Susan...

«Vediamo» riprese poi. «Al secondo posto nel tuo elenco di sospetti c'è Rosa Blasi. Il modo in cui ha perso sua figlia...

Capisco che potrebbe giustificare il suo interesse morboso per Margot. Ma Alexandra?»

«Già. Che motivo poteva avere per ucciderla?»

Nora aveva davanti a sé le foto e le relazioni che Steve si era fatto mandare dal suo collega romano. Forse aveva un po' forzato la mano nel chiedergli materiale riservato di indagini in corso, si rese conto. Forse Steve si sarebbe pentito dell'anello che le aveva regalato, considerandola una gran rompiscatole. O forse semplicemente avrebbe capito che non era il tipo di donna capace di starsene ferma a guardare che qualcuno facesse del male a una bambina, soprattutto se si trattava di una bambina che conosceva e che amava profondamente.

Aveva studiato a lungo quei documenti, durante la giornata. Ma non se l'era sentita di entrare nei particolari con Susan. Non voleva doverle spiegare dettagli dell'omicidio che le avrebbero solo fatto male, né parlarle delle foto che neanche a lei aveva fatto piacere vedere.

Ma c'era come una nota stonata. La sensazione di qualcosa di cui si sarebbe dovuta accorgere.

Ma cosa?

«Non arrendiamoci così facilmente. Chi altro manca dalla nostra lista?» chiese a Susan.

«Edoardo Ricci e Matilde Alò. Abitano al secondo piano. Credo che siano sposati da diversi anni, ma non hanno figli.»

«Potrebbero avere avuto dei motivi per avercela con Alexandra?»

Susan riprese a camminare nervosamente davanti al computer, poi si fermò, ricordando che questo avrebbe impedito a Nora di sentire chiaramente le sue parole.

«Lei è un architetto. Lui ha un'enoteca a Campo de' Fiori. Davvero non saprei che altro dire. Sembrano due persone tranquille.»

«Questo non è un punto a loro favore. Sai quando in televisione intervistano qualcuno che ha appena fatto una strage? Vicini e conoscenti non fanno che ripetere quanto fosse una persona a posto e per bene.»

«Però...»

Nora comprese che un nuovo pensiero si stava insinuando nella mente di Susan. E la incoraggiò.

«Però?»

«Sai quella gentilezza un po' formale che a volte si capta in una coppia in crisi?»

«Quale donna non la conosce.» Nora rimase qualche secondo in silenzio, per interpretare poi la perplessità di Susan: «Stai pensando che il signor Ricci potrebbe aver tradito sua moglie?»

«Non ho elementi per dire una cosa del genere ma...»

«Ma se fosse stato Edoardo l'uomo segreto di Alexandra...» concluse per lei Nora.

«Lui sì che si sarebbe preoccupato un bel po', sapendo che Alexandra aspettava un bambino.»

Per qualche istante rimasero tutte e due in silenzio, come soppesando quella nuova possibilità.

«Che ore sono lì da te?» chiese infine Nora.

«Credo...» Susan allungò la mano sulla sveglia che teneva sempre accanto. «Sono le cinque. Tra un po' farà giorno.»

Aveva passato tutta la notte sveglia, ma chissà da quanto lo faceva, si rammaricò Nora.

«Se fossi in te, appena possibile chiamerei il commissario che si occupa delle indagini e gli chiederei di tenere d'occhio il signor Ricci. Magari stavolta ci siamo andate vicino» la sollecitò poi.

Mentre glielo diceva, aveva un groppo in gola. Ma davvero non se la sentiva di dire alla sua amica che la piccola Margot era ormai allo stremo delle forze e che non c'era più molto tempo da perdere.

CAPITOLO SESSANTACINQUE

Roma

Era davvero contenta che la sua amica Emma l'avesse raggiunta per giocare con lei, si disse Margot, sfinita, pensando che avrebbe dovuto chiederle di slegarle i polsi e le caviglie, che erano gonfi e le facevano male. Ma nelle ultime ore tutto continuava a confondersi.

Non aveva più tanto freddo come prima. Anzi, si sentiva accaldata, e aveva la gola secca.

Avrebbe anche dovuto chiedere da bere alla sua amica. Forse però anche Emma avrebbe avuto difficoltà a trovare un po' d'acqua in quel posto abbandonato, e non voleva crearle troppi problemi.

Aveva meno paura ora che la sua amica del cuore era lì con lei. Ed Emma era stata così gentile a rimanere in quello spazio angusto e maleodorante solo per farle compagnia.

Ma Emma se n'è andata via l'anno scorso!

Già. Si erano salutate e avevano pianto molto perché la sua amica doveva trasferirsi e sarebbe andata in un'altra scuola e in un'altra città. E allora com'era possibile che ora fosse con lei in quel posto tanto squallido?

Tutto si confondeva nella sua mente. Forse era solo troppo stanca.

«Ti senti meglio?» le chiese Emma.

Era seduta di fronte al lei, con la testa appoggiata al muro. Anche nel buio Margot poteva vedere i suoi occhi sorridenti, di un caldo color nocciola.

«Meglio, grazie.»

«Vuoi che giochiamo ancora a Fiori, frutti e città?»

«Sono un po' stanca. Ho bisogno di chiudere gli occhi. Mi basteranno solo pochi minuti.»

«Non è che vuoi smettere di giocare solo perché l'ultima partita l'hai vinta tu?» ridacchiò Emma.

E anche a Margot venne da ridere. Ma non riuscì a farlo. Ogni singolo muscolo del suo corpo sembrava pesare tonnellate e le parve una fatica immensa persino distendere le labbra in un sorriso.

«Quando mi sarò riposata, faremo un'altra partita» mormorò, con voce flebile. «Parola di boy-scout.»

«Sarò qui ad aspettarti.»

Margot avrebbe voluto continuare a parlare con la sua amica, ma si sentiva troppo stanca. Avrebbe riposato solo un po' e poi si sarebbe sentita meglio.

Smise di resistere e di cercare di rimanere sveglia. Era bello non sentire più dolore, né fame, né sete, né paura.

Non sapeva se fosse rimasta così per ore o solo per qualche minuto, ma quando finalmente riaprì gli occhi il suo primo pensiero fu per Emma.

Lo stanzino era minuscolo, ma non riusciva più a vederla.

Possibile che si fosse nascosta solo per farle uno scherzo?

Non avrebbe sopportato di rimanere di nuovo sola.

«Emma!»

«Sono qui, Margot. Hai dormito bene?»

La voce della sua amica la fece subito sentire meglio.

Strinse gli occhi e riuscì a metterla a fuoco. Era seduta dove era prima, poggiata al muro opposto al suo, e aveva lo stesso sorriso.

«Credevo fossi andata via...» le disse, senza riuscire a nascondere il suo sgomento.

«Avevi promesso che avrei potuto sfidarti ancora a Fiori, frutta e città quando ti saresti svegliata. Stai meglio, ora?»

«Sì, sto meglio» mentì Margot.

Avrebbero giocato insieme e avrebbe fatto il possibile perché Emma non si accorgesse di quanto continuasse a sentirsi stanca. Lo doveva alla sua amica. Anche se tenere aperti gli occhi le costava una fatica infinita e non avrebbe chiesto che di potersi addormentare ancora.

CAPITOLO SESSANTASEI

Roma

Seguendo con lo sguardo il via vai dei passanti, il commissario Andrea Danzi ringraziò che il suo ufficio fosse uno di quelli la cui finestra si affacciava su via Nazionale e non sul claustrofobico cortiletto interno. Il movimento in strada lo aiutava a concentrarsi. E in quel momento ne aveva davvero bisogno.

Susan lo aveva chiamato presto, quella mattina, e gli aveva raccontato dei suoi sospetti su Edoardo Ricci.

Avrebbe davvero potuto essere lui l'amante misterioso di Alexandra Becskei?

In effetti le sue riflessioni non facevano una piega. Era una donna intelligente e con un forte sesto senso per le motivazioni più recondite della natura umana.

Negli ultimi giorni aveva dovuto più volte arginare le sue elucubrazioni investigative. Ma solo perché immaginava quanto potesse essere sconvolta una madre a cui è appena stata rapita una figlia.

Anche la storia che qualcuno l'avesse spinta giù dalle scale...

Si sentiva in colpa per avere fatto finta di crederle, quando in realtà nutriva molti dubbi sulla dinamica che lei gli aveva raccontato. Perché mai qualcuno avrebbe dovuto cercare di ucciderla?

Ma forse su Edoardo Ricci non si era sbagliata.

O quel nuovo sospetto capitava semplicemente al momento giusto?, non poté non chiedersi tornando alla scrivania e rileggendo la deposizione nel nuovo testimone, che aveva confermato l'alibi di Marco Ferri. Il loro ormai 'ex colpevole' aveva trascorso davvero la serata del tredici dicembre nel pub La tana del diavolo, a Pietralata. Uno dei clienti lo aveva riconosciuto dalla foto che avevano mostrato a tutti gli avventori del locale a cui erano riusciti a risalire.

L'uomo ricordava di aver visto Marco Ferri che giocava alle slot-machine, quando era arrivato al pub, verso le sette. Ed era sicuro che Ferri fosse ancora lì quando lui se n'era andato, alle dieci passate.

E tutto questo scioglieva in una bolla di sapone la sua convinzione di aver arrestato l'assassino di Alexandra Becskei.

Come capitava spesso nei casi più complessi, avrebbe dovuto ricominciare tutto dall'inizio, liberando la sua mente da ogni precedente ricostruzione.

E stavolta – perché no? – avrebbe provato ad assecondare i sospetti di Susan.

D'altra parte anche lui era sempre stato convinto che la chiave dell'omicidio potesse essere nella relazione segreta di Alexandra Becskei e nel fatto che nessuno sapesse che aspettava un bambino.

E se il suo amante era Edoardo Ricci...

Il suo cellulare prese a squillare e, controllando il display, Andrea si rese conto che si trattava di sua figlia.

«Come stai, piccola?»

«Un chilo in meno!» gli annunciò Sara trionfante.

«Hai smesso di mangiare?»

«Neanche per sogno. E posso anche permettermi qualche dolce. La dieta di Susan...»

«Non avevo dubbi che funzionasse.»

Era felice del compiacimento che percepiva nella voce di sua figlia. Ed era contento di poter condividere con lei le buone sensazioni che la vicinanza di Susan gli procurava.

«Quando hai intenzione di farmela conoscere la tua nuova amica?» gli chiese Sara a bruciapelo.

E Andrea non poté fare a meno di risponderle con un laconico: «Capiterà.»

Di certo non poteva spiegare a Sara che in quel momento Susan era disperata da non poterlo dire perché avevano rapito sua figlia e che sarebbe impazzita di dolore se non fossero riusciti a ritrovarla viva.

Né poteva spiegarle che ancora non sapeva se avrebbero continuato a frequentarsi alla fine di quella brutta storia. Perché tutto dipendeva da qualcosa più grande di loro.

Susan avrebbe mai accettato di uscire con l'uomo che non era riuscito a salvare sua figlia?

Probabilmente no. E tutto sommato non ne sarebbe rimasto sorpreso. Perché per tutta la vita lui non sarebbe stato per Susan che il ricordo del suo incubo peggiore.

Come avrebbe potuto biasimarla se avesse deciso di non frequentarlo più?

Se solo i controlli telefonici fossero riusciti a portarli al Re di Cuori...

Se solo fosse riuscito a ritrovare in tempo la piccola Margot...

Per ora, purtroppo, non aveva altro che tanti 'se' ad accompagnare le sue frustrazioni investigative, si rammaricò Andrea Danzi.

Salutò sua figlia e si impose di concentrarsi sul lavoro per non tralasciare davvero nulla.

Riprese le sue riflessioni dal punto in cui le aveva lasciate e riepilogò: l'ex-marito di Alexandra Becksksei era un uomo geloso e manesco, ma c'era un testimone pronto a giurare che non poteva essere stato lui a ucciderla.

E se davvero Edoardo Ricci fosse stato l'amante segreto di Alexandra, come gli aveva suggerito Susan?

Niente di più facile che potesse averla uccisa in un eccesso d'ira. Forse lei lo aveva minacciato di dire tutto alla moglie. Forse si era rifiutata di troncare la loro relazione, forte di quel bambino che di lì a qualche mese sarebbe nato.

Ma se era così, forse aveva ancora un tentativo da fare, si rianimò Andrea Danzi, colpito da una nuova suggestione. E per farlo avrebbe avuto bisogno di conoscere il nome del commercialista di Alexandra Becksksei.

Era un'attrice. Di sicuro qualcuno si era occupato dei suoi contratti e dei suoi obblighi fiscali.

La gente neppure immagina quante informazioni possano essere rintracciate tra i documenti contabili di una persona, rifletté Andrea Danzi mentre cercava tra i suoi appunti il numero di telefono dei genitori di Alexandra Becksksei.

Avrebbe fatto le verifiche che doveva, poi avrebbe raggiunto i colleghi che si occupavano delle intercettazioni telefoniche. E sarebbe rimasto con loro anche tutta la notte, se fosse stato necessario.

Perché il pensiero che fossero a due passi dal Re di Cuori e ancora non fossero riusciti a prenderlo non gli dava pace.

Nelle ultime ventiquattr'ore quell'uomo sembrava essersi dissolto nel nulla. Grazie all'ottimo lavoro della polizia postale, però, ormai sapevano chi era. Sorvegliavano il suo appartamento e avevano messo i telefoni di chi lo conosceva sotto controllo. Doveva solo fare un passo falso e loro gli sarebbero stati addosso.

Ma era l'ansia ad avere la meglio sull'adrenalina per quella che sembrava ormai un'imminente cattura, si rese conto Andrea Danzi. Perché qualche ora in più o in meno poteva fare la differenza tra il trovare la figlia di Susan viva o morta.

CAPITOLO SESSANTASETTE

Roma, 22 dicembre
«Allora?»
In piedi accanto ai suoi colleghi della scientifica, Andrea Danzi faticò a tenere a freno l'impazienza. In tempi record aveva ottenuto dal magistrato l'autorizzazione a perquisire la macchina di Edoardo Ricci e ora non voleva perdere quel vantaggio.

Aveva passato la notte in bianco, dividendosi tra le intercettazioni telefoniche e le ultime novità sull'omicidio Becskei, e doveva avere un aspetto da far paura. Ma non gli importava niente. Sentiva che era il momento. Il momento in cui i tasselli del puzzle si sarebbero ricomposti.

Anche se ancora qualcosa...

Scacciò via quel tarlo che si aggirava nella sua mente, ancora senza alcuna identità, e cercò di concentrarsi sul presente.

I genitori di Alexandra Becskei avevano rintracciato per lui il commercialista che teneva la contabilità della loro figlia. E, come aveva sperato, curiosare tra quei documenti gli era stato di grande utilità.

Il collega della scientifica si sollevò dal portabagagli dell'auto che stava esaminando.

«Non c'è dubbio. Per quanto qualcuno abbia cercato di ripulirle, il Luminol ha evidenziato numerose tracce ematiche.»

Non era ancora una prova inequivocabile che quel sangue appartenesse ad Alexandra Becskei, ma a meno che Edoardo Ricci non avesse una giustificazione plausibile, quel riscontro significava molto per le sue indagini.

Soprattutto dopo che la ginecologa di Alexandra Becskei, rintracciata attraverso le ricevute delle visite, aveva riconosciuto la foto del vicino di Susan. Aveva accompagnato Alexandra nel suo studio un paio di volte per le ecografie, aveva ricordato la dottoressa. L'ultima, la mattina del tredici dicembre.

Il giorno in cui Alexandra era stata uccisa.

Anche la segretaria dello studio lo aveva riconosciuto. Quel giorno, alla fine della visita, Edoardo Ricci si era occupato di pagare la parcella e poi le aveva chiesto di chiamare un taxi.

Andrea Danzi prese in mano il cellulare, deciso a telefonare a Susan. Non era la notizia che lei si aspettava, ma non avrebbe potuto che farle piacere che stavano per mettere le manette all'assassino della sua amica.

CAPITOLO SESSANTOTTO

Roma

Concentrati sull'audio dell'apparecchio per le intercettazioni telefoniche, l'agente Belluomi e l'ispettore Giannozzi si scambiarono uno sguardo pieno di aspettative.

Ore e ore di lavoro e finalmente sembrava arrivato il momento...

Per un attimo nella stanza tutto sembrò sospeso.

«È lui!!» esclamò poi Belluomi, dopo avere ascoltato le voci in cuffia.

Il suo collega non seppe trattenersi dal battere un pugno sul tavolo.

«Non sai quanto ci speravo che chiamasse la sorella!»

Tutti e due rimasero ancora in ascolto, trepidanti, sapendo quanto fosse alta la posta in gioco.

«Dai, dicci dove sei... Dicci dove sei...» sussurrò l'ispettore Giannozzi come un mantra.

Un attimo ancora e poi si sfilò la cuffia con decisione.

«E vai! Ce l'abbiamo» esultò, alzandosi di scatto dalla sedia. «Pensione La Nave. Vado subito lì con una volante. Il commissario Danzi dev'essere ancora impegnato con l'arresto di Edoardo Ricci. Appena puoi, avvertilo. Stavolta quel bastardo non ci sfugge.»

Nessuna soddisfazione poteva essere paragonabile a quella di mettere finalmente le mani sul Re di cuori, dopo mesi che lavoravano a quel caso, pensò l'ispettore uscendo dalla sala intercettazioni. La polizia postale aveva setacciato e tenuto sotto controllo per settimane diversi siti pedo-pornografici. E finalmente erano arrivati a Sandro Adinolfi. Le telecamere a circuito chiuso di un supermercato lo avevano anche ripreso mentre si allontanava con uno dei bambini scomparsi.

Ma mettergli le mani addosso era tutt'altra cosa.

Avevano lavorato tanto, giorno e notte. Perché anche lui, come tanti suoi colleghi, non era più riuscito a togliersi dalla mente l'immagine dei bambini rapiti, dopo il loro ritrovamento.

CAPITOLO SESSANTANOVE

Roma

Seduta nella cucina di Matilde, Susan si sforzò di trattenere l'ansia che le aggrovigliava lo stomaco. Solo un'ora prima i poliziotti erano venuti per arrestare Edoardo e dopo essere stata avvisata da Andrea, aveva pensato di salire per portare un po' di conforto alla sua vicina.

Ma presto l'idea del conforto non era diventata che un lontano ricordo. Perché il pensiero che Edoardo potesse anche aver rapito sua figlia, e sapere dove si trovava, aveva preso a insinuarsi sotto ogni suo pensiero.

E non le importava che la polizia fosse sul punto di catturare il Re di cuori, perché lei sentiva che non era quella la strada che le avrebbe restituito Margot.

Matilde si soffiò il naso e questo riportò Susan alla realtà. Da quando l'aveva raggiunta nel suo appartamento, non aveva fatto altro che piangere. Ma poteva capirla. Nel giro di sole poche ore il mondo le era precipitato addosso.

«Com'è possibile? Come può avere ucciso quella donna?»
«Mi dispiace...»
E in un altro momento avrebbe davvero partecipato a quel

dolore. Ma non ora, riuscì finalmente ad ammettere Susan, cercando di assolversi. Perché per Edoardo e Matilde nulla sarebbe cambiato nelle prossime ore. Loro avrebbero avuto modo di elaborare i propri dolori e le proprie sofferenze. Il tempo a disposizione per ritrovare viva Margot, invece, non era infinito.

«D'altra parte non sapevo neanche che Alexandra fosse la sua amante e che Edoardo aspettasse un bambino da lei. Perché mi stupisco?»

La voce di Matilde era resa aspra dalla sofferenza.

Susan sfiorò il bordo del tavolo fino a raggiungerla, vicino alla finestra.

«Mi dispiace tanto» le ripeté ancora, senza riuscire a smettere di pensare a sua figlia.

Quella sera, quando era scesa per buttare la spazzatura, poteva avere incontrato Edoardo e aver visto qualcosa che avrebbe potuto collegarlo all'omicidio di Alexandra... E così lui aveva deciso di rapirla.

Le cose potevano davvero essere andate così. Ma ora che il suo vicino era stato arrestato, dove si trovava Margot?

Susan non riuscì a trattenere ancora a lungo tutta quell'ansia e si decise infine a chiedere a Matilde: «Dopo l'omicidio di Alexandra... Edoardo ti ha fatto qualche cenno, di qualsiasi genere, a mia figlia?»

Forse non era l'occasione giusta, ma Susan si impose di non curarsene.

«Perché avrebbe dovuto parlarmi di lei?»

Poteva comprendere la sorpresa di Matilde, e anche sentirsi in colpa per essere stata tanto inopportuna. Ma non poteva tirarsi indietro visto che la posta in gioco era tanto alta.

Non era più tempo di tattiche, di bugie o di attese. Era il momento di giocare il tutto per tutto, se voleva avere ancora qualche possibilità di salvare Margot.

Ormai erano già passati sei giorni. Ed era un tempo infinito, per lei e, soprattutto, per la sua bambina.

«La settimana scorsa, dopo l'omicidio di Alexandra, hanno rapito Margot. Non potevo parlarne con nessuno per non mettere in pericolo la vita di mia figlia, ma ora...» si decise infine a dire, tutto d'un fiato.

«Margot... Rapita?! Non riesco a crederci» saltò su Matilde.

«La polizia sta seguendo le tracce di un pedofilo ma...»

«Quei maiali! Prendersela con una bambina.»

«Mi dispiace doverlo dire proprio a te ma... Io non credo che sia andata così.»

Susan sentì il rumore di qualcosa che veniva spostato.

«Scusami» disse poi Matilde. «Ho bisogno di sedermi. Questa giornata mi sembra un incubo. Cosa pensi che sia successo a Margot?»

Anche Susan si accomodò su una sedia. Quello che aveva da dire non era facile e sapeva che avrebbe fatto precipitare Matilde in un nuovo baratro.

«Se Margot avesse visto qualcosa, la sera dell'omicidio di Alexandra... Non deve aver capito che si trattava di una cosa importante, altrimenti me ne avrebbe parlato, però questo spiegherebbe tutto.»

Matilde comprese.

«Pensi che sia stato Edoardo a rapirla.»

«Mi dispiace ma... Sì. È quello che penso.»

Sapeva che stava infierendo su una donna già profondamente turbata, e forse un giorno si sarebbe anche sentita in colpa per questo. Ma non ora. Ora doveva già sopportare il peso non essere riuscita a proteggere sua figlia. Non voleva dover pensare anche di non avere fatto qualcosa che era nelle sue possibilità per salvarla.

«Edoardo non farebbe mai del male a una bambina. A Margot poi...»

Nella voce di Matilde c'erano rabbia e incredulità. Forse era un bene che non dovesse incontrare il suo sguardo, in quel momento. Poi attese in silenzio che digerisse la cosa terribile che le aveva appena detto.

Ci vollero lunghi secondi, prima che Matilde riuscisse a parlare di nuovo.

«Ma d'altronde fino a un'ora fa non avrei nemmeno immaginato che mio marito potesse uccidere qualcuno. Né sospettavo che avesse un'amante e che aspettasse un bambino da lei.»

Susan la sentì tirare su con il naso e comprese che stava di nuovo piangendo. Si concentrò su Margot, e sulla speranza che aveva ancora di salvarla, per dimenticare la sensazione di essere sgradevole e fuori posto.

«Mi dispiace, Matilde. Capisco che è un momento terribile, ma neanche per me è facile... Ti prego, prova a ricordare. Qualsiasi particolare, anche quello apparentemente meno importante, potrebbe aiutarmi a ritrovare mia figlia. Sono convinta che è ancora viva e tu devi aiutarmi a salvarla.»

«Mi dispiace, Susan, vorrei tanto poter fare qualcosa per te. E capisco quello che stai passando, ma Edoardo non mi ha mai parlato di Margot in questi giorni.»

Lo squillo del cellulare interruppe la loro conversazione. Matilde doveva aver letto il display perché le disse: «È il mio studio. Scusami, Susan.»

Dopo avere risposto, Matilde rimase qualche secondo in ascolto prima di concludere: «Certo. Sì, è tutto pronto per la demolizione. Ci vediamo domani mattina alle nove davanti al birrificio.» Chiuse la conversazione e fece un profondo sospiro. «Non sanno ancora niente di Edoardo. Ho lavorato tanto a questo progetto e... Non so cosa succederà quando verranno a sapere che mio marito è un assassino.»

«Mi dispiace. Ma ce la farai, sei una donna forte.»

Matilde si schiarì la voce e Susan comprese lo sforzo che stava facendo per resistere alla disperazione.

«Ora la cosa importante è tua figlia. Vorrei poterti aiutare... Magari non è stato Edoardo a rapirla.»

La sua voce si era fatta flebile e Susan si ritrovò a pensare che forse nemmeno Matilde credeva a quell'affermazione più di quanto ci credesse lei.

CAPITOLO SETTANTA

Roma

Cosa? Cosa gli stava sfuggendo?, si chiese di nuovo Andrea Danzi, dopo averlo fatto diverse volte nelle ultime ore.

Ma forse il fatto di aver dovuto passare la notte in bianco gli stava togliendo lucidità. Avevano arrestato Edoardo Ricci e poi il loro Re di cuori, vicino alla Stazione Termini, mentre incontrava la sorella in una pensione sporca e squallida che nell'ultima settimana era diventata il suo alloggio di fortuna.

Avrebbe potuto essere soddisfatto, ma non lo era. Perché dopo ore di interrogatorio era saltato fuori un testimone che confermava l'alibi di Adinolfi per il giorno in cui la piccola Margot era stata rapita.

Quel pomeriggio era su un treno diretto a Napoli e il controllore ricordava perfettamente di aver convalidato il suo biglietto.

E allora? Se non era stato lui a rapire Margot?

Non poteva nemmeno pensare di dover ricominciare tutto da capo quando ormai si sentiva vicino alla meta.

Non con in gioco la vita di una bambina.

Dopo aver richiuso la porta della sala interrogatori alle sue spalle, Andrea Danzi si diresse con passo stanco verso la macchinetta del caffè. Forse ne aveva già bevuti abbastanza durante la giornata, ma aveva ancora la speranza che con una monetina e un semplice gesto sarebbe riuscito a schiarirsi i pensieri.

Aveva appena arrestato un pedofilo, e avrebbe evitato che infierisse ancora su altri innocenti, ma non aveva riportato a Susan sua figlia e questo bastava a farlo sentire come si sentiva.

E se con quella carta nel parco qualcuno avesse cercato di gettare i sospetti sul Re di Cuori per avere il tempo e il modo di agire liberamente?

Diversi giornali avevano parlato di quel particolare, e per chi aveva rapito la piccola Margot non sarebbe stato difficile organizzarsi.

Se le cose erano andate davvero così, non poteva che prendersela con se stesso per avere permesso a quel bastardo, chiunque fosse, di farlo.

A quel punto delle indagini, tutte le carte si rimescolavano e la cosa migliore era ricominciare da capo quel puzzle che non aveva preso la forma giusta, come lui sperava.

I sospetti di Susan che il rapimento di sua figlia avesse a che fare con l'omicidio della sua amica si riaffacciarono prepotentemente tra i suoi pensieri.

Edoardo Ricci era l'amante di Alexandra Becskei e doveva averla uccisa perché forse, con quel bambino che stava per nascere, aveva cominciato ad avanzare troppe pretese.

Dopo essere stato arrestato, il vicino di casa di Susan si era chiuso in un silenzio ostinato. Ma non era difficile immaginare come fossero andate le cose, quella sera. Doveva aver aspettato Alexandra nei sotterranei, davanti al garage, la sera dell'omicidio. Forse aveva premeditato di ucciderla o forse no, ma dopo averlo fatto aveva trasportato il corpo nella discarica con la sua macchina e poi... E poi era andato a lavorare.

Poteva avere incontrato Margot quando scendeva in garage per aspettare Alexandra, o dopo l'omicidio, come Susan sospettava?

Andrea Danzi si accorse che il suo caffè era già pronto e dopo averlo tirato fuori dalla macchinetta lo bevve d'un sorso.

Poi, come se quel gesto gli avesse davvero schiarito la mente, all'improvviso comprese qual era il particolare che fino a quel momento gli era sfuggito. Un particolare che riguardava proprio la macchina di Edoardo Ricci.

Forse quel dettaglio significava qualcosa, o forse no. Ma la reticenza di Ricci durante l'interrogatorio gli aveva lasciato addosso la sensazione che stesse nascondendo qualcosa.

Quel qualcosa poteva riguardare proprio il destino della piccola Margot?, non poté fare a meno di chiedersi Andrea Danzi un momento dopo.

Intanto avrebbe provato a ricontrollare le ricevute della sua carta di credito, decise. E se non fosse bastato, lo avrebbe interrogato di nuovo, e avrebbe continuato finché non si fosse deciso a dirgli cosa sapeva del rapimento di Margot Bley.

CAPITOLO SETTANTUNO

Martha's Vineyard

Dopo essere stata con i suoi nipotini alla Martha's Vineyard Arena, rientrando in casa Nora tirò un sospiro di sollievo.

Aveva portato Alex, Jason e Charlene a pattinare sul ghiaccio, come aveva loro promesso quando era andata a trovarli a Boston. E se non avesse avuto un macigno sul cuore, sarebbe stato davvero un pomeriggio piacevole, pieno di capitomboli e di risate.

Ma per fortuna Meg e i bambini avrebbero passato la notte a Vineyard Haven, nel cottage di famiglia di Mike. E lei non avrebbe dovuto continuare a far finta con loro che tutto andasse bene.

Sistemò il suo cappotto nel piccolo guardaroba all'ingresso e ringraziò il cielo di potersi finalmente concedere di essere angosciata e preoccupata per la piccola Margot. Perché dopo quello che le era successo ad Aquinnah, ogni più piccolo centimetro del suo corpo sapeva come si sentisse la figlia di Susan in quel momento.

Si lasciò andare sul divano e si ripeté quello che aveva

continuato a ripetersi nelle ultime ore. La piccola Margot era sfinita e allo stremo delle forze.

Ma non era disperandosi che l'avrebbe aiutata.

Come faceva spesso in quei giorni, girò e rigirò nel dito l'anello che Steve le aveva regalato. E cercò un'idea, qualsiasi idea.

Susan le aveva telefonato, mentre erano alla pista di pattinaggio, e le aveva confermato che i loro sospetti su Edoardo Ricci erano più che fondati. Che era stato lui a uccidere Alexandra, e che era stato arrestato.

E ora?

Nessuno per il momento credeva che quell'uomo potesse avere anche rapito la piccola Margot.

Nessuno, tranne lei e Susan.

Ma non potevano aspettare che anche gli altri capissero. Non c'era abbastanza tempo per farlo, concluse Nora, lasciandosi andare a un profondo sospiro.

Prima di andare a dormire, avrebbe telefonato a Judith per organizzare il lavoro del giorno dopo, l'ultimo prima delle vacanze natalizie, si ripropose. E per il resto della serata sarebbe rimasta a casa.

Sapeva già che si sarebbe agitata come un leone in gabbia, ma tutto quello che poteva fare era continuare a pensare. Pensare e scoprire qualche particolare su cui non si erano soffermate abbastanza.

Avrebbe ripreso in mano il materiale delle indagini che Steve le aveva fatto avere. Avrebbe letto e riletto i verbali finché non si sarebbe accesa una lampadina.

Decise di andare a prenderli al piano di sopra, dove li aveva lasciati, e salendo le scale si prese il suo tempo. Aveva la sensazione di qualcosa che le stava sfuggendo, qualcosa a cui non aveva prestato la dovuta attenzione...

Ma appena mise i piedi sull'ultimo scalino le fu chiaro che

per il momento avrebbe avuto altro a cui pensare. Perché le lettere dello Scarabeo erano sparse un po' ovunque sul pianerottolo.

Come i sassolini di Pollicino sembravano volerla guidare verso la sua camera da letto. E tutta quell'urgenza la fece sobbalzare.

Dio, ti prego, fa che non sia successo niente a Margot...

Per quanto le sue gambe sembrassero non volerla più sostenere, Nora comprese che non era il momento di crollare. Non era di se stessa che poteva preoccuparsi in quel momento.

Entrò nella sua camera da letto e si avvicinò al settimino, sul quale custodiva il gioco dello Scarabeo.

Senza rendersene conto, per un attimo chiuse gli occhi, per paura di quello che avrebbe trovato scritto. E quando si decise a riaprirli, vide le lettere dello Scarabeo unite a formare diverse parole.

Mai, prima di allora, Joe le aveva scritto un messaggio tanto lungo.

Un fragore di morte
Margot
Non c'è tempo

Non c'è tempo, le aveva scritto Joe. Ma almeno Margot era ancora viva, si rincuorò Nora. Anche se non era difficile capire che non lo sarebbe stata ancora a lungo.

Con quel "fragore di morte" cosa aveva voluto dirle?

Anche se in Italia doveva essere appena l'alba, Nora decise che avrebbe subito telefonato a Susan per cercare di capire insieme a lei cosa avrebbero potuto farne di quelle informazioni.

Ancora una volta si sarebbe dovuta giustificare con le "visioni" di qualcun altro, sperando che Susan continuasse ad accettare quella spiegazione a scatola chiusa e a darle fiducia, senza preoccuparsi della sua salute mentale.

Ma non era davvero il momento di affrontare una difficile conversazione, che forse in un'altra occasione avrebbero fatto, sui labili confini che separavano l'esistenza dei vivi da quella di chi vivo non era più. Ora dovevano solo capire come potevano salvare Margot. Prima che fosse troppo tardi.

CAPITOLO SETTANTADUE

Roma, 23 dicembre

Dopo avere salutato Nora e riattaccato il telefono, Susan prese a passeggiare avanti e indietro nella stanza, tenendo stretto il bastone davanti a sé per non correre il rischio di inciampare ora che niente, in casa, era più dove avrebbe dovuto essere.

«Un fragore di morte» ripeté, nella speranza che riascoltando il suono di quelle parole finalmente sarebbe riuscita a capire.

Ma c'era davvero qualcosa da capire o non stava che perdendo tempo mentre sua figlia rischiava di morire?

No, si impose. Doveva fidarsi di qualcosa, e delle sue sensazioni, soprattutto.

Un fragore di morte. Doveva concentrarsi su quelle parole.

Un "fragore". Non un semplice rumore. Qualcosa di grande, di esplosivo, che poteva portare la morte.

Poi si bloccò. All'improvviso. In mezzo al salone.

E ripeté la parola che aveva appena pensato.

«Esplosivo...»

Matilde! Solo il giorno prima, mentre parlava al telefono

con il suo studio. L'abbattimento del vecchio birrificio in centro, rammentò Susan. Ne aveva sentito parlare sui giornali. Se ne occupava lo studio di architettura in cui la sua vicina lavorava. Edoardo poteva averlo saputo. Sicuramente lo sapeva.

Un fragore di morte. L'abbattimento di un palazzo. Poteva starci, si disse Susan, senza riuscire a trattenere l'agitazione che la pervadeva.

Durante la telefonata, Matilde aveva detto che sarebbe stata lì anche lei. A che ora... Doveva ricordare...

Le nove, rammentò infine, travolta dall'eccitazione per quello spiraglio.

Incurante delle cose che faceva cadere, riuscì a trovare la sveglia e si rese conto che erano già le sette. Non aveva molto tempo a disposizione. Perché se morire in quell'esplosione era la fine che Edoardo aveva riservato a Margot...

Per un attimo Susan vacillò a quel pensiero, ma si impose di non crollare. Chiamò un taxi, invece, e intanto prese il cappotto, infuriandosi con se stessa per il tempo che ognuna di quelle operazioni le richiedeva.

Anche se era una madre cieca non poteva perdere l'unica occasione che aveva per salvare sua figlia.

Telefonò ad Andrea, ma il suo cellulare non era raggiungibile.

Ci avrebbe riprovato più tardi, si ripropose, prendendo il guinzaglio all'ingresso e richiamando il suo cane accanto a sé.

«Ti prego, Luna. Mai come adesso ho bisogno del tuo aiuto.»

CAPITOLO SETTANTATRÉ

Roma

Andrea Danzi smise di controllare le ricevute che aveva davanti e le poggiò sulla scrivania.

Finalmente sapeva chi aveva rapito la figlia di Susan!, si disse, senza riuscire a trattenere la soddisfazione.

Ma che sciocco era stato. Aveva seguito strade su cui altri lo avevano indirizzato e aveva perso di vista la vera pista.

Era troppo tardi?, non riuscì a non chiedersi. E, soprattutto, sarebbe bastata la pressione di qualche domanda per farsi dire dove si trovava la piccola Margot?

Fece appena in tempo a prendere il suo giubbotto che l'agente De Fiore lo raggiunse.

«Il suo cellulare è resuscitato, commissario» gli disse allungandogli il telefono.

«Con tutto quello che avevo da pensare, non mi ero neanche accorto che fosse scarico» commentò Andrea Danzi afferrandolo e scattando veloce verso l'uscita.

Quando controllò il display, si accorse delle chiamate di Susan. Ma il tempo non giocava a suo favore e si ripromise di telefonarle dalla macchina.

Aveva da chiudere i conti con il rapimento della piccola Margot. E dentro gli premeva la rabbia per non avere capito prima, insieme al terrore di arrivare troppo tardi per salvarla.

CAPITOLO SETTANTAQUATTRO

Roma

Susan si fece portare dal taxi fin dove le automobili potevano arrivare. Per motivi di sicurezza, diverse strade del centro erano già state chiuse al traffico e il tassista si rammaricò di non poter fare di meglio.

Doveva solo andare dritta lungo il marciapiede a cui si era accostato e si sarebbe ritrovata davanti alle transenne che delimitavano la zona della demolizione, le spiegò.

Probabilmente si stava chiedendo cosa diavolo ci andasse a fare in quel posto, visto che era cieca e non avrebbe potuto nemmeno godersi lo spettacolo. Ma non lo disse.

Susan cercò i soldi nel portafoglio che aveva in tasca e pagò la corsa.

«Che ore sono?» gli chiese.

«Mancano venti minuti alle nove.»

No. Non c'era molto tempo da perdere. Con il cuore che le batteva all'impazzata scese dal taxi e non si accorse del cellulare, che le era scivolato sul sedile.

Un attimo dopo sentì il rumore della macchina che si allontanava e si avviò lungo la strada che il tassista le aveva indicato, ringraziando di aver portato Luna con sé. Non conosceva il posto dove si trovava e non sapeva quanta gente avesse intorno. Sarebbe potuta inciampare in una buca o anche essere investita. Ma non aveva dubbi sul fatto che avrebbe fatto il possibile e l'impossibile per ritrovare sua figlia.

Il rumore di un elicottero, che probabilmente era lì per sorvegliare la zona, copriva ogni altro rumore.

Tra quanto avrebbero cominciato a demolire il palazzo?

Susan decise che avrebbe riprovato a telefonare ad Andrea. Il tempo a disposizione non era molto e se almeno lui avesse potuto aiutarla...

Ma quando infilò le mani in tasca si sentì gelare il sangue accorgendosi di non avere più con sé il cellulare.

Doveva esserle caduto nel taxi, comprese un secondo dopo. Ma il taxi se n'era andato via.

«No! No! No!» esplose, incurante di chi o cosa potesse avere intorno.

Aveva confidato sul fatto che prima o poi sarebbe riuscita a mettersi in contatto con Andrea e che lui l'avrebbe aiutata.

Avrebbe voluto accasciarsi a terra e abbandonarsi alla disperazione. Ma se lo avesse fatto, chi avrebbe salvato Margot?

Tanta impotenza era lacerante e Susan dovette fare appello a tutte le risorse che le erano rimaste. Cercò di capire, e di capire in fretta, cosa avrebbe potuto fare. Cosa doveva fare.

Se si fosse messa a gridare che aveva bisogno di aiuto, probabilmente l'avrebbero presa per pazza, ma forse qualcuno le avrebbe dato modo di spiegare...

Poi il rumore dell'escavatrice che si mise in azione tuonò nelle sue orecchie e nel suo cuore.

Non c'era più tempo. Non c'era più tempo per pensare, o per convincere qualcuno che non era pazza e che aveva davvero bisogno di aiuto.

E allora invece di allontanarsi da quel rumore che si faceva sempre più assordante, Susan lo seguì, come un richiamo.

«Aiutami, Luna. Aiutami. Dobbiamo entrare nel palazzo» sussurrò nelle orecchie del golden retriever.

E si lasciò guidare dal suo cane, ignara del poliziotto di spalle che, a pochi passi da lei, teneva d'occhio i curiosi dietro le transenne, affascinati dallo spettacolo dell'escavatrice che cominciava a sbriciolare quell'enorme palazzo come se fatto di cartone.

CAPITOLO SETTANTACINQUE

Martha's Vineyard

Nora aveva ormai rinunciato all'idea di riuscire a chiudere occhio, anche solo per poco, quella notte, e dopo essersi girata e rigirata nel letto un'infinità di volte, decise di scendere in cucina per prepararsi un caffè.

Continuava a chiedersi cosa stesse succedendo in Italia, a migliaia di chilometri da lì. E il non sapere la riempiva di angoscia.

Poco più di un'ora prima, Susan le aveva inviato un messaggio su Skype. C'era scritto soltanto: Ora so cosa significa "un fragore di morte".

Questo le sarebbe bastato per arrivare in tempo a salvare Margot?

Non c'era niente di più sconfortante del non poter fare altro che aspettare, si dispiacque Nora riempiendosi la tazza di caffè.

Sentì un leggero solletico sul collo e allungando la mano per controllare di cosa si trattasse, si rese conto che uno degli orecchini le si era sganciato e le era scivolato nel colletto del pigiama.

Era così sottosopra che aveva persino dimenticato di toglierli, prima di andare a dormire. Recuperò l'orecchino e mentre lo teneva sul palmo della mano l'illuminazione che aveva cercato a lungo e inutilmente arrivò.

Aveva passato le ultime ore con addosso la sensazione di essersi lasciata sfuggire qualcosa, e finalmente comprese di cosa si trattava.

L'orecchino che Alexandra indossava nelle foto scattate dopo il ritrovamento del cadavere. Le foto che Steve le aveva fatto avere.

Un orecchino d'oro con un pendente di ambra...

Quando l'aveva visto ne aveva avuto una sensazione di familiarità. Ma non si era resa conto da cosa dipendesse.

Ora, però, sapeva il perché di quella sensazione. Aveva già visto quell'orecchino nel disegno che Susan le aveva inviato tramite mail. Margot lo aveva riprodotto nei minimi particolari. Ma non alle orecchie di Alexandra.

Quello che Margot sa...

Le parole che Joe le aveva scritto riecheggiarono tra i suoi pensieri e in quel momento tutto si illuminò.

Ora finalmente sapeva chi aveva ucciso Alexandra e perché avesse rapito Margot!

Doveva mettersi in contatto con Susan, si disse abbandonando sul lavello la tazza di caffè. Subito. Prima che fosse troppo tardi.

CAPITOLO SETTANTASEI

Roma

Il cellulare di Susan fece diversi squilli prima che una voce di uomo rispondesse all'altro capo del filo.

«Cercavo Susan Bley» disse allora Andrea, sorpreso.

«La signora ha dimenticato il suo telefono sul mio taxi. Ho provato a tornare indietro per cercarla, ma nella confusione non l'ho più vista.»

«Dove l'ha accompagnata?»

Ascoltò la risposta dell'uomo e mentre riattaccava si chiese perché mai Susan fosse andata in quel posto.

Lo squillo di una chiamata in arrivo interruppe quel pensiero.

«Commissario Andrea Danzi» rispose. Poi rimase in ascolto. «No. Susan non ha il cellulare con sé perché l'ha dimenticato su un taxi. Si è appena fatta accompagnare vicino a un palazzo che stanno per demolire...»

Un attimo dopo benedisse l'intraprendenza di Nora Cooper, che si era fatta dare il suo numero dalla Questura, e quando comprese perché Susan era andata di corsa in quel vecchio birrificio non si perse in tante chiacchiere.

Dopo aver chiuso la conversazione, diede un pugno sullo sportello e ignorò lo sguardo perplesso dell'agente De Fiore, che era accanto a lui, alla guida della volante.

«Fai inversione invece di guardarmi» lo apostrofò. «Andiamo in via dei Rutuli. Dove devono abbattere quel vecchio birrificio.»

«Ma l'arresto?» provò a interloquire De Fiore.

«Ora abbiamo qualcosa di molto più urgente da fare. Quindi, dacci sotto con quell'acceleratore!»

E in cuor suo Andrea Danzi si augurò di riuscire ad arrivare in tempo. Prima che qualcosa di molto grave accadesse a Susan e a sua figlia.

CAPITOLO SETTANTASETTE

Roma

Da qualche minuto il fragore dell'escavatrice si era fermato e per quanto sapesse che prima o poi sarebbe ricominciato, Susan non riuscì a non tirare un sospiro di sollievo.

«Margot! Margot!» chiamò, con tutto il fiato che aveva in gola.

Da quello che aveva sentito nei telegiornali, quel vecchio birrificio era un edificio industriale ormai pericolante, grande forse mille o duemila metri quadrati.

Uno spazio enorme per cercare sua figlia...

Susan si rese conto che il pavimento era sconnesso e che doveva stare attenta a dove metteva i piedi. Tanto più che non aveva portato il bastone con sé.

Intorno a lei c'era odore di polvere e di umidità. Non sapeva in che punto dell'edificio si trovasse e dove fossero le scale per salire ai piani superiori.

Erano ancora agibili?, non poté fare a meno di chiedersi.

Smarrita e piena di angoscia, Susan si chinò ad accarezzare il muso del golden retriever che, devoto come sempre, la accompagnava.

Luna era il suo unico appiglio e la sua unica àncora di salvezza.

«Margot è qui, Luna. Dobbiamo trovarla. Dobbiamo trovare Margot» le sussurrò nell'orecchio.

Prima che sia troppo tardi, avrebbe voluto aggiungere. Ma non lo fece, anche se sapeva che nel giro di qualche minuto l'escavatrice avrebbe ripreso il suo lavoro e se non avessero fatto in tempo a trovare Margot e a uscire da lì, sarebbero state tutte e tre seppellite da cumuli di macerie.

Aveva sperato che Luna rispondesse al suo invito e in un batter d'occhio la portasse da sua figlia, come succedeva solo nei film. Ma per qualche istante il cane rimase immobile, come non comprendendo cosa si aspettasse da lei.

«Margot è qui. Dobbiamo cercarla.»

Poi, rammentando di avere ancora in tasca il guanto che aveva trovato nel parco, glielo fece annusare.

«Cerca Margot, Luna!»

E finalmente il golden retriever prese ad annusarsi intorno.

«Brava» la incoraggiò Susan.

Poi la seguì, tenendola al guinzaglio.

Luna si muoveva lentamente e annusava a lungo prima di decidere quale direzione prendere. E per quanto la paura che l'escavatrice tornasse in azione le mettesse la smania alle gambe, Susan decise di non farle fretta.

Intorno a lei non c'era che il buio e senza il suo aiuto non sarebbe mai riuscita a trovare Margot nei meandri di quel palazzo abbandonato.

Ma perché Edoardo aveva fatto una cosa tanto atroce?

Per proteggere il suo segreto aveva pianificato di far morire sua figlia nel crollo di quell'edificio.

Ma non era il momento di pensarci. Ora doveva solo riuscire a portare Margot fuori di lì.

Seguì Luna ancora per qualche passo e si accorse di essere

arrivata alle scale che portavano al piano di sopra. Ma quando perlustrò il primo gradino con il piede si rese conto che la parte più esterna della scala finiva nel vuoto.

Solo un passo falso e sarebbe precipitata…

Si impose di non farsi prendere dalla paura. Decise di salire rasente al muro, attenta a non fare movimenti affrettati, e apprezzò che Luna assecondasse la sua andatura.

Solo quando comprese di avere raggiunto il nuovo piano, si permise di tirare un sospiro di sollievo. E nemmeno volle pensare al momento in cui avrebbe dovuto usare le scale per tornare al piano di sotto.

Ma avere sua figlia con sé le avrebbe dato il coraggio di cui avrebbe avuto bisogno.

Dopo essersi annusata intorno per qualche secondo, Luna si decise infine a scegliere una direzione. Qualche passo e con la mano che teneva davanti a sé Susan incontrò un muro. Comprese che doveva trattarsi di un corridoio. Qualche metro, e Luna si fermò ancora. Annusò a lungo una porta chiusa, poi si sdraiò sulle zampe anteriori e prese a guaire.

«È qui? Margot è qui?» chiese Susan, già in fibrillazione.

Provò ad aprire, ma la porta, per il terreno accidentato, faceva resistenza. Spinse più forte, con tutto il peso del corpo, e finalmente riuscì.

«Margot, sei qui?»

Era concentrata sul pensiero di sua figlia, e sulla possibilità di averla trovata. Ma non si sarebbe comunque accorta della figura che l'aveva seguita fin lì e che ora controllava i suoi movimenti.

«Margot!» chiamò ancora Susan.

Non ci fu alcuna risposta e il peso di quella delusione la schiacciò.

E ora?

Poi sentì Luna guaire e la trovò accucciata in un angolo. Si inginocchiò accanto a lei e con le mani sfiorò le pieghe di un fagotto informe, che percorse fino a riconoscere la pelle morbida e delicata del viso di sua figlia.

Margot... Margot era lì. L'aveva trovata!

Turbata dall'immobilità di quel corpino abbandonato, Susan scese con il palmo della mano fino al petto e percepì un debole movimento. Sua figlia aveva la fronte bollente e respirava appena, ma era viva.

Riuscì a toglierle le bende che aveva sugli occhi e sulla bocca e poi se la strinse al petto.

«La tua mamma è qui, piccola mia. Non devi più preoccuparti di niente, perché la mamma è qui.»

«Mam...ma...»

La voce di Margot era appena un sussurro, ma il suono di quella parola inondò il cuore di Susan di gioia.

«Sono venuta a prenderti.»

«C'è anche Emma...»

«Cosa dici, amore?»

Comprese che sua figlia stava delirando. Emma era la sua amica del cuore e un anno prima si era trasferita a Parigi con la sua famiglia.

Ma l'unica cosa a cui ora doveva pensare era trovare il modo per uscire da lì. Prima che l'escavatrice si rimettesse al lavoro.

Si chinò per prendere in braccio Margot, ma non ne ebbe il tempo.

«Non posso lasciarvi andare. Mi dispiace, ma non posso.»

Susan riconobbe subito quella voce.

«Matilde... Allora sapevi che Edoardo aveva nascosto qui Margot.»

«Mi dispiace, ma questo non posso imputarlo a mio marito.»

«Sei stata tu? Volevi proteggerlo...»

«Possibile che non hai ancora capito?»

E bastò il tono aspro di quella domanda a illuminare finalmente i pensieri di Susan.

«Hai ucciso tu Alexandra...»

«Era la sua amante. E con quel bambino l'avrebbe convinto a lasciarmi. Noi non siamo mai riusciti ad averne uno.»

«Hai ucciso Alexandra e hai rapito mia figlia...»

Le parole di Susan furono sovrastate da un fragore assordante che scosse l'intero palazzo. L'escavatrice aveva ripreso a funzionare.

«Hanno ricominciato a lavorare sull'altra ala dell'edificio, ma presto saranno qui» disse Matilde con una freddezza che la sorprese. «Mi dispiace. Capisci anche tu che non posso lasciarvi andare.»

La sua voce era più vicina ora. Cosa aveva intenzione di fare?

Poi Susan sentì il freddo metallico sulla nuca e comprese.

«Ti consiglio di essere ragionevole. Edoardo nemmeno ricorda di avercela, questa pistola... Aveva preso il porto d'armi dopo una tentata rapina. Alla fine a qualcosa servirà. Ora siediti e allunga le gambe.»

Voleva legarla, per impedirle di scappare. Margot aveva lottato per sopravvivere a quei giorni di prigionia e non era servito a niente, perché sarebbero comunque morte nel crollo dell'edificio.

Matilde aveva una pistola ed era pronta a sparare. Ma anche se se ne fosse rimasta lì buona buona, sarebbe finito tutto...

Susan impiegò solo pochi secondi per capire che doveva tentare il tutto per tutto.

Non poteva essere il suo momento, il momento in cui

tutto finisce. E non poteva essere quello di Margot, che aveva appena dieci anni.

Con tutta la forza che aveva in corpo Susan scalciò in avanti e un gemito sommesso le confermò che era riuscita a colpire Matilde. Subito dopo udì un altro rumore. Forse la pistola era caduta. O forse no. Ma non importava più. Si rialzò e si gettò con tutto il peso in avanti. Sentì il corpo di Matilde sotto il suo e comprese di essere riuscita nel suo scopo.

«Ma cosa stai cercando di fare?!»

Una spinta potente la ributtò indietro e le fece sbattere la testa contro il muro.

Per qualche secondo rimase a terra, stordita. Luna si era accucciata accanto a lei e ora le stava leccando la mano. Non c'era nessun altro rumore. Matilde se n'era andata? O aspettava solo che si muovesse per sparlarle?

Un nuovo colpo dell'escavatrice la invitò a non indugiare. Grazie all'aiuto di Luna, Susan riuscì a rialzarsi e a raggiungere sua figlia. Mentre cercava di prenderla in braccio si rese conto che il suo respiro si era fatto più affannoso.

«Resisti, amore. Ti sto portando fuori di qui.»

Si impose di non sentire il peso, la fatica, e la testa che le faceva male.

Ce la posso fare. Devo farcela.

Poi allungò la mano per prendere il guinzaglio e lo tenne stretto.

«Portaci fuori di qui, Luna.»

Guidata dal golden retriever, Susan ripercorse il corridoio e arrivò fino alle scale. Ricordò che mancava il corrimano e che facendo un passo falso sarebbe precipitata nel vuoto.

Ma non era il momento di avere paura. Doveva solo procedere lentamente, stando bene attenta a dove metteva i piedi e soprattutto a non perdere l'equilibrio per il peso del corpo di Margot abbandonato tra le sue braccia.

Ma fece appena in tempo a scendere il primo gradino che la voce stridula di Matilde la bloccò.

«Dove credi di andare?»

Doveva essere davanti a lei, comprese Susan. E fece un passo indietro, per essere più sicura sul pianerottolo.

«Margot sta male... Respira a fatica...»

Sapeva che la posta in gioco era troppo alta perché Matilde si commuovesse. Ma aveva bisogno di sentirla parlare per sapere quali fossero i suoi movimenti.

«Mi dispiace. Non posso più fare niente, Susan. Né per te, né per lei.»

Stava risalendo le scale...

«Non ce la faccio a tenerla ancora in braccio. Devo poggiarla a terra.»

«Va bene, ma muoviti lentamente. Ricordati che ho la pistola.»

«Non ti preoccupare, amore. Ti porterò via di qua» sussurrò all'orecchio di sua figlia mentre la adagiava sul pavimento.

Poi si rialzò.

«Ora devi fare due passi alla tua sinistra e avanzare lentamente verso di me... E ricordati che ho una pistola» le gridò Matilde.

Che cosa voleva fare?

Susan si sentiva spaventata e angosciata come non si era mai sentita in tutta la sua vita. C'era solo buio intorno a lei, e non sapeva cosa stava per succedere, né come proteggere sua figlia.

Matilde aveva già ucciso, e una o due vite in più non avrebbero fatto grande differenza per lei.

E poi comprese. La tromba delle scale. Senza parapetto né corrimano. La moglie di Edoardo voleva che lei andasse in quella direzione per farla precipitare giù.

Doveva continuare a farla parlare...

«Sei stata tu ad attirarmi sul pianerottolo e poi a spingermi, due giorni fa. E sei stata tu a colpire Luna con la pala. Ma perché ti ringhiava? Non l'ha mai fatto.»

«Non deve avere apprezzato la mia parrucca.»

Ora era vicinissima, distante forse solo un passo. E senza nemmeno darsi il tempo di pensarci, Susan sferrò un calcio in quella direzione. Per il contraccolpo corse il rischio di cadere e dovette buttarsi indietro verso il muro per evitarlo. Ma comprese di aver colpito Matilde. Aveva sentito la resistenza del suo corpo, e un gemito. Ma ora dov'era?

«Ti prego, aiutami.»

Dall'accorata richiesta Susan comprese che doveva essere precipitata nella tromba delle scale. Senza pensarci troppo, si inginocchiò, stando attenta a non allontanarsi troppo dal muro.

«Dove sei?»

«Sono qui. Ti prego, aiutami! Non voglio morire!»

La sua voce era disperata. Un attimo dopo Susan incontrò le sue mani aggrappate al bordo dello scalino. E comprese che il corpo di Matilde era sospeso nel vuoto.

Cercò a tentoni finché non riuscì a trovare un pezzo di parapetto abbastanza solido e ci si ancorò con i piedi.

«Cerca di aggrapparti a me. E, se puoi, puntella i piedi da qualche parte. Provo a tirarti su.»

Le mani di Matilde sfioravano le sue, ma non si decidevano ad abbandonare la vecchia presa.

«Non ce la faccio. Ho paura di cadere.»

«Devi provarci.»

Poi la sua stretta improvvisa corse il rischio di farle perdere l'equilibrio.

«Cerca di puntellare i piedi da qualche parte!»

Non credeva di poter sostenere quel peso a lungo, ma come poteva lasciarla andare?

«Non ce la faccio! Non ce la faccio!» gridava disperata Matilde.

E per quanto cercasse di stringerle, Susan sentiva che le sue mani, sudate, stavano sfuggendo alla sua presa.

«Sì, che ce la fai. Cerca di resistere.»

«Sto scivolando...»

Poi Susan sentì un paio di mani forti che si sostituivano alle sue e si tirò indietro, con le braccia doloranti, stremata.

«La sto tenendo io.»

Andrea. Andrea era lì e avrebbe salvato lei e Margot.

La sua voce le alleggerì il cuore e per un attimo Susan quasi dimenticò dove si trovavano e il rischio che ancora correvano.

Sentì il suo respiro affannoso nello sforzo di tirare su Matilde.

«Eccola. Ce l'ho!» disse poi. «Le sto mettendo le manette, sbrighiamoci a uscire di qui.»

Il rimbombo dell'escavatrice coprì di nuovo tutto. Carponi, Susan cercò di raggiungere sua figlia, nel punto in cui l'aveva lasciata, e ci trovò anche Luna, accucciata accanto, come a proteggerla.

Avrebbero fatto in tempo a raggiungere l'uscita prima che il palazzo crollasse?

«Vieni, Susan. Andiamo. Non c'è tempo. Prendo io la bambina...»

Il tono di Andrea era deciso. E lei non chiedeva che di poterlo assecondare. Sentì le sue braccia che avvolgevano il corpicino di Margot e dopo aver preso il guinzaglio di Luna lo seguì sulle scale, traballanti a ogni nuovo colpo dell'escavatrice.

«Anche con la bambina in braccio, ho un'ottima presa

sulla pistola» lo sentì minacciare Matilde, che si era chiusa in un assoluto mutismo.

A causa della polvere l'aria si era fatta irrespirabile e il tempo per scendere sembrò a Susan infinito.

Sentì un crollo di detriti a due passi da lei e il rumore era ormai assordante.

«Non ce la faremo» gridò Matilde. E la sua voce era terrorizzata.

E forse davvero non ce l'avrebbero fatta, pensò Susan senza dirlo. E in silenzio ringraziò che sua figlia non potesse accorgersi della fine così vicina.

Poi all'improvviso inspirò aria fresca nei polmoni e comprese che erano finalmente all'aperto.

«Non ti fermare!» l'apostrofò, duro, Andrea.

E la trascinò con sé ancora per un po'. Poi si fermarono e avevano tutti e tre il respiro affannato.

Un attimo dopo, Susan udì un gran boato e una nuvola di polvere li avvolse.

«Margot... Come sta Margot?»

«Il dottore si prenderà cura di lei. Presto starà bene. Vedrai.»

Susan si avvicinò per carezzare sua figlia, che era ancora tra le braccia di Andrea, mentre Luna, felice, le leccava l'altra mano.

Erano vivi. Margot era passata attraverso l'esperienza più dura della sua giovane vita, ma ora era salva ed era lì, vicino a lei.

Non riusciva a smettere di piangere e non sapeva se avrebbe continuato a farlo per ore o per giorni.

«Mio Dio» mormorò Andrea.

Susan in lacrime lì accanto, la polvere, il boato dell'edificio che si era accartocciato su se stesso... Sembravano le immagini di un film, ma quelle macerie avrebbero potuto seppellire lui, una bambina innocente e la donna che ora sapeva di amare.

Fece un profondo sospiro per liberarsi della tensione degli ultimi minuti. Poi si rivolse al suo sottoposto, che si stava avvicinando: «De Fiore! Chiama un'ambulanza e porta la signora Alò in Questura.» Guardò Susan che, in piedi accanto a lui, non riusciva a staccare le mani da quelle di sua figlia. «Andrà tutto bene. Vedrai...»

«Come hai fatto a sapere che eravamo qui?»

«Non sarei mai arrivato in tempo se la tua amica, la signora Cooper, non mi avesse telefonato.»

«Nora...»

«È una fortuna che sia una donna così intraprendente. Ha convinto i miei colleghi a darle il mio numero di telefono. Voleva dirmi che aveva capito da un disegno di Margot che era Matilde l'assassina. Quando ha saputo che eri corsa qui in taxi, ha capito che eri entrata nell'edificio per cercare Margot.»

In silenzio Susan ringraziò Nora, che aveva aiutato Andrea a trovarle. Poi sentì la mano di lui che la sfiorava.

«Vieni. È arrivata l'ambulanza. Andiamo in ospedale.»

CAPITOLO SETTANTOTTO

Roma, 24 dicembre

«Per fortuna non è niente di grave, signora Bley. Sentirà un po' di mal di testa, per qualche giorno, ma passerà» le disse il dottor Lo Monaco mentre finiva di suturare il taglio che aveva sulla tempia destra.

«Non importa. So di essere stata fortunata. Come sta mia figlia?»

«Le hanno somministrato gli antibiotici e la stanno reidratando con delle flebo, ma le sue condizioni generali sono buone. Penso che già domani potrà uscire. È Natale e sono sicuro che sarà contenta di poter continuare la cura a casa.»

Susan accennò un sorriso.

«Ci sono i regali che la aspettano sotto l'albero. E... abbiamo bisogno di stare un po' insieme.»

«Solo qualche minuto di pazienza e la porteremo da lei.»

Susan sentì i passi del medico che si allontanava. Sapeva che Andrea era ancora accanto a lei.

«Se non fossi arrivato in tempo...»

«Sei stata ostinata e incosciente, ma hai salvato la vita a tua figlia.»

«Sono stata così sciocca da perdere il cellulare in taxi... Speravo di poterti telefonare.»

«Per fortuna il tassista mi ha detto dove ti aveva accompagnato. E Nora mi ha fatto capire perché eri là. Stavo andando ad arrestare Matilde Alò, ma sono corso al birrificio.»

«Come hai capito che era stata Matilde?»

«Le ricevute della carta di credito. Ricci ha portato la macchina della moglie dal meccanico e l'ha ritirata solo giovedì scorso. Però il giorno dell'omicidio lui andava in giro in taxi. Per un po' ha provato a negare di aver prestato la sua auto alla moglie, ma quando si è reso conto che ormai sospettavamo di lei ha ammesso tutto...»

«Quando avete trovato tracce di sangue nella sua macchina ha capito anche lui che era stata Matilde» comprese Susan.

«E poi c'è il particolare dell'arma del delitto. Ha usato un taglierino. Uno di quelli che gli architetti usano per costruire i loro plastici. All'improvviso tutto tornava.»

«Sapevo che doveva essere stato qualcuno del palazzo a rapire Margot.»

E io sono stato uno stupido a non darti retta fin dall'inizio, pensò Andrea.

Ma tenne quel pensiero per sé, perché comprese che avrebbe avuto il tempo di farsi perdonare. Allungò una mano a sfiorare quella di Susan e lei non la ritrasse.

«Ho avuto tanta paura di non arrivare in tempo.»

«Ma per fortuna siamo qui, sani e salvi, tutti e tre.»

Come per sottolineare il suo dissenso, Luna, ai suoi piedi, guaì.

«Scusa, Luna. Tutti e quattro» si corresse Susan. Poi chiese: «E Rosa Blasi? Mi dispiace avere sospettato di lei.»

«La presenza di Margot, di pochi anni più grande di sua figlia... L'omicidio di Alexandra... Qualcosa ha riacceso i ricordi terribili che si porta dentro. Avrà bisogno di un nuovo periodo di terapia.»

«Il suo dev'essere un dolore insopportabile. Non so cosa mi sarebbe successo se avessi perso Margot.»

«Non l'hai persa. Sta bene, e domani tornerà a casa.»

Susan si asciugò una lacrima con il dorso della mano.

«Ma non la lascerò più andare. Non lascerò che viva con qualcun altro. Non senza combattere.»

CAPITOLO SETTANTANOVE

Aeroporto di Boston

La chiamata per il volo per Roma arrivò un attimo dopo che Nora finì di parlare al cellulare.

E così la piccola Margot era salva e già il giorno dopo sarebbe stata a casa con Susan ad aspettarla...

Dopo giorni di ansia e di tormento, tutto si era risolto e avrebbero passato tutte e tre insieme due settimane meravigliose. Non avrebbe potuto sentirsi più felice.

L'Italia. Una buona compagnia. I monumenti. Le stradine lastricate di sanpietrini. Il cibo. Il buon vino.

Forse, una volta a Roma, avrebbe rivelato a Susan che se erano riuscite a salvare sua figlia una parte del merito era anche di Alexandra, che le era apparsa in sogno per aiutarle nella loro ricerca. Non sapeva se lei ci avrebbe creduto. Ma che lo avesse fatto oppure no, era suo dovere dirglielo. Perché quello era l'ultimo regalo che la sua amica le aveva fatto.

Erano stati giorni difficili, ma aveva la sensazione che dopo quella terribile esperienza Susan non avrebbe più permesso a nessuno di portarle via sua figlia. L'aveva capito dal nuovo tono di voce che aveva. Probabilmente ora sapeva di poter affrontare l'inferno e avrebbe ricominciato a fidarsi di se stessa.

Un po' come era successo a lei...

Per questo, mentre era in attesa di imbarcarsi, aveva fatto un'altra telefonata importante. E dopo quella telefonata, ora sapeva che Steve sarebbe rimasto ad aspettarla fino al suo rientro. Ma non per avere una risposta.

Una chiacchierata lunga e sincera aveva chiarito molte cose tra loro. Prima tra tutte, che non era in discussione l'affetto che provava per lui. Ma per quanto le dispiacesse ammetterlo, sentiva che non era ancora arrivato per lei il momento di impegnarsi di nuovo. Aveva appena cominciato a mettersi alla prova. E stava ancora cercando di capire chi fosse.

Sarebbe stato difficile resistere alla tentazione di rimettere di nuovo la sua vita nelle mani di un uomo che la amasse e la proteggesse. E lei non voleva che ciò accadesse. Non ancora.

Steve aveva capito. Da gentiluomo qual era, si era scusato per le sue pressioni, che in realtà erano state molto blande, e le aveva chiesto di tenere l'anello. Non come impegno di un "per sempre", ma come simbolo del sentimento che c'era tra loro. Un sentimento che per il momento non aveva bisogno di promesse.

Tutto sembrava essersi concluso per il meglio e Nora sapeva che non poteva non ringraziare anche Joe per come erano andate le cose.

Senza il suo messaggio sarebbero riuscite a ritrovare Margot prima che fosse troppo tardi?

Forse no. Ma per il momento non c'erano molte persone a cui potesse dirlo.

Anche questo aveva influito sulla risposta che aveva dato a Steve. Come poteva condividere con lui un progetto tanto importante senza raccontargli di quei messaggi, e dei segni e dei sogni che facevano di lei un ponte verso l'aldilà?

La verità era che non si sentiva ancora pronta a parlargliene.

E quello che provava per Joe...

No, non doveva nemmeno chiederselo, si impose. Perché Joe non c'era più e non sarebbe mai tornato dal posto lontano in cui ora si trovava.

«L'aereo in partenza per Roma...»

La nuova chiamata per il suo volo costrinse Nora ad abbandonare la sedia della sala d'attesa e i suoi pensieri. Sarebbe tornata in Italia e avrebbe passato del tempo magnifico con Susan e con la piccola Margot, per il momento era l'unica cosa che contava.

Doveva vivere giorno per giorno, apprezzando ciò che la vita le offriva, distinguendo le cose importanti da quelle che non lo erano. Stava per iniziare un nuovo viaggio. E questo era il massimo del futuro a cui si sentisse di pensare.

L'AUTRICE

Per più di vent'anni Giulia Beyman ha lavorato come redattrice, giornalista free-lance e infine come sceneggiatrice per la televisione italiana. Dal 2011 si dedica a tempo pieno alla sua attività preferita, che è quella di scrivere libri.

Autrice indipendente top seller nei primi cinque anni di Kindle Store Italia, il suo *Prima di dire addio* è stato l'ebook più venduto su Amazon.it nel 2014.

Nella serie dedicata a Nora Cooper ha già pubblicato: *Prima di dire addio*, *Luce dei miei occhi*, *La bambina con il vestito blu*, *Cercando Amanda*, *Un cuore nell'oscurità*, *La sposa imperfetta*, *I silenzi di Grant House*, *La straniera bugiarda*, *Il mio nome é Jason Sheldon*. Tutti bestseller della Rete.

Nel 2019 con *E niente sia* (Amazon Publishing) ha inaugurato la fortunata serie Emma & Kate, scritta a otto mani con Flumeri & Giacometti e Paola Gianinetto. Nella stessa serie ha anche scritto *Se nel buio* e *Nel tuo silenzio*.

Il suo romance *La casa degli angeli*, uscito nel 2019, è una delicata storia familiare e d'amore ambientata in Salento, di cui sono protagoniste le sorelle De Feo.

Per essere aggiornato in tempo reale su nuove uscite, presentazioni, promozioni e giveaway, considera la possibilità di iscriverti alla MAILING LIST di Giulia, compilando l'apposito modulo sul sito.

Altri contatti:
www.giuliabeyman.com/
gbeyman@gmail.com

ALTRI LIBRI DI GIULIA BEYMAN

Serie Nora Cooper:

Prima di dire addio (Nora Cooper Vol 1)

Luce dei miei occhi (Nora Cooper Vol 2)

La bambina con il vestito blu (Nora Cooper Vol 3)

Cercando Amanda (Nora Cooper Vol 4)

Un cuore nell'oscurità (Nora Cooper Vol 5)

La sposa imperfetta (Nora Cooper Vol 6)

I silenzi di Grant House (Nora Cooper Vol 7)

La straniera bugiarda (Nora Cooper Vol 8)

Il mio nome è Jason Sheldon (Nora Cooper Vol 9)

Per il tuo cuore (Nora Cooper Vol 10)

Serie Emma&Kate:

E niente sia (Emma & Kate Vol 1)

Se nel buio (Emma & Kate Vol 4)

Nel tuo silenzio (Emma & Kate Vol 6)

Romance

La casa degli angeli

Non fiction

Dai miei dolori ho imparato la gioia (Piccolo manuale per il cambiamento)

Made in United States
North Haven, CT
13 May 2023